せきれい

JuNzo
ShOnO

JN097598

庄野潤三

P+D
BOOKS
小学館

目次

一

函館みやげ。

あと一日で八月が終りになるという日の午後、近くの西三田団地にいる斉藤絵里《えり》ちゃんのお母さんが絵里ちゃんと一緒に函館のおみやげのカレーの缶を届けてくれた。そのカレーの缶のことから始めよう。

絵里ちゃんというのは、妻がピアノのおけいこをして貰っている木谷先生の姉弟子である。幼稚園のときからピアノを始めた。妻が近所の有美ちゃんのお母さんに紹介してもらって木谷先生のところへはじめて行くようになったころ、絵里ちゃんは小学五年生であった。今は中学二年。

近くのピアノのある部屋でのおけいこは週に一回、四時から四時半まで。絵里ちゃんは四時半からのおけいこで、少し早く来たときは、ピアノのそばの椅子に腰かけて待っている。

三十分のおけいこの終りの五分は、けいこの緊張をほぐすために、先生と一緒に歌をうたう。

毎月、先生がその月の歌をきめて、楽譜を下さる。早く来た絵里ちゃんは、先生にいわれて妻と一緒に歌うことがある。

「絵里ちゃんはあまり物をいわない子で、はずかしがりのところがフーちゃんに似ている」

と妻はいっていた。フーちゃんというのは、読売ランド前の坂の上の住宅にいる次男のところの長女で、いま、小学四年。私たちの家の前の坂道を下りて行った先の大家さんの借家にいたころから、お母さんのミサヲちゃんに連れられてよく来た。来ると、妻と二人で縫いぐるみのクマさんやねこを持ち出して遊ぶ。こちらはそばに突立って、二人が遊ぶ様子を見ている。フーちゃんたちがクマさんやねこを連れて図書室から書斎へ移動すると、私もあとをついて行って、そばにでくのぼうのように立って見ている。そんなふうにして、フーちゃんは二歳のころから私たち夫婦の晩年に大きなよろこびを与えてくれた。次男一家が電車で一駅先の読売ランド前の坂の上の住宅に引越してからは、それまでのように度々フーちゃんと会うことはなくなった。

このフーちゃんがあまり物をいわない。無口な子である。絵里ちゃんはそこがフーちゃんと似ていると妻はいう。

絵里ちゃんたちが来た日に戻る。その日、昼前の買物から戻った妻は、スーパーマーケットのOKで絵里ちゃんのお母さんに会ったら、夏休みにご両親のいる函館へ一家で帰ったことを話し、向うのお店のカレーの缶を買って帰ったので、お届けしますといった。で、三時のお茶の時間に来てもらうことにしましたという。

絵里ちゃんのお母さんには、前に妻と二人でバス道路の近くを歩いているときにお目にかかって挨拶をしたことがある。妻は、「おっとりとした、気持のいい方」といっている。絵里ちゃんのところは夫婦揃って函館生れで、どちらの御両親も元気でおられるらしい。これまで暮に絵里ちゃんのお母さんから函館の昆布巻を何度も頂いた。木谷先生の門下生の発表会のときに妻が何かしら絵里ちゃんに上げたり、また、クリスマスのプレゼントにもちょっとしたものを上げるから、そのお返しのつもりかも知れない。ししゃもや鮭なんかが入っていて、おいしい昆布巻である。お正月には小田原に近い南足柄に住む長女一家を始め、もと次男一家のいた同じ大家さんの家作にいまもいる長男一家、読売ランド前の次男一家が「山の上」に集まって、賑やかなお祝いをする。そのとき、この函館の昆布巻を切って出すことにしている。

絵里ちゃんとお母さんは、少し遅れて三時半ごろに来た。妻は、書斎に通ってもらって（そこが来客をもてなす部屋でもある）シャーベットと紅茶を出した。シャーベットには、妻が焼いたフルーツケーキを少し添えた。しばらく話をしたあと、今度は冷たいお茶とクッキーを出した。絵里ちゃんのお母さんは、そのお茶がおいしいといってよろこばれたので、帰りにお茶を少し差上げた。

函館へは新幹線で行きましたといわれた。函館に明治のころからの古いレストランがある。カレーの好きな絵里ちゃんたちは、みんなでそこへカレーを食べに行った。おみやげにカレー

の缶を買って来た。絵里ちゃんは椅子に腰かけたまま、お母さんの話を聞いていたが、カレーの話のところで、

「インド風というのは、インドのカレーみたいに辛い」

といった。よほど辛いような口ぶりであった。

妻は、絵里ちゃんのためにフーちゃんが遊びに来たときよく持ち出す、「リリーちゃん」と「ゆき子ちゃん」の二つのお人形を持って来て、ソファーに坐らせた。

こちらは日課の夕方の（それが四回目の）散歩に出るために、途中で台所へ来た妻に話して、勝手口からそっと出て、外を歩いて来た。散歩から戻ったら、まだ絵里ちゃんたちはいた。

二人が帰るとき、玄関へ出て行って、お母さんに挨拶をした。カレーの缶を三つ頂いたことは妻から聞いていたので、お礼を申し上げた。カレーは好物です、有難うございますと申し上げて、お辞儀をした。

絵里ちゃんのお母さんが重いのを函館から持って帰って下さったカレーの缶は三つで、インド風辛口とイギリス風中辛とフランス風甘口の三つであった。

せきれい。

午前中のピアノのおさらいをしていて、弾いていた妻が笑い出す。絵里ちゃんたちが来てくれた前の日のことである。

仕事机の前から、

「笑ってちゃいけないね」

といつと、

「うまいこと下って来ないの」

「何ていう曲?」

「せきれい」

妻の話を聞くと、だんだん下って来るところがうまく弾けない。それで、つい笑ってしまったのという。

ブルグミュラーの練習曲の「せきれい」に妻が手こずっているのは、承知している。繰返しの多い、単調ないい曲のように思える。

妻は、今度は「せきれい」を弾き終って、

「エへへ」

と笑う。手こずりながら、何とかいったのだろう。

胚芽パン。

自分で弾いていて自分から笑い出す妻のピアノのおさらいのその前日のこと。駅へ行く道に出来た新しいパン屋で買った胚芽パンは、かるく焼いて、バターを塗った上にはちみつ(アカシアの)をつけて食べるとおいしい。

「胚芽パン、おいしいねえ」

といいながら、妻と二人で昼に食べる。

はちみつを塗ると、また格別おいしい。

この新しいパン屋の胚芽パンは、妻のためによくニットドレスを編んで下さる近所の山田さんが教えてくれた。山田さんはこの店では胚芽パンしか買わない。いいものを教えてくれた。私たちは胚芽パンのほかにイギリスパンとバゲット風のフィッセルというのを買う。みな、おいしい。

この新しいパン屋は、何とかカンパーニュという名前。頭に何やらくっついているところがフランス語かイタリア語のようでもあるが、分らない。いいにくいので、私たちは下だけとって、「カンパーニュ」と呼んでいる。

店の奥で職人が仕事をしているのが見える。

ハーモニカ。

あと二日で八月も終りだからといい、いつもの夜のハーモニカ（これが終ると私は風呂に入って寝る）は、「夏の思い出」と「夏休み」を吹く。「夏休み」の方は、妻が女学校のころに音楽の先生から教わった。ニュージーランドの歌だという。「まなびや閉して　真昼静か」というところが出て来る。妻の愛唱歌。

三曲目でおしまいはいつもの通り「カプリ島」。これは妻の歌はなしで、ハーモニカだけ。これをきくと妻は浮かれ出すといい、終るとしきりに拍手をして、

「うまい具合に行った」

といってよろこぶ。

夜、寝る前のハーモニカはいつごろからだろう? クリスマスの贈り物に妻がハーモニカをくれたのが始まりであった。季節の歌をとり上げて歌う。九月は「赤蜻蛉《とんぼ》」、十月は「旅愁」、三月が来ると、「どこかで春がうまれてる」の「どこかで春が」(百田宗治作詞・草川信作曲)というふうである。私のハーモニカに合せて妻が歌う。このところは三曲にして、三曲目の「カプリ島」は歌なしのハーモニカだけ。

玄関の花。

四回目の夕方の散歩から戻ると、迎えに出た妻が「玄関のお花、見て下さい」という。

午後、二人で成城まで行った。生田から歩いて帰った。そのとき、崖の坂道の雑草の茂みの中から、一つ、つるについた小さな、赤い花を見つけて妻が摘み、玄関の花生けに活けたという。こちらは成城から帰って、書斎のソファーで昼寝をして、夕方の散歩に出かけたのである。

玄関の花生けから朝顔のつるのようなのが垂れていて、そこに小さな、赤い花がついている。

「いいなあ」

といって眺める。

チープサイド。

昼食のとき、「『さくらんぼジャム』を読んでいたら、いきなりチープサイドのことをいい出すところがあった」と話す。

チープサイドはドリトル先生のところへ来る雀で、ロンドンっ子。ドリトル先生の仲間の一人である。『さくらんぼジャム』は「文學界」に連載した小説で、三年前に文藝春秋から本になった。私はこの間、図書室の本棚から取って来て、読み返している。そこへチープサイドのことを不意に妻がいい出す場面が出て来る。

「あのころ、ドリトル先生を読んでいたのかしら」

と妻はいう。

「チープサイドがパドルビーのドリトル先生の家へ来て、ドリトル先生のお皿に残ったパン屑をもらって食べるところだ」

すると妻は、

「ドリトル先生のお皿のパン屑は、チープサイドが貰うことになっているの」

といってから、

「チープサイドは下町っ子であんちゃんなの。でも、ドリトル先生は頼りにしているの。ロンドン雀のあんちゃんなんだけど、ドリトル先生は頼りにしているの。チープサイドとジップとダブダブをいちばん頼りにしているの」

ジップはドリトル先生の家族の犬で、ダブダブはドリトル先生の家の台所を任されている家政婦のあひるである。読売ランド前の坂の上の住宅にいる次男一家の愛犬のジップは、ドリトル先生の本から名前を貰った。夏に次男一家が那須にある会社の寮へ行くときは、その間、いつもジップを私たちのところで預かる。お正月休みに栃木の氏家のミサヲちゃんのご両親の家へ出かけるときも、ジップを預かる。預かっている間、ジップを散歩に連れ出すのは妻の役目になっている。

また、ジップは仔犬のときに南足柄の長女が、次男のところへ世話してくれた。のみならず、「山の上」へジップが来るときのために立派な犬小屋を作って車で運び込んでくれたのも、南足柄の長女であることを附加えておきたい。

夕顔（絵里ちゃんたちが来た日のこと）。

昨日、大きな蕾《つぼみ》を二つつけていた玄関の夕顔が、朝、しぼんでいる。夜のうちに咲いたらしい。昨日、夕方見たときは、まだ花がひらいていなかった。

「ざんねんなことをした」

「きれいだったでしょうね」

といって残念がる。仕方がない。この夕顔の鉢は、「山の下」の長男が種から大きくしたのを届けてくれた。

夏の思い出（絵里ちゃんたちが来た日）。

妻はピアノのよこの棚の硝子《ガラス》の花生けに入れてあったビー玉、テーブルの上の硝子の花生けの中の貝がらを片づけて、洗って、井戸の上に干す。テーブルの上の硝子の花生けは、いつも家族で宝塚の公演を見に行くとき一緒に行く阪田寛夫が「土の器」で芥川賞を受賞したとき、記念に贈ってくれたチェコ製の切子硝子の花生けである。

いままでビー玉の青いのを入れてあったピアノのよこの棚の花生けには、札幌の読者の伊藤和子さんが、庭に咲いていたのを切って干して送ってくれたラベンダーのむらさきの花を入れた。

「夏の思い出を仕舞って、秋のよそおいにしたの」

と妻はいう。

ピアノのよこの棚には、小皿に赤いビー玉と青いビー玉を混ぜたのをのせる。

この仕事を済ませた妻は、貝がらや水色のビー玉は、「夏の思い出」とかいた箱に仕舞ったのと、うれしそうに話す。

函館のカレー。

夕食に絵里ちゃんのお母さんから頂いた三つのカレーの缶のうち、「イギリス風中辛」というのを開けて頂くことにする。「インド風辛口」は、南足柄の長女に送る宅急便に入れた。絵里ちゃんの話ではインドのカレーみたいに辛いということだから、カレーは好きだけれどもあんまり辛いのは苦手のわれわれにはちょっと向かないというので。

残る「イギリス風中辛」と「フランス風甘口」の二つのうち、どれにするかとなると、異議なく「イギリス風中辛」がいい。

夕食の卓でお皿にのって出された「イギリス風」を見ると、見るからにおいしそうな色をしている。牛肉もたっぷり入っている。スプーンで一口食べてみて、

「おいしい」

という。

その声を聞いた妻は、たった今、ピアノの上の父母の写真の前にお供えしたばかりの自分のカレーの皿を取って来ようとして立ち上りかけたが、

「いまお下げしたら、早すぎるね」

といって、坐った。私もそれは少し早すぎると思ったので、「そうだね」という風に妻の顔をみた。いまお供えしたばかりのカレーライスのお皿をお下げしたのでは、仏さまにイギリス風中辛の函館五島軒のカレーをゆっくりと味わってもらえないだろう。

少し間をおいて、私のお酒の燗《かん》をつけてから、妻は書斎のピアノの上から自分が頂くカレーライスの皿をお下げして来た。

妻は一口スプーンを口に運ぶと、

「いいお味ですね。おいしい」

といった。

この函館みやげのカレーには、おまけがある。というのは、近ごろ体重がふえるのを用心している私は、夕食の前に妻に、ご飯は少な目に、と註文をつけた。カレーのおいしさは十分に

味わったが、寝る前になっておなかが空いて来た。このままでは眠れないかもしれない。そういうと、妻は、

「こんなときは、白御飯に限る」

といい、茶碗に御飯を注いで来た。そこへ自家製のちりめんじゃこの佃煮と海苔をのせてくれた。これはおいしかった。カレーライス以上にといってはいけないが、私は満足した。絵里ちゃんのお母さんの函館みやげのカレーは、食欲を刺戟するのかも知れない。

カレーライスを頂いたあと、私たちは、

「函館は早くから開港した町なので、外国人の優秀なコックが来て、西洋料理を教え込んだのだろうか。それで明治のころからこんないいレストランが開店して、いまに続いているのかも知れないな」と、そんなことを話した。

ピオーネ。

暑い日。昼前の散歩から戻って、妻が持って来た冷たいおしぼりで顔をふく。昨日、清水さんのご主人が届けて下さったお国の伊予の種なし葡萄《ぶどう》のピオーネを頂き、お茶を飲む。夏の間は、私が昼前の散歩から戻ると、いつも冷たいおしぼりに続いて、小さいが甘い温室みかん二つと冷したお茶を書斎へ運んで来た。清水さんからピオーネを頂いたので、今日はピオーネ。これがおいしい。

昨日の午後、清水さんのご主人が持って来て下さった。玄関に出た妻の話では、半袖シャツ

ながらいつものように身だしなみのいいご主人がうれしそうに、

「ピオーネが来ましたので、何はさておきお届けに上りました」

といわれたという。

地主さんから借りている畑で丹精したばらをよく届けてよろこばせて下さる清水さんは、夏前からずっとお身体の加減がよくなくて、静養している。ご主人が代ってピオーネを届けて下さった。この伊予のピオーネは、去年も届けて頂いた。うすい皮で、その皮をむかずに口に入れる。最初のころは、私は皮をむいてから口に入れていた。妻はいきなり皮のまま食べていた。お互いに相手の食べかたを尊重して、自分流の食べかたを押しつけない。ところが、今年は私は方針を改めて、皮ごと口に入れることにした。皮といってもごくうすいものなので、皮ごと口に入れても食べるのにそんなに邪魔にならないことが分ったからである。

カレーの缶。

妻は、清水さんにカレー上げてもいい？　と訊く。絵里ちゃんのお母さんから頂いたカレーの缶三つ。インド風辛口を南足柄の長女への宅急便に入れ、イギリス風中辛を二人で頂いて、フランス風甘口というのが一つ残った。それを清水さんに上げてもいいと訊く。「いいよ。きっとよろこばれるよ」という。

この日（九月二日）は木谷先生のピアノの新学期が始まる日で、夕方、家を出る前に妻は清水さんに電話をかけて、団地の四階の清水さんの戸口のノブにカレーの缶を入れた袋を吊しておく。ピオーネをおいしく頂いていますというお礼の手紙を添えて。

残ったフランス風甘口のカレーをピオーネを下さった清水さんに差上げるとは、妻はいいことを思いついた。お身体の具合も大分よくなって、食欲が出て来たようにお聞きしているので、きっとよろこんで下さるだろう。

絵里ちゃんの手紙。

午後、絵里ちゃんの高校一年のお兄さんが、お母さんと絵里ちゃんからの手紙を届けてくれた。妻が函館のおみやげのカレーの缶を頂いてお礼状を差上げた。そのお礼の手紙である。夕方、若い男の子が玄関へ来て、郵便受のふたをあけて覗き込んだりしている。妻が出て行くと、

「斉藤です」。「ああ、絵里ちゃんのお兄さん?」というと、

「はい、母から手紙を」

といって封筒を差出した。四月に東京の高校に入った絵里ちゃんのお兄さんのことは、この前、お母さんから聞いていた。

お母さんの手紙には、

「函館のカレー、田舎のものですのに喜んでいただけましてうれしいです。私もその日の夕食のカレーにおみやげに頂戴しましたインドのスパイスを早速使わせていただいて、『いつもよりぐんとおいしい』と家族に賞められてしまいました」

と書いてあった。

絵里ちゃん一家はカレーライスが好物で、お母さんはよく作るらしい。妻が頂きもののインドのスパイスを差上げたら、早速それを料理に使ってくれた。

絵里ちゃんの手紙には、

「あのカレーを気に入っていただけて、私はよかったと、ホッとしました。こちらこそスパイスにお菓子にお茶まで頂いて、ありがとうございました。どれも、とてもおいしかったです」

と書いてあった。

手紙の下に絵が入っている。はじめは鍋の中でカレーが煮えているところ。鍋に「カレーです」と書き入れてあり、湯気が立っている。「ぐつぐつ」と書いてある。ガスの火にかかっているところだろう。

次は、そのカレーの鍋にスプーンでスパイスを入れるところ。やはり「ぐつぐつ」と書いてある。スパイスのスプーンには、「スプーン」「スパイス」と註がついている。

で、三番目は、出来上った カレーを絵里ちゃんがスプーンで掬《すく》って「お味見」をしているところ。片目をつぶった絵里ちゃん、

「う、うみゃい!」

と叫んでいる。「うみゃい」というのがいい。

絵里ちゃんは絵入りのいいお手紙を書いてくれた。

小学五年のころから木谷先生のピアノのおけいこで絵里ちゃんと一緒になった妻は、絵里ち

ゃんのことを、あまり物をいわない、はずかしがりのところが私たちの孫娘のフーちゃんに似ているといっていた。

こんなふうに絵入りの手紙を書くのが好きなところも、フーちゃんに似ている。

「いい手紙だなあ」

といって、妻と二人で感心する。

妻は絵里ちゃんと絵里ちゃんのお母さんへのお礼の手紙のなかに、イギリス風中辛のカレーを早速頂いたことを報告して、

「おいしくて、二人でうなりながら頂きました」

と書いたという。

ピアノのけいこ。

ピアノの新学期のおけいこから帰った妻に、

「いかがでした?」

と訊くと、

「ル・クッペのNが上りました。Oはもう一回弾くことになりました」

まずはめでたし。ただし、ブルグミュラーの「せきれい」はひどいものだという。よほど難しいらしい。

生田まで。

火災保険の払い込みに妻と駅前の銀行へ行く。昼食のあと、少し昼寝してから出かける。往き帰り歩いて、いい散歩をした。帰って、こちらは温室みかん二つとお茶を飲む。妻はピオーネとお茶。生田まで往復すると、気持よくくたびれて、お茶がおいしい。

ソファーで昼寝して、夕方の散歩に出る。これで万歩計は二万八千歩になる。

ハーモニカ。

九月になったので、夜のハーモニカは、「赤蜻蛉」と「旅愁」（これは少し早いが）を吹く。「旅愁」の作詞者の犬童球渓《いんどうきゅうけい》のことを妻と話す。この犬童さんについては、去年九月に出た私の随筆集『散歩道から』（講談社）に「『旅愁』の作者」が入っている。阪田寛夫の『どれみそら』（河出書房新社）を紹介した文章で、そこに犬童さんが登場する。『どれみそら』は、童話作家の工藤直子さんの質問に答えて、どうして「サッちゃん」のような子供の歌を作るようになったか、阪田が自分の半生をふり返りながら話すという形式の本である。犬童さんについて阪田は、

「じつに物静かな人であったらしいですね」

といっている。以前、犬童球渓のことを「更け行く秋の夜」という小説に書いたことのある阪田は、その小説の取材の折に（犬童さんは熊本の人吉の人であった）家族の方から伺ったというエピソードを紹介している。犬童さんの娘さんが小さい頃、

「お父さんが家におんなされば、さみしかな」

とぽつりといったことがあるという。私はここのところを読んで、「さみしかな」というお嬢さんのひとことに感銘を受けた。そんなふうに私は、「『旅愁』の作者」に書いている。「旅愁」をハーモニカで吹くとき、いつもこの話を思い出す。

夕顔。

朝、妻は「夕顔二つ咲きます」という。あとで玄関へ出てみると、夕顔の鉢から蕾が二つ出ていた。夕方、きれいに二つ、咲く。

妻と玄関に出て眺め、子供の頭をなでるように、「よく咲いてくれたね」といって、花の上をなでるようにする。妻もそれにならい、

「きれいですね」

という。

この前、夜の間に気がつかないうちに二つ咲いた。また、咲きかけているところへ強い雨が降って、咲きそびれたこともある。それだけに、二つきれいに咲いてくれて、うれしい。

ミサヲちゃんの電話。

午後、読売ランド前のミサヲちゃんから宅急便を受取ったお礼の電話がかかる。はじめに「いろいろ送って頂いてありがとうございます」といい、「かずやさん、お酒をとってもよろこんでいます」といった。頂きもののお酒を一本、宅急便の中に入れたのである。

「フーちゃん、どうしてる?」

と訊くと、「たのしく学校へ行っています。学校はたのしいらしいです」とミサヲちゃんがいった。それを聞いて、「よかったな」といってよろこぶ。

ハーモニカ。

はじめに「旅愁」、次に「赤蜻蛉」。「赤蜻蛉」を吹き、それに合せて妻が四番まで歌う。終って、「いい歌ですね」「いい歌だなあ」と二人でたたえる。三木露風の詞に山田耕筰の曲。

「山田耕筰はいいなあ」

「赤蜻蛉」を歌うと、いつもいい詞にいい曲をつけてくれた山田耕筰に感謝したくなる。

庭の花。

「庭を一まわりして、お花探して来る」

といって妻は鋏《はさみ》を手に出て行く。戻って来て、書斎の机の上に葉っぱと一緒に活ける。うすむらさきの粒のかたまりのような花。

「何？」

「蘭です。やぶ蘭」

「どこにあった？」

「うらの通り道です」

「そんなの咲いていたか」

「前はいっぱいありました」

それから妻は、ここへ来たはじめのころ、子供が山からいっぱい取って来て庭に植えたんですという。南足柄の長女も山に入って、このやぶ蘭を取って来て庭に植えた。うちへ持って来ましょうかといったが、うちはあるからいいといったのと、そんなことを妻は話した。目立たない、いい花。

パン屋のはしご。

午後、台所の修理の工事をしてくれた坂富さんへの支払いのために、妻と生田駅前の銀行へ行く。用を済ませたあと、

「カンパーニュと藤屋でパンを買って帰りましょう。パン屋さんのはしごしましょう」

と妻がいう。

先ず新しく出来たパン屋のカンパーニュでイギリスパンと胚芽パン、フィッセル（バゲットの小型）を買い、藤屋でクロワッサンとガーリックトーストを買う。パンの包みを持って藤屋へ入ったのではまずいので、妻が買物をしている間、こちらはカンパーニュで買ったパンの包みを持って、店の外の煉瓦を積んだ仕切りの上に腰かけている。藤屋のクロワッサンはおいしい。いつも中にはちみつを塗りつけて食べる。食べる度に二人で、

「クロワッサン、おいしいなあ」

という。評判がよくて、少し買物に行くのが遅いと、売切れていることが多い。

朝顔。

朝、書斎の雨戸をあけると、玄関へ朝刊を取りに出た妻が、

「朝顔二つ、咲いてる」

という。うれしそうな声。

「ピンクのが」

この朝顔は根岸の三徳さんがこの夏のはじめに入谷の朝顔市から送ってくれたもの。三徳は昔ながらの作り方を守っている佃煮屋さんで、よく方々へ佃煮を送ってもらっている。貰った方はみなよろこんで下さる。

入谷の朝顔市は、古い東京の下町の季節の風物詩として知られているが、こちらは新聞やテレビのニュースで承知しているだけで、一度も行ったことはない。三徳さんが朝顔市から朝顔の鉢を届けてくれたときは、私も妻も、いい物を頂いたといってよろこんだ。

この朝顔の鉢は、玄関に置いてある。朝夕、妻が水をやっている。ちがう色のが次々と咲くようになっている。最初に咲いたのは、うす茶であった。

入谷の朝顔市を見に行くことはこれからも無いだろう。家にいてこうして朝顔市の朝顔の咲くのを眺められるのは、ありがたい。

長女のはがき。

南足柄の長女からはがきが着く。いつも長女から来た手紙やはがきは、昼ご飯のあと、妻が声を出して読み、私はそれに聞き入る。

ハイケイ　いつの間にかチンチロ、リリリーと虫の声が聞え、どんぐりもポトンと落ちてきて、秋になってしまいましたが、お元気ですか。先日は素敵な内祝いを送っていただき、ありがとうございます。（註・長女が発起人となって、子供ら三人で八月の末の妻の誕生日のお祝いという名目で、私たちの寝室の六畳と居間と書斎の欄間に網戸を入れる工事を坂富さんに頼んでくれた。三人でその工事費をプレゼントしてくれた。坂富さんというのは、生田の丘の上に私たちの家を建ててくれたときに大工さんの頭であった人がのちに独立して建築の会社を作った。南足柄の長女のところも坂富さんに家を建ててもらった。それで長女は今も坂富さんと親しくしている。内祝いというのは、この網戸をプレゼントしてくれたお礼に三人の子供にそれぞれ気持ばかりの品を送ったのである。長女には、紅茶と紙ナプキン、カレーの缶ほか。「山の下」の長男には頂き物のスコッチ。次男には、次男の好きな山形の酒の「初孫」というふうに）

パンはおいしく食べました。紙ナプキンは色とりどりの雰囲気の違うのが沢山出て来て、うれしいなー。紅茶もこれからが出番、おいしい季節です。そしてカレーの缶（註・絵里ちゃんのお母さんの函館みやげのカレーの缶のうち、インド風辛口というのを長女への内祝いに加えた）は、たるんだ気持が吹き飛んで、直立不動の姿勢になるくらい辛くておいしいでした。正雄はカレンダーの九月二日（新学期）を見て見ぬふりをして、いつまでも夏休みが続くようなそぶりで暮していましたが、遂にお休みが終り、前の日の夜は、往生際悪く「終っちゃった。ああ終っちゃった」と騒いでいました。今は観念して元気に学校へ通っていま す。今年の夏休みの作品は、「めざせ貯金箱」。自分の欲しいものを靴とかサッカーボールとかを目的別に貯めてゆくしかけの貯金箱です。先日、久しぶりに下宿先から良雄が帰って来て、「ああ、うちのご飯はうめえ」(太字)と叫んでいましたが、「やっと分ったか」といったのよ。

はがきの表半分も使ってこれだけ書いてあった。妻が読み終り、

「そうか。インド風のカレーはやっぱり辛かったか。直立不動の姿勢になったというから、相当なものだな」

といい、妻は、

「でも、辛くておいしかったと書いてありますよ」

絵里ちゃんのお母さんのおかげで、南足柄の長女は、インドまで行かないと食べられないようなカレーを味わわせてもらったのだからよかった。めでたし、めでたし。

焼きお揚げ。

夕食にいつもの薄揚の中に刻んだ葱《ねぎ》をつめたのが出る。おいしい。酒にぴったり。妻に作り方をきく。薄揚の中に刻んだ葱を詰めておいて、ガスの火で両面を焼く。そこへ出しをかける。

「何という料理？」

と訊くと、名前はついていないらしい。妻はちょっと考えて、

「さあ……。焼きお揚げ、かな」

これが食卓に出ているのを見ると、うれしくなる。はじめのビールが終ってお酒に移ると、箸《はし》をつけることにしている。

ピアノのけいこ。

ピアノのおけいこから帰った妻に、

「いかがでした？」

と訊く。

「花まる頂いたの」

「どの曲？」

「ル・クッペのO。びっくり仰天。おまけして下さったの」

といってから、

「でも、せきれいはダメ」

お話にならないというふうにいう。ブルグミュラーの「せきれい」には、よくよく手こずっているらしい。

ハーモニカ。

「アニー・ローリー」から始めて、二曲目は、妻が「峠のわが家、久しぶりに」という。終って、「いいなあ、峠のわが家」と二人でたたえる。三曲目は「赤蜻蛉」。「とまっているよ　竿のさき」の四番まで歌う。

「いい曲ですね」

「うん。山田耕筰だ。山田耕筰はいいなあ」

生田へ。

午後から妻と生田駅前の銀行へ。十月十八日に見に行く宝塚大劇場の月組公演の座席券の代金を「星佳の会」の相沢さんに振込みに。十七日に大阪へお墓参りに行き、二日目に宝塚へ行くことにした。阪田寛夫は仕事が詰まっているらしいのと夏風邪がなかなか抜けなくて困っているので、今回は声をかけなかった。妻と二人だけで行く。

銀行のあと、駅前の不動産屋の軒先を借りて多摩川のもぎとり梨を売る太田さんへ梨の発送をたのみにゆく。毎年、身内の者に多摩川梨を送る。ところが、まだ来ていない。大家さんの小母さんは、夕方の五時ころに来るというので、十三日、上野の二科展を見に行った帰りに寄ることにして帰る。

家に戻ってお茶を飲み、一休みしてもう一回、夕方の散歩に出る。

「もう一かせぎして来る」

というと、「ムリしないで」と妻はいう。

夕方の、四回目の散歩は、西三田幼稚園の先をひとまわりするだけの短いコース、何でもない。

ハーモニカ。

「峠のわが家」「赤蜻蛉」を吹く。三曲目はいつも「カプリ島」でしめくくる。「明日、なつ子に聞かせてやって下さい」と妻はいう。明日は虎の門病院行きの日だが、南足柄の長女が来ることになっている。電話がかかったとき、妻がその日は虎の門行きだけどというと、

「かぎであけて入って、お掃除をしておく」

といった。

八百清のばら。

妻は市場の八百清でばらを十本買って来る。

「むちゃまけしてくれたの」という。市場の八百清では、八百屋の店のすみっこで小母さんが花を売っている。近ごろ、主人夫婦は引退して、八百屋の店を開店以来、忠実に働いて来たまもる君に譲った。自分たちは生花の方だけ続けてゆくことにした。

まもる君は岩手の水沢の近くの出身。八百清さんの店で働くようになってから年月がたった。結婚して、子供が女の子と男の子と二人いる。すぐ近くにスーパーマーケットのOKが出来てから、あまり客が入らない。それでも、まもる君は景気をつけるために、大きな声を出して呼込みをやる。その声が市場の近くまで行くと、聞える。一ブロック先からまもる君の声、聞え

ると妻はいっている。

八百清で買って来たばらを妻は、玄関、書斎、居間に活ける。書斎の机の上にも一つ、活ける。「いいなあ、このばら」という。

長女来る。

毎月の診察で虎の門病院梶ヶ谷分院へ行く日。いつも病院まで運んでくれる近所の個人タクシーの中山さんが二十分早く来て、九時前に病院に着く。関先生の診察のあと（血圧、よかった）、いつも長く待たされる笹ヶ原交差点のバスがすぐに来て、向ヶ丘でも走ってバスに乗り込んだので、十時すぎには家に戻った。早く帰れたので、玄関で長女を迎えてやることが出来た。

長女は、かますの干物のほかに大きなアップルパイを焼いて持って来てくれる。こちらは、長女に昼、食べさせてやる鮭のこうじ漬（これがおいしい）をOKで買って来る。その間に長女は書斎の硝子戸拭《ふ》きを済ませ、庭の草抜きにとりかかる。

昼は妻が長女に松茸ごはん、松茸の土びんむし、鮭のこうじ漬を出して食べさせる。長女は、土びんむしのスープを一口飲んで、

「おいしい」

という。

デザートは山梨の桃。この桃、主人が山梨出身の八百清には毎年出る。早くから出る。山梨

の桃が出ると、頂きものの岡山の桃（これもおいしいのに）が見劣りする。それくらい甘くておいしい。

長女は夏休みにおとなりの浦野さん一家（奥さんと子供三人）と横浜へ木下サーカスを見に行った話をする。はじめ十時半からの第一回のに並んだ。この列がびっくりするほど長い列で、長女たちの番が来るまでに満員になった。並んでいた人々には整理券が配られ、それを持って行けば夕方六時半からの部に入れてもらえる。で、時間をつぶして、また出直して、六時半からのサーカスを見物することが出来た。

それからサーカスには、世界で一頭だけとかいうライオンと虎の合の子（?）のライガーというのを外国のどこやらから借りて来たのがいたことなど話す。

サーカスに入場する前には、「『カンガルーとボクシングする人は出て下さい』といったら、いちばんに出て行こうね」と、小学五年の末っ子の正雄（長女はこの子を連れて行った）とかたく約束していたが、そんなことはいわなかった。きつねが口にくわえた筆で障子に歌のようなものを書くところの出て来るお芝居もあった。これは動物でなくて、きつねに扮した人間がやるのだが、迫力があった。木下サーカスのぬしのような小母さんが、寝たまま下駄ばきでたるころがしをするのがあった。その小母さんは、貫禄があった。

そんな話をしてから、長女は、

「今度、お父さんもお母さんも一緒に木下サーカス見に行きましょう」

という。長女のサーカスの話のあとで、ジンタの代りにこちらはハーモニカを聞かせてやった。「赤蜻蛉」「峠のわが家」「カプリ島」の三曲。長女は手を叩いてよろこぶ。夕食には長女のくれたかますの干物を頂く。デザートにアップルパイ。おいしい。

二

上野行き。

国分寺の小玉光雄さんから招待券を頂いた秋の二科展を見に妻と二人で上野へ出かける。十時ごろに家を出て、昼は上野の「藪《やぶ》」でいつものせいろうを食べるつもりで楽しみにしていた。二科展を見て、来てみたら、「藪」は改装のための工事中で、四十日休んで九月二十二日に開店するという。残念。がっかりしたが、妻は「ユタへ行きましょう」という。

ユタは高田馬場にあるコーヒー店。私たちは毎年、正月明けに早稲田の穴八幡へ一陽来復のお札を頂きに参詣した帰りに寄ることにしている。そのときは、いつもホットケーキとコーヒーに決めている。

「今日はお昼だからミックスサンドにしましょう」

と妻はいう。ミックスサンドは食べたことはないが、おいしそうだからという。よし、それに決めたという。ユタのホットケーキはおいしくて、いつも満足するが、今日はミックスサンドの方がいいだろう。

小玉さんの絵はこの数年続けている歌舞伎の舞台姿のシリーズでなくて、外国のどこかの景色を描いた「神の島の祭礼」。祭に集まった人たちが行事を見つめているところをかいたもの。小玉さんのお得意の群集のスケッチであった。

どこの国の景色だろう？　イタリアか。地中海のどこかの島だろうか？

妻は、祭を見つめる人の眼に注目する。舞台（これはかかれてはいない）を熱心に見つめている人の表情をうまく捉えてある。力のこもった、いい作品。帰りみち、「小玉さんのいい絵を見て、よかったね」と妻がいう。

――小玉さんにお礼のはがきを差上げたら、丁重なお手紙を頂いた。それによると、「神の島の祭礼」の島は、イタリアのシシリー島で、この作品をかくために小玉さんは何日も逗留されたらしい。

上野の帰り、高田馬場で下車してユタへ。ブレンドコーヒーとミックスサンドを註文する。このミックスサンドは、玉子とハムとレタスときゅうり。最初に食べた玉子は、スクランブルドエッグで、おいしい。一口食べて、よろこぶ。妻の勘が当って、どのサンドイッチもみなおいしい。

いつもはホットケーキに決めていて、それで満足するのだが、今日はおなかをすかしているので、ホットケーキでは物足りないといってミックスサンドにした妻のアイデアが大当りであった。二人で「おいしかった。おいしかった」といいながら帰る。小玉さんの絵はよかったし、ユタのミックスサンドはおいしかったし、今日の上野行きは上首尾で、二人とも満足して帰路についた。

長女のアップルパイ。

長女の宅急便に入っていたアップルパイを夕食後に頂く(上野へ行った翌日)。これで三回目。おいしい。妻と長女のためにニットスーツを編んでくれるご近所の山田さんに妻が大きいのを一切れ、差上げたが、まだ私たちの口に入る分はたっぷり残してある。

「おいしいなァ、なつ子のアップルパイ」

「おいしいですねえ」

と二人でたたえる。

「前はなつ子のラムケーキがおいしいと思っていたけど、アップルパイの方がおいしいと思うようになった」

という。毎年、二月の私の誕生日には、南足柄の長女からラム酒を利かせたラムケーキが届く。「生田の山の親分さん江」という手紙と一緒に。お父さん、何がいいですかと長女に訊かれて、いつも、ラムケーキがいいと答えるからだ。ところが、妻は前からアップルパイを送ってもらっている。今度のアップルパイを食べてみると、ラムケーキ(これもおいしい)よりアップルパイがいいような気がして来た。

二

虫騒動。

午後のピアノのおさらいをしていた妻は、何か首すじにさわるものがあるので、手で払ったら、シャツの袖口に毛虫が落ちた。網戸のところまで行き、庭に払い落した。

ピアノのおさらいを始める前に妻は、庭のブルームーン（ばら）の枝を剪定《せんてい》したついでに、垣根の山茶花《さざんか》と玄関の咲分け椿の枝を切った。そのときに葉っぱにいた毛虫がくっついたらしい。すぐにシャワーを浴びて、毛虫に刺された首すじに虫刺されによく効く、長女のくれたクリームをつけた。

夜、台所でふたたび妻の悲鳴が聞えた。

「かまきりが」

という。

頭に何かいるので払ったら、台所のステンレスの上に小さなかまきりが落ちた。すぐに行って、そのかまきりをつまんで、六畳から外へ投げた。

「これで二回目」

と妻はいう。午後の毛虫と夜のかまきり。一日のうちに二度まで虫にとりつかれた。

金木犀《きんもくせい》。

朝、妻は、

「金木犀、咲いてる」

という。朝の日課の、図書室から書斎までの廊下往復の「家歩き」をしているときであった。いつも朝食前にかるい体操をしたあとで、この「家歩き」をするのが日課になっている。六畳から庭を見たが、よく分らない。居間の縁側に妻が立っているので、そこへ行くと、金木犀の花がいくつも見えた。

「まだ匂いはないけど」

と妻はいう。これから匂うようになるだろう。

清水さん。

妻は松茸ご飯を炊き、ピアノのおけいこに行くとき、清水さんに届ける。身体の具合がよくなくて、このところずっと静養している清水さんを元気づけるために。清水さん、松茸ご飯を大へんよろこばれた。お身体の調子はよくなり、この分なら近いうちに畑へ出られそうだという。よかった。清水さんは団地の四階にいるが、地主さんから借りた近くの畑で丹精したばらをよく届けて下さる方である。

ピアノのけいこ。

ピアノのおけいこから戻った妻に、

「いかがでした？」

と訊くと、

「上りました」

「どの曲?」

「ル・クッペのPです。上ったんじゃなくて、上げて下さったの、木谷先生」

で、そのル・クッペのPのメロディーを妻は口ずさむ。右手で同じところを鳴らして、その間に左手でゆっくりと上って来るメロディーを弾く。ああ、あの曲か。妻がおさらいをしているとき、いつも「いいな」と思って聴いていた曲である。

「でも、せきれいはひどいの」

と妻はいう。ブルグミュラーの「せきれい」にはよくよく手こずっているらしい。

土びんむし。

夕食に松茸の土びんむしが出る。

今年はじめての土びんむし。スープをお猪口に注いで一口飲んで、「おいしい」という。あとで土びんのふたを取って、中のものをつまむ。先ず松茸。どっさり松茸が入っている。それから海老、かまぼこ、とりのささみ。三葉がおいしい。土びんむしの中身は、煮ないで、むす。それでおいしくなるのと妻はいう。煮ると、スープが濁る。

金木犀。

朝、妻は、「金木犀、いっぱい咲いた」という。「いっぱい」に力をこめていった。

登戸行き。

十月十七日のお墓参りの大阪行きの一カ月前になった。新幹線の切符を買いに行く。昼食を早めにして妻と二人で出かける。行きがけに駅前の銀行で地方発送を頼んだ梨屋さんに払う梨の代金を出してから登戸へ。十七日の往きと十九日の帰りの新幹線の切符を買って、ここで伊勢丹へスカートを買いに行く妻と別れて向ヶ丘遊園へ。バスで生田大橋下車、そこから歩いて郵便局のよこを曲り、いつもの散歩コースへ出て帰宅。

夕方、妻が戻る。前に一回スカートを作ったことのある伊勢丹のもみじ屋という店でフラノのスカートを作った。仮縫いなし。

ル・クッペ。

夜、ピアノのおさらいを終って居間へ来た妻に、

「いま弾いていたのは何?」

と訊く。

「ル・クッペのQです」

「いいなあ」

はじめてきく曲。

「なだらかに弾いていたよ」

というと、妻はよろこぶ。

ミサヲちゃんへ電話。

夕方、妻は日曜日にお彼岸のおはぎを作ることを知らせるためにミサヲちゃんに電話かける。

フーちゃんが出た。

「何してるの？」

返事なし。お母さんはと訊くと、

「春夫、散髪に連れて行った」

「あそびにお出で。お母さんに電話かかったといっといて」

ところが、フーちゃんがお母さんにいうのを忘れたか、ミサヲちゃんが忘れたか。電話かかって来ない。

夜、妻はもう一度、電話をかける。日曜日にお彼岸のおはぎを作る。土びんむしも作る。かずやが休みだったら取りに来て。台風が来るといってるから。お天気がよかったら届けるという。

おはぎ作ること、「山の下」にも知らせる。

松茸。

妻が伊勢丹へスカートを買いに行った日のこと。夕方、子供の声がして、庭から「山の下」の恵子ちゃん、龍太、あつ子ちゃん入って来る。あつ子ちゃん、「国産の松茸を貰ったので」といい、二本、届けてくれる。キノコも。長男が勤め先のヒルトンで貰って来た四本のうち二本を持って来てくれた。

しばらく子供ら、図書室でおもちゃを出して遊ぶ。ベッドに腰かけて見ていたが、

「何か口に入れるもの、無いかな?」

といって台所へ。前にビールのつまみのガーリックトーストを上げたら、恵子ちゃんは、「じいたんのパン、おいしい」といってよろこんだのを思い出す。台所のテーブルの上の缶からガーリックトースト二枚とり出し、持って行き、恵子ちゃんと龍太に渡す。

あと、書斎へ移り、恵子ちゃん、ピアノを弾いてあそぶ。そのうち、こちらは夕方の散歩に出かける。すぐに戻るから、戸はそのままでいいよとあつ子ちゃんにいって。

散歩から戻ると、「山の下」は帰ったあとで、門の前で妻が近所の山田さんと立ち話をしていた。こちらは家へ入る。あとで藤城さんが飼犬のゴンちゃんを連れて通りかかり、「カボス、持って来ます」といった。ところが、あとで届けてくれたのは、前にも頂いたことのある宮城のお酒の「浦霞」とカボスであった。藤城さんの御主人は巨人軍のピッチングコーチをしている。高校と中学へ行っている二人のお嬢さんがいる。うらの雑木林のなかに建った四軒の一つにいる。

前に私が買物のさげ袋を担いで崖の坂道の途中で立ち止って一服していたら、下から上って来た学校の帰りの上のお嬢さんが、「お持ちしましょうか?」と声をかけてくれたことがある。気持のいいご家族だなと、妻といつも感心している。

フーちゃんの写真。

書斎の仕事机の引出しの整理を妻がする。名刺を一枚探し出すために始めたのだが、大仕事になった。名刺は見つかった。

フーちゃんがまだ「山の下」の大家さんの借家にいたころの写真が出て来た。借家の庭先で妻がフーちゃんを抱いているのがある。フーちゃんが二歳のころか。

「この写真、好きなの」

と妻はいう。

今は小学四年生のフーちゃんは細長い顔をしているが、写真のフーちゃんは太っていて、まる顔。

ジャンパーを着て、うしろに木立の見えるところに立っているのもある。春夫が生れたとき、氏家の産院で写したのも出てきた。ミサヲちゃんが赤ちゃんにおっぱいを飲ませているのを覗き込んでいる。あのとき、産院ではお母さんにつきっきりで、離れようとしなかった。赤ちゃんにお母さんをとられて、心細くてたまらなかったころだ。その表情がよく出ている。

長女の手紙。

南足柄の長女の手紙来る。梨が着いたというお礼の手紙。


ハイケイ。

大好物の多摩川梨が二段になってぎっしり詰まった大箱が到着。上が幸水で下は青梨。もう嬉しくて、手にとってみたり、数えたり。口に入れたら、水々しくて甘くておいしい、おいしい。体中に元気がみなぎる気がします。外は金木犀の香りがただよい、幸せいっぱいです。あんなに沢山送っていただいてありがとうございます。

先日も秋の味覚の王様、松茸の土びんむし（ここは太字）をご馳走してもらって、おいしかったです。お土産に頂いたしゃけのこうじ漬がおいしいおいしいと大好評。

デザートに梨をつけて、そこへアップルパイとお紅茶が加われば、もう「ム・ム・無上のよろこび」ですね。アップルパイは、りんごを煮るとき、レモン汁を入れるだけで、あとは何も入れないのがおいしいみたいよ。

十五日の日はお墓参りに良雄と正雄も一緒に八王子へ行き（良雄は丁度、秋冬の服をとりに帰っていたの）、帰りに読売ランドへ。前から正雄がのりたいのりたいといっていたジェットコースターには若いもんだけが乗り、トウさんと私は観覧車に乗り、「山の上」のお父さんの家や和也の家を見つけようとしたのに分らなかったの。残念。そして、帰りに和泉多摩川の良雄の下宿に寄って、良雄の出してくれたお茶を飲み、「くつろぐねえ」といいました。良雄と正雄は夜の路地でスケボーをして遊んでいました。

十六日はいつもの休日のようにジェリーの散歩は山の中を一時間くらい歩いて、庭で木の枝を燃して、四時ごろから煉炭に火を起して、きび団子やら焼鳥を焼き、あつあつを食べました。

正雄はマリオ（猫）とぶらんこにのったり、ハンモックで遊んだり、のんびりとくつろいで過しました。お休みが二日続くと、本当にのんびりします。暗くなってから煉炭でわいた湯でいれたコーヒーが最高でした。では又、アイレスバロー行くからね。今度は扇風器かたづけましょう。お元気でおすごし下さい。　なつ子。

妻はよみ終って、「なつ子、扇風器かたづけに来てくれるの。ありがとう」といってよろこぶ。

「アイレスバローって何？」

「アガサ・クリスティーの本に出て来るの。なつ子と私の愛読書。何でも厄介なことをきれいにかたづけてくれる家政婦。すてきな、すてきな人なの」

金木犀。

夕方、暗くなって書斎の雨戸をしめるとき、庭の東南の隅の金木犀の根のまわりに花が散りしいて、金色に染まっているのが見えた。

六畳の向いの、もう一つの金木犀（こちらの方が大きい）も根のまわりに花が散りしいているが、東南の隅の金木犀ほどではない。

雨戸をしめかけたまま、東南の隅の金木犀の根のあたりに見とれる。

土びんむし。

夕食に松茸の土びんむしと松茸御飯が出る。この間、「山の下」のあつ子ちゃんが届けてくれた国産の松茸がたっぷり入っている。

おいしい。妻の話を聞くと、昆布とかつおでお出しをとるのが大事だという。前の晩に大きな昆布を水に浸して、一晩寝かせて出しをとる。昆布を引き上げて、削りがつおを入れて煮る。そこへ塩、お酒、醬油を加えて、出しは出来上り。

一方で海老、とりのささみ、白いかまぼこ、ぎんなんを別々に茹でておく。これを土びんに入れて、最後に松茸を入れる。すぐむせるように用意しておいたせいろうに土びんを入れ、最後に三葉を入れる。

海老、ささみ、かまぼこ、ぎんなんは別々に茹で、茹ですぎないようにする。昆布出しをたっぷりとるのがこつと妻はいう。これがわが家の松茸の土びんむしの作り方である。

おはぎくばり。

お彼岸のおはぎを作るのに妻は五時起きしてとりかかる。餡こは前の晩に作ってある。台風の接近で雨風強くなる中、出来上った。

先ず「山の下」に電話をかける。長男は半袖シャツ一枚でびしょぬれになって来る。ピアノの父母の写真の前で手を合せてから、おはぎと土びんむしの材料とお出しを貰って帰る。ミサヲちゃんに電話をかける。次男は車でもらいに来るという。

次男が来るまでに妻は、清水さんと市場の八百清におはぎを届けるため、雨の中を出かける。このころは、雨風は大分おとなしくなっていた。(前に三男を亡くした八百清の夫婦のために

仏さまに供えてといって妻は毎年、おはぎを届けている）

次男来る。シャツの上にビニールのコートをかぶって車で来た。先ずピアノの前で手を合せて、長い間お参りしてくれる。子供ら元気かと訊くと、元気ですという。フーちゃんは、夏休みの読書感想文を書いた。うちから貰った『赤い鳥六年生』の中のおじいさんとかっぱの話（坪田譲治）について書いた。苦労して、ミサヲが助けてやって、やっと書けたという。このおじいさんとかっぱの話、私も妻も読んで面白かった。よかったな、読みたいなという。今秋、筑摩書房から出る井伏さんの全集の内容見本を子供のころ、『ドリトル先生物語』を愛読していた次男に渡す。

そこへ妻が帰る。清水さん、よろこんでいた。宮城の妹さんから届いた国産の松茸一本と枝豆を頂いた。八百清で奥さんにおはぎ渡すと、泣いていた。八百清夫婦の三男がまだ十代の若さで亡くなってから十年以上たつのに、奥さんは泣くのである。

次男はおはぎと土びんむしの材料、お出し、藤城さんから頂いた「浦霞」を貰って、よろこんで帰る。早起きしてお彼岸のおはぎを作った妻は、「うまく行ったァ」といってよろこぶ。おはぎくばりが無事終り、こちらはお昼におはぎを二つ食べる。粒餡とこし餡と二通り作ったというので、はじめに粒餡、二つ目はこし餡を頂く。どちらもおいしい。

最初、おはぎが出来上ったとき、ピアノの上の父母の写真の前に先ず六つお供えして、妻と二人で手を合せた。

台風の後片づけ。

妻は台風で落ちた庭木の枝と葉を片づける。門の前もきれいに掃除する。午後は、うらの通り道の花壇の草抜き。みやこわすれのすき間を埋める草を抜く。

「みやこわすれの間に草が生えているのか、草の間にみやこわすれが生えているのか、分らないくらい」と妻はいう。こちらは手伝わずに、

「ご苦労はん。大仕事だったな」

といってねぎらう。

ハーモニカ。

久しぶりに「谷間に灯ともしころ」を吹く。この曲は、長女がくれた唱歌集の本を見ると、「谷間の灯」となっている。だが、長年「谷間に灯ともしころ」と覚えていたので、その方が収まりがよい。最後のところを間違えて早く終りにしてしまったので、歌っていた妻は慌てた。

あと、「赤蜻蛉」「カプリ島」。

「おはぎくばり」のつづき。

次男がおはぎを貰いに来たときの話。庭のアケビの実を一つ持って来てくれた。次男一家は庭のアケビの実をみんなで楽しみに食べる。種は庭にはき出す。ふみ子が好きで、いちばんよく食べる。

次男がアケビの大きい実を一つ持って出ようとしたら、「持って行くの？」といった。

それからふみ子は習字が好きで、と次男いう。「大きくなっても続けたらいいね」と話す。

フーちゃんは、のびやかな、力強いいい字を書く。

ミサヲちゃんの電話。

台風の翌日、ミサヲちゃんから台風のお見舞いの電話がかかる。妻は、藤棚の柱の支えの木が二つとれただけという。最後に妻は、

「フーちゃんの読書感想文、読ませてね」

という。いつか届けてくれるとうれしい。

上野行き。

大阪の池田清明さんから案内を頂いた一水展を見に妻と上野へ。いい天気。「上野日和だ」といって、十時ごろに家を出る。

早く着く。池田さんは「赤いチャイナドレス」。お嬢さんがモデルの絵。いい。出かける前、「今年もきっとお嬢さんがモデルでしょう」と妻と二人でいって、楽しみにして来た。

はじめて池田さんの絵を見たのが一水展で、飼犬を連れて庭先に立っているお嬢さんをかいたものであった。「夏休み」という題で、よかった。

このときは亡くなった木下義謙《よしのり》さんから招待券を頂いて、一水展を見に行った。木下さんには私の『野鴨』が講談社から出た折に、表紙の装画（銀杏の葉のデッサン）を頂いたという御縁があって、毎年、秋の一水展の御案内を下さった。

池田さんの名前を知らずに作品の前に立ち、妻も私も感心した。そのことを当時、「文學界」に連載していた「さくらんぼジャム」の中に書いた。これが文藝春秋から本になったときに、たまたま大阪の池田さんの目にとまってお手紙を頂いた。で、木下義謙さんがお亡くなりになってからは（ご冥福を祈る）、一水展の案内を池田さんから頂くようになったというわけである。

一水展のあと、九月二十二日に新装開店した「藪」へ行く。二階は前と同じ作り。いつものせいろうを二枚ずつ食べる。おいしい。この前、二科展をみたあと、たのしみにして来たら、工事中でがっかりした。

二階のいつもそば粉をこねている部屋の窓に「新そば入荷」という貼紙があったから、今日のそばは、その新そばであったのだろう。「おいしかった」と帰りみち、何度もいう。夕食のときにも妻は、

「おいしかったね」

といい、いってから、

「これ、しつこく明日までいいそうね」

といって笑う。

ブルームーン。

道路に面したブルームーンに蕾が三つ出ていたが、そのうちの一つが大きくなり、上の方が

赤くなっている。この前の台風で折れなくて、助かった。まわりの庭木が守ってくれた。二人で無事をよろこぶ。

ブルームーン。

朝、妻は上の方が赤くなったブルームーンを切ろうかと思ったけど、もう少し置いておくことにしたという。

くちなし。

妻はくちなしの枝を切って、洗面所の花生けにさし、毎日、水をとり替えていたが、やっと根が出て来た。これを取って、山茶花の垣根のそばに植える。玄関のもっこくの根元にも、二つ、同じようにして植えたくちなしがある。うまくついたらしい。

すすきとり。

ぽつりぽつりと雨が落ちて来る日。止んではまたふり出す日和に妻は崖の坂道へ明日のお月見のすすきを切りに行く。去年のお月見は、その日に崖の坂道へとりに行ったら、一つも残っていなくてがっかりした。今年はお月見の前日に行ったら、まだ誰もとりに来ていなくて、「いいのをいっぱいとって来た」という。

居間の縁側にすすきを活けて、岩手のりんご（埼玉の鈴木さん――あつ子ちゃんのお父さん――から頂いたもの）、大阪の学校友達の村木が送ってくれたさつまいもをお供えする。村木のさつまいも。

宅急便で届いた村木のさつまいもの箱は、見事なのがいっぱい詰っていた。村木の手紙が入っている。

爽かな秋になって来ましたが、お元気ですか。さつまいも少々お送りします。私は春以来、神社の拝殿の建替えの寄附集めに忙しく、やっと建築も終って十月二十日の奉告祭の段取りになって、肩の荷をおろした所です。ますますの御健筆をお祈り致します。

九月二十五日

村木一男

村木は大阪の河内長野市に親の代から住んでいて、村の神社の氏子総代をしている。寄附集めは大へんな仕事だろう。よほど人望がなければ出来ない仕事だろうと妻と話す。また、戦後、村木が私たちをほたる狩りに招いてくれた日のことなど思い出して話した。近くの川でほたる狩りに興じたあと、村木の家でお酒が出て、ご馳走になった。

七十を過ぎた今も畑を作っていて、さつまいも、玉葱、じゃがいも、大根などを収穫する度にいっぱい送ってくれる。有難いことだ。

ハーモニカ。

来た。

「旅愁」から始めて、「赤蜻蛉」。だんだんと「更けゆく秋の夜」の歌詞の似合う季節になって

お月見。

昨日から妻は縁側にすすきを活け、りんごやさつまいもを供えてお月見の支度をしていたが、今日は生憎の曇り空となる。夕方、一時、雨がふり出した。せっかく支度をしたので、居間の雨戸だけしめないでおく。

ところが、夕食後、「ちょっと見て来ます」といって妻が玄関へ出て行くと、空の雲に隠れていたお月さんが出て来た。妻が呼ぶので、こちらも出ていく。

なるほど雲の間にまんまるのお月さんが出ている。妻と二人で月に向って手を合せる。月はすぐにまた雲にかくれる。

「お月さん、見られた」

といって、二人でよろこび、家に入る。家に入って、妻は、

「見いちゃった、見ちゃった。いいもの、見いちゃった」

という。

「山の下」へ。

夕方、少し暗くなってから、妻と「山の下」へ長男の誕生日のお祝いの「初孫」（私の愛用している山形のお酒）と、町内会から届いた長寿者へのお祝いのお米、五キロのを一袋、岩手

のりんごを持って行く。

前の道に近所のお母さんが集まり、子供のかけっこを見物している。かけっこをさせているのは長男。早番で会社から戻るなり、近所の子供を遊ばせている。その中に恵子ちゃんも龍太もいる。

長男が、よーいどんというと、二十メートルくらい離れたところから、うす暗がりの中を子供ら、走って来る。先頭は恵子ちゃん。速い。みんなから十メートル以上おくれて走って来るのが、龍太であった。最後まで走った。

今度、スタート地点へ引返すとき、龍太は妻に向って何かいった。妻に訊くと、

「こんちゃん、見てて」

と龍太はいったらしい。「こんちゃん」は、孫たちが妻を呼ぶときの愛称である。南足柄の長女のところの長男で、いま横浜のお父さんの会社に勤めている和雄が、まだ小さくて、お母さんに連れられて私たちの家へ来ていたころに、妻のことを「こんちゃん」と呼んだのが始まり。あとの孫がみんなそれにならい、妻の愛称となって今に続いている。

長男は「初孫」を貰ってよろこぶ。「いくつになった?」と訊くと、「四十五です」。

ブルームーン。

道路に面したブルームーンが咲きかけていると妻に知らせると、鋏を持って庭へ出て行く。ブルームーンを切って来て、書斎の机の上に活ける。ひらいてはいないが、もう切ってもいい

くらいになっている。うれしい。

ブルームーン。

朝、妻は、「ブルームーン、ひらいた」という。妻が切って来て活けた日から三日目。

その翌朝、「ブルームーン、よくひらいた」と妻がいう。すぐに見に行く。「きれいだね」といってよろこぶ。机の上の花生けのなかでいい具合にふくらんでひらいた。

スペイン舞踊の会。

四時ごろにいそべ巻を二つ食べて、蘭このみさんのスペイン舞踊公演を見に赤坂の草月ホールへ出かける。蘭このみさんは宝塚を退団してからスペインへ行き、スペイン舞踊の勉強をした。二年に一回くらい、リサイタルをひらく。地道にこつこつと続けている。

阪田寛夫の次女のなつめちゃん（大浦みずき）と宝塚の同期で、そんなご縁で私たちが宝塚月組の公演を見に行くとき、いつも切符をとってくれた。退団してからはこうしてリサイタルの案内をいつも下さる。

妻はリサイタルを見に行くとき、アップルパイを焼いて、楽屋に届けることにしている。

草月ホールに着くと、入口にこのみさんのご両親がおられた。舞台ではこのみさんが演出家の前で最後の稽古をしている。終ってこのみさん、私たちのところへ来る。稽古着が汗ばんでいる。妻は持参した松茸ご飯とアップルパイとお祝いの封筒をこのみさんに渡す。「松茸ご飯です」というと、このみさん、「えーっ」といってよろこぶ。

このみさんは、今回は演出家の註文で前衛的なものになり、最後に二曲だけフラメンコを踊りますという。

あと、開演まで向いの是清公園へ入って、ベンチに腰かけている。いい公園。

公演は七時に始まる。会場は満員になった。中年の婦人が多いのは、蘭このみさんの舞踊教室(方々にある)でのお弟子さんかもしれない。このみさんのいった通り、前半の「前衛的な」舞台が終って、フラメンコの衣裳になってからの二曲がよかった。歌をうたうスペイン人とギターの染谷ひろしさんが、このみさんの踊りを引き立てていた。開演前にとなりの席に阪田寛夫が来た。一緒に帰る。蘭このみさんが精進を続けていることがよく分る公演であった。

「よかったね」と阪田と話す。

ブルームーン。

庭のブルームーンに一つ咲いたのがある。知らない間にひらいて、咲き切っていた。しばらく庭に出なかったら、その間に蕾が大きくなった。もっと早く気が附けばよかった。惜しいことをした。

清水さん来る。

玄関の呼鈴が鳴り、妻が出て行くなり、うれしい悲鳴を上げる。身体の具合が悪くなってからはじめて清水さんが来てくれた。御主人の車で来られた。畑の花を届けて下さる。うれしい。

玄関へ出て行って、

「よかったですね」

と申し上げる。

加減が悪くなって、家で静養するようになってからは、毎日行っていた、地主さんから借りている畑へも行けなかった。家にこもり切りになって半年近くたっただろうか。よかった。

山本医院行き。
二、三日前に頭に出来た湿疹が左の眉からまぶたへひろがり、おなかにも別の発疹が出来た。妻が心配して、前にインフルエンザで熱が出たときに診てもらった内科小児科の山本先生へ行った方がいいという。妻と二人で行く。ところが、はじめに女先生が診て、すぐに御主人を呼び、二人でおなかを見て、「水疱瘡《みずぼうそう》ですね」といったから驚いた。
御主人（この方も医者）の方は、こんなお年の方ではじめてですという。

水疱瘡は子供のかかるもの。山本先生がいうには、先日、スーパーマーケットのＯＫでうつって来た水疱瘡の子供がいるという。こちらは毎日、買物にＯＫへ行っているから、そこで貰って来たのが出たのかも知れない。

「静かにしていて下さい。横になってテレビでもごらんになっていて下さい」

と女先生がいう。年をとった人が水疱瘡になった場合は、肺炎を起したりすることがありますからと御主人の方はいう。抗生物質と湿疹につける化膿どめのチューブ入りの薬と、水疱瘡につける白い塗り薬を薬局で貰って帰る。

散歩が出来ないのが辛い。だが、こじらせて二週間後の大阪のお墓参りに差支えるようなことがあっては大へんだから、ここは辛抱して「静かにしている」ことにしよう。

次男一家来る。

山本医院へ行った翌日妻がミサヲちゃんに電話をかけて、阪田寛夫が大阪の池田のお姉さんに頼んで送ってくれた松茸と土びんむしの材料とスープをとりに来てもらう。水疱瘡のことも知らせる。(「山の下」にもこのことを知らせ、しばらく子供を連れて来ないようにいった)

午後、日曜日で休みの次男がミサヲちゃん、フーちゃん、春夫と一緒にお見舞いに来てくれる。玄関にいてもらって、図書室のベッドから台所まで出て行って、離れたところから「ありがとう」という。あとで次男だけ庭へまわり、図書室の窓ぎわへ来て、少し話をする。日本経済新聞に書いた遠藤周作追悼の随筆を読んだこと、会社でいろんな人から読みましたといわれたことなど。「安静にしていて下さい」と窓ごしにいって去る。

フーちゃんがお見舞いのことばと絵をかいた紙を持って来てくれた。絵は「うさぎとかめのレース」。うさぎは首から銀とかいたものを吊している。かめは金とかいたものを吊している。うしろで小さなかめが、かめの絵をかいた旗を持って立っている。うさぎの応援の方は、うさぎの絵の旗を立てている。クレオンを使った、たのしい絵。

表には大きなしっかりとした鉛筆の字で、

「おじいちゃん　早く水ぼうそうなおしてね」

と書いてある。うれしい。

フーちゃんを安心させるためにも、一日も早く水疱瘡を治さなくてはいけない。散歩もがまんしよう。

妻は次男一家にケーキを買ってやることにして、次男の車に乗ってシャトレーへ行く。どれでも好きなのをいいなさいといって、フーちゃんと春夫にケースの中から好きなケーキを選ばせて、みんなに買って上げた。

「大よろこびしていた」

と帰った妻が報告する。

ミサヲちゃんには松茸、土びんむしの材料、スープを持たせた。

山本先生へ。

薬が効いたのか、いわれた通り、日課の散歩もやめておとなしくしていたら、三日で身体の発疹がきれいにとれた。妻は、ひょっとすると、子供のころにかかって、免疫が残っていたので軽く済んだのかという。そうかも知れない。で、妻は心配して下さっている山本先生へ頂きものの岡山のマスカットを持って報告に行く。御主人も出てきて、二人で詳しく様子を訊く。左のまぶたが腫れているというと、バイキンが入ったのかも知れないといい、抗生物質を下さる。身体の発疹はきれいになったことを話すと、

「軽かったのですね」

といって、二人でよろこんで下さった。

顔の湿疹。

妻は左のまぶたから頬へかけて腫《は》れているのを気にして、冷蔵庫で冷したアイスノンを手拭いにくるんで、左のまぶたに当てて下さいという。で、妻のいう通りにしていたら腫れが引いて来た。ありがたい。

山本先生へ。

午後、山本医院へ行き、両先生にきれいになった身体の発疹のあとを見てもらった。診察に来ているほかの子供に水疱瘡をうつしてはいけないので、用心して裏口から入る。

女先生も御主人も、上半身を見て、よくなりましたといい、よろこんで下さる。

長男の電話。

夜、「山の下」の長男から、お見舞いの電話がかかる。妻が水疱瘡の方はよくなったことを知らせる。明後日の恵子ちゃんの幼稚園の運動会には、妻が行くことも話す。

翌日。夕方、図書室のベッドにいたら、長男が見舞いに来る。日本経済新聞に出た「遠藤から届いた花」を読んだと会社でいろんな人からいわれたという。

ブルームーン。

庭のブルームーンが一つ、昨日から咲いている。もう切った方がよさそうだ。昼、妻にいうと(いつも庭のばらを切って来るのは妻の役なので)、いま、お鍋のものが煮えかかっているので手が放せないの、切って下さいという。こちらは切り方が分らない。

「五枚葉のすぐ上を切って下さい」

といわれて、ブルームーンのそばまで来る。五枚葉は分ったが、すぐ上を切るというのがよく分らない。五枚葉の下を切って妻に渡す。

あとで妻にこのことを話すと、五枚葉を枝に残すようにすぐ上を切る。そうすると、切ったところから新しい芽が出るのです。清水さんから教わったのという。下を切ったら、五枚葉は枝に残らないわけ。なるほど。

散歩再開。

山本医院へ二度目に行って、よろしいといわれた翌日から、今まで通り散歩を始める。ただし、いつもの半分くらいにする。外へ出て歩けるというのは、どんなにいいか、身にしみて分った。子供らやフーちゃんにまでみんなに心配をかけたが、よくなって散歩が前の通り出来るようになったのが、いちばんうれしい。これで顔の腫れも引いたし、十月十七日の大阪のお墓参りには、すっきりして出発できそうだ。ありがたい。湿疹も、妻がいうには、最初に出来たところがまだ少し残っているだけ。それがイングランドとアイルランドのようなかたちをしている。あとひと息というからうれしい。

ル・クッペ。

夜、妻がピアノのおさらいをしている。弾きにくそうにしている。あとで「何という曲?」

と訊くと、「ル・クッペのR」という。

「何だか弾きにくそうだな」

「これは安川加寿子さんの註を見ると、鐘の音がいろいろひびき合っているところを曲にしたのだそうです」

「そうか。難しい筈《はず》だな」

という。

フランス語では何とか、英語ではチャイムという題なんだそうですと、妻はいった。

三

ブルームーン。

うばめがしのかげのブルームーンが一つ咲いていると妻にいったら、よろこんで、すぐに庭へ出て、切って来て、ピアノの上に活ける。

書斎の机の上には、何日か前に妻が切った道路側のブルームーン。これが机の上でひらいて来た。いいかたちにひらいて、妻はよろこぶ。

ハーモニカ。

時間が遅いので一曲だけといい、「赤蜻蛉」を吹く。三木露風の歌に山田耕筰が曲をつけた。ハーモニカに合せて、「とまっているよ　竿のさき」の四番まで妻が歌う。歌い終って、

「いい曲ですね」

「いい曲だなあ」

と二人でたたえる。

お祝いのミート・シュウ。

セ・リーグで巨人の優勝が決まったので、午後から妻は近所の藤城さんに予告しておいたお祝いのミート・シュウを作りにかかる。シュークリームの皮の中に牛肉を入れたもの。藤城さんのご主人は、巨人軍のピッチングコーチをしている。お嬢さんが二人いる。気持のいいご家族なので、私と妻は巨人が優勝してくれるといいなと話し合っていたのである。

妻は藤城さんに会ったとき、優勝したらシュークリームの皮の中に肉を入れたミート・シュウをお届けしますといっておいた。妻は牛肉の入ったのと海老の入ったのとポテトサラダの入ったのと三通り、十八個作った。これを三つの紙皿（花模様の）にのせて、これはミート、これは海老と書いたメモに紙ナプキンと「おめでとうございます」と書いたカードを添えて、夕方、暗くなったころに、雑木林のなかの藤城さんのお宅に届けた。

玄関へ奥さんと高校へ行っている上のお嬢さんの二人が出て来て、「まあ、きれい」といってよろこばれたと、妻が話す。

そのあと、夕食を始めていたら、玄関へ奥さんと上のお嬢さんが現れ、

「揚げ物です」

といって、大皿いっぱいに海老のフライをのせたのを届けて下さる。新潟の「越乃寒梅」も一本、下さる。玄関へ出て行って、お祝いとお礼を申し上げる。

早速、海老のフライを頂く。おいしい。妻が電話をかけて、「おいしく頂いて居ります」と

申し上げる。奥さんはこちらの差上げたミート・シュウを大へんよろこんで下さったので、妻は作り方をいった。

「藤城さんは料理がお好きらしい。家庭的な、いい奥さんですね」と妻はいう。

山茶花咲く（十月十三日）。

庭のうばめがしのかげのブルームーンが一つ咲いたのを妻は切って来る。

「山茶花咲きました」

といって、ついでに玄関の垣根の山茶花の咲いたのを二つ切って来る。玄関の花生けに活ける。ブルームーンは、ピアノの上に活ける。

あとで外へ出て、山茶花の垣根に花がいくつか咲いているのを眺める。十月半ばで咲き出した。これから十二月まで咲き続けてくれるだろう。


大阪行き（十七日）。

新幹線11時20分すぎのひかりで大阪へ。頭と顔の湿疹もきれいによくなったし、いい天気になり、よろこぶ。

二時、新大阪着。いつもの通り、中之島の大阪グランドホテルに入り、すぐに帝塚山《てづかやま》の兄の家へ。兄の長女の晴子ちゃんが迎えてくれる。この日に行くことを知らせておいたので。

先ずお仏壇に妻と二人でお参りする。父と母の写真の間に戦後早くに亡くなった長兄鷗一と三年前に亡くなった兄英二の写真を置いてある。お茶も四つ、お供えしてある。先日、日本経済新聞に出た私の随筆「遠藤から届いた花」の切抜もお供えしてくれてある。悦子さん（義姉）の心くばりに感謝する。持参したお供えを仏壇に置き、線香に火をつける。

悦子さんはジンジャーケーキを焼いて出してくれる。晴子ちゃんはフルーツケーキを焼いてくれた。九度山（紀州の）の相谷さんから届いた渋抜きのお柿もむいてくれる。おいしい。相谷さんは、兄英二が帝塚山学院の水泳部に力を入れていたころ、コーチをお願いしていた方である。

晴子ちゃん、学院の新校舎のプランのことなど、いろいろ話す。悦子さんの用意してくれたおすし、ケーキは頂いて帰る。二人、門の前へ出て見送ってくれる。

グランドに帰り、予約しておいた六時半になるのを待って竹葉へ。楽しみにしていた夕食。いつもの鰻会席A。最後に塗りの大きな箱に入った蒲焼が運ばれたところで、尾っぽの方を取って、お椀の御飯の上にのせる。その前に御飯にタレを少しかけておく。鰻の上からもタレをかけて、お椀にふたをする。このようにしていつもの手順通りに「うな丼」を作っておく。残りの蒲焼で酒を飲む。で、最後に「うな丼」を食べる。お椀のなかでむされて丁度いい具合になっている。おいしい。

コースの途中で運ばれるお刺身がまた活きがよくて、おいしい。二人とも満足して部屋に帰り、私は持参のウイスキー（バランタイン17年）を飲む。九時前にバスに入って寝床へ。

宝塚行き（十八日）。

朝、八時に起きて、悦子さんが作って持たせてくれたおすしを二人で頂く。どっさり詰めてあるので、残さないかと案じたが、きれいに食べてしまった。

十時すぎにグランドを出て宝塚へ。南口で下車。これも楽しみにしていた宝塚ホテルのコーヒーショップでコーヒーを飲む。おいしい。この店は全部籐の椅子で、落着いていい。馴染客らしいのが、ティータイムを寛いで楽しんでいる。

ここは、一昨年、宝塚を見に来たとき、阪田寛夫にどこかコーヒーを飲むところはないかと訊いたら、案内してくれた。コーヒーはおいしく、雰囲気もよく、気に入った。去年、阪田と三人で四月にきたときも、大劇場へ行く前にこのコーヒーショップで一休みした。

十一時に大劇場へ。椅子に腰かけて、座席券を受取る約束の十二時半まで待つ。妻は向いの土産物を売る店でプログラムを買って来る。そこはフーちゃんや春夫の好きそうな「キラキラするもの」を並べていると妻がいう。

早く着きすぎたわけだが、こういうところで椅子に腰かけて妻と二人で時間待ちをするのも楽しい。向いの店から若い女の店員が出て来て、斜め向いにあるほかの売店へかけ出して行く。何しに行ったんだろうと見送る。間もなく戻って来た。

十二時半になり、妻は「星佳の会」の相沢真智子さんからの手紙で指定されたコーヒー店へ行き、座席券を貰って来る。「星佳の会」の人から（相沢さんは今日は来ないらしい）座席券を受取る。久世星佳《くぜせいか》さんといつも切符の世話をしてくれる相沢さんに上げるつもりでグランドで買ってきたパンの入った袋を渡して、相沢さんの分は皆さんで上って下さいと頼んでおいた。

劇場に入る。前から三列目の真中のいい席。となりへ久世さんのお母さんが来て、妻と話をする。久世さんのお母さんは、戦後に阪田寛夫と私が大阪の朝日放送に勤めていたころ、アナウンサーの同僚であった「服部さん」である。お嬢さんが宝塚音楽学校に入ったことが分って、それ以来、私たちは久世さんを応援することになった。その久世さんが天分に恵まれ、よく精進して、月組のトップになった。今年（九六年）の四月、おひろめ公演の「CAN・CAN」を見に、阪田と妻と三人で宝塚へ来た。

久世さんのお母さんは、久世さんが子供のころ、「星の牧場」（庄野英二作）の舞台を見て、本を買って読んだというような話を妻にした。

柴田侑宏《ゆきひろ》作・演出の「チェーザレ・ボルジア」は、イタリア史の人物を主人公とした物語、久世さんはコスチューム・プレイがよく似合っていた。

グランドに戻り、六時半に帝塚山の弟夫婦をロビイに迎えて竹葉へ。大阪へお墓参りに来ると、ときどき弟夫婦を招いて一緒に食事をする。むかし、弟と親しくしていた医師の森島夫妻のその後の話を聞く。食事を終って（例の如く、弟夫婦も「うな丼」を作って）、部屋に戻って森島夫妻の話のつづきを聞く。夫婦二人ともお医者さんで開業していた森島夫妻が離婚して別れて暮すようになってから、年月がたった。最近、弟の長男で堺市に住む泉ちゃんの子供が夜、咳が出て苦しみ、小児科のもとの森島夫人のところへ担ぎ込み、助けてもらった話を弟がする。ウイスキーを飲み、ホテルの売店で買ったケーキをみんなで食べる。九時半近くになり、おひらきにして、エレベーターまで弟夫婦を送って行く。

お墓参り（十九日）。

七時半に起きて、早い目にアルメリアへ。いつも朝食の時間は混むのに、いい具合に空いていた。コンチネンタルの朝食。グレープフルーツジュースとトースト、コーヒー（妻は紅茶）。

阿倍野《あべの》のお墓へ。いつもお花を買う岩崎花店があいていて、息子夫婦が店にいる。「おじいちゃんはいかが？」と訊くと、息子は、「おじいちゃんはちょっと弱っていて、寝かせています」

という。前は、いつもこの店におじいさんとおばあさんがいて、お花を買い、線香に火をつけてもらった。二人の顔を見ないと、さびしい。

お墓へ行くと、悦子さんがお参りしてくれたらしく、新しい花が供えてある。水をかけて、花を供えて、亡き父母と二人の兄の前に近況報告――「群像」の「ピアノの音」の連載は間もなく終りますが、引続いて「文學界」の連載が始まります――を済ませる。すぐそばの阪田家のお墓に寄り、墓石に水をかける。わが家と阪田家とは、この市営墓地のなかで隣組といってもいいところにお墓がある。

淀屋橋まで戻って、時間があるので、中之島公園の三好達治の詩碑にお参りする。詩碑はお参りするものではないだろうが、こちらは阿倍野から戻ったところで、お参りの気分になる。阪田と一緒のときも、「三好さんにアイサツしよう」といって、詩碑を訪ねる。

同郷の大先輩である三好さんのご生前、私は著書が出る度にお送りしていた。それを三好さんが読んで下さっていたらしいことは、お通夜に伺ったとき、前に文藝春秋に勤めていたことのあるお嬢さんから聞いた。

グランドを出て十一時半ころ新大阪に着く。待合室で時間待ちをする。少し離れた椅子にお父さんに連れられて旅行する、小学三、四年くらいの女の子の姉妹がいる。その片方の子が次男の長女で小学四年のフーちゃんに似ている。もう一人の子は、さげ袋からリカちゃんを次々ととり出すのに、フーちゃんに似た子は、いつまでも一つの人形を手にして眺めている。

お父さんはどこかへ行って戻って来ない。子供二人だけで待っている。途中で一度戻って来て、お弁当らしい包みを子供に渡すと、またいなくなった。そのうち、二人の子供は、小さなゲーム盤のようなものをとり出して、いじくり始めた。

「面白い親子ね」

「どこへ行くんだろう」

といって、眼が離せない。

時間が来て、こちらは待合室を出て改札口へ。2時4分のひかりに乗車、大阪を去る。

帰宅すると、帝塚山の義姉からの宅急便が届いている。九度山の相谷さんの渋抜きのお柿、晴子ちゃんのフルーツケーキ、宇治茶二缶（煎茶と玉露）が入っている。

「お仏壇にもお墓にもお参り出来て、みんなによろこんでもらって、いい旅行だったね」

といってよろこぶ。

新大阪で買った「浪花弁当」でビールとお酒にする。いつも買って来る「八角弁当」が、今日は無かった。「浪花弁当」もおいしい。

三

カサブランカ。

大阪へ行く前に、妻は玄関の花生けのカサブランカ（百合）に氷水をたっぷりやり、根のねばねばしたところを取った。そうすると、花が長もちする。大阪から帰ってみると、玄関のカサブランカはしっかりしている。妻はよろこぶ。

私は妻が冷蔵庫から氷のかたまりをいくつもとり出して、玄関の花生けに入れるところを見ていた。その甲斐があった。

ミサヲちゃんに電話（二十一日）。

午後、妻はミサヲちゃんに電話かける。今日か明日行く、渡すものがあるのでというと、明日がいいです、文子も春夫もいるのでという。で、明日、三時ごろ行くことにする。

ミサヲちゃんからの電話（二十二日）。

昼前、ミサヲちゃんから電話かかる。「文子は今日、クラブ活動があり、帰るのが四時ごろになります。そのあとに来て下さい」

次男の家へ。

午後、三時半に家を出て、ミサヲちゃん宅へ。リュックに頂き物の大きな梨三つとみかんを入れて担いで行く。妻はシュークリームを作り、フーちゃんへのおみやげの『赤い鳥五年生』とおせんべい一袋を持って行く。『赤い鳥』は、むかし、鈴木三重吉の「赤い鳥」に載った童話や詩を学年別に分けて本にしたもの。前にフーちゃんに『赤い鳥六年生』を上げたら、フーちゃんはよろこび、その中のおじいさんとかっぱの話（坪田譲治）を夏休みの読書感想に書いた。

次男の家に着くと、居間からフーちゃんが顔を出して、「こんにちはー」という。春夫の友だちが来て遊んでいた。フーちゃん、妻から貰った『赤い鳥五年生』をひらいて見ている。

妻が昨日、向ヶ丘のダイエーのおもちゃ売場で買った小さなゲーム盤をフーちゃんに渡す。新大阪の待合室でフーちゃんによく似た女の子が持っていたゲーム盤からヒントを得た。フーちゃん、声を立ててよろこぶ。近ごろ人気のあるおもちゃらしく、学校でも持って来る友達が多くて、フーちゃんは欲しかったのかも知れない。

春夫が来て、ゲーム盤を見てよろこぶ。

今日はクラブ活動の日と聞いていたので、フーちゃんに、

「陸上やってる？　何をするの？」

と訊く。

「高とびと幅とび」

とフーちゃん。

本をフーちゃんに渡すとき、妻は「むじなの手、というのが面白いよ」という。昨夜、読んだ中でそれがいちばん面白かった。中村星湖《せいこ》の「むじなの手」。朝食のとき、妻からその話を聞いた。田舎の大きい、使用人が何人もいる家での話。台所のおひつの御飯が夜の間にきれいに無くなっている。使用人の誰かがこっそり食べたのかと思うが、そうでない。使用人の一人が寝ずの番をして見張っていたが、眠り込んでしまう。それは近くの山にいるむじなの仕業だと分るという話。

フーちゃんのお習字が台所の前の壁に貼ってある。「村人」。三枚あるうちの一枚をミサヲちゃんに分けてもらって帰る。のびやかで力強い、いい字。ミサヲちゃんとフーちゃん、門の前で手を振って送ってくれる。

家に帰ってから、妻は、新大阪の待合室の二人の女の子がゲームをしているのを見たので、今日、フーちゃんに同じゲーム盤を上げられたといってよろこぶ。ふしぎなめぐり合せであった。

長女来る。

南足柄から長女が十時半ごろ来る。大きなアップルパイを焼いて持って来てくれる。

書斎でお茶を出して話を聞く。十月三十日に良雄(次男)が見習いで働いている会社のパーティーがホテルオークラである。社員二十人の貿易会社で、社員の親が全部招待されている。オークラ一泊つきの招待である。長女はよろこんでいる。

そのあと、長女は網戸を全部片づけて、書斎の硝子戸ふきをしてくれる。

昼、妻は長女に誕生日の前祝いとして鯛の刺身、小さな鉄鍋入りの鉄板焼フィレステーキを出して食べさせる。その前に二人でハッピーバースデイをうたってはやしたてる。あとでお祝いのショルダーバッグと図書券を渡す。長女よろこぶ。長女は御飯のお代りをして、おいしいおいしいといって食べる。

アップルパイ。

長女のアップルパイを夕食後のデザートに頂く。おいしいおいしいといって、これで三日続けて食べる。妻に「誰にも上げるな」といい、全部二人で頂く。

ゼラニウム。

妻は石垣の下のプランターのゼラニウムを切って、さし木する。ご近所で鉢植の花をいっぱい育てている秋田さんから、十月中にゼラニウムのさし木をしないといけないと聞いていたので。全部済ましてほっとしたという(二十七日朝)。

ハーモニカ。

「赤蜻蛉」「旅愁」を吹く。「旅愁」を歌い終って、妻は、

「犬童さん、いい歌を作りましたね」

といって、二人で感心する。犬童球渓作。

清水さん夫妻に会う。

昼前の散歩のとき、西三田幼稚園へ入る手前で車に乗った清水さん夫妻に会う。お二人とも車から出て来て、丁重に挨拶される。清水さんに、

「お元気になられましたね。おめでとうございます」

と申し上げる。顔色もよく、お元気そうであった。畑で丹精したばらをよく届けて下さる清水さんが身体を悪くして、お宅で静養されるようになって、どのくらいたつだろう？ 元気になられてよかった。

清水さん。

午後の散歩から戻ると、清水さんの御主人が玄関の前で妻と話していた。清水さんからお赤飯を炊きますという電話があったので、頂きにいきますといったら、御主人が届けてくれた。お元気になられて何よりですと申し上げる。

ピアノのけいこ。

ピアノのおけいこから帰った妻に、「いかがでした？」と訊く。だめといってから、「せきれいは、もう一回弾いてみて下さいといわれた」

とうれしそうにいう。えんえんと弾いて来た「せきれい」も、いよいよ上げて頂ける日が近

三

づいたらしい。

「カプリ島」。

「赤蜻蛉」「旅愁」のあと、いつも通りハーモニカだけで「カプリ島」を吹く。妻はきき入って、

「これきいていると、波打際をやどかりが走って行くところが浮ぶの」

という。それも四匹くらい、走って行くという。

ブルームーン。

二日ほど前、「まだ少し早い」といって切るのをやめた庭のブルームーンの蕾を妻が切って来て、書斎の机の上のひらき切ったブルームーンととりかえる。

葉が大きくて立派なのに驚く。わが家で咲いたばらと思えないといって、二人でよろこぶ。

長女の手紙。

南足柄の長女から手紙来る。

ハイケイ　山の上の親分さんとお上さん。一昨日はすばらしいお誕生日の一日をプレゼントしていただいて本当にありがとうございます。秋晴れのすがすがしい昼下り、硝子みがきをしていると、お庭に漂って来るいい匂い――何だろうと楽しみにして坐ったお昼ご飯のテーブルに並んだご馳走のかずかず――フィレステーキとポテトが鉄板の上でジューじゅーい

ってるようで、鯛のお刺身。ふたつき小鉢の中はあつあつの麩と油揚の玉子とじ。それに大好きな山芋と三葉と海苔の入ったお吸物。それにたきたてのご飯に茄子ときゅうりのお漬物。そのご飯に小女子《こうなご》をのせて。何とおいしそうなお誕生日のお昼ご飯でしょう。本当においしかったです。

お昼ご飯のあとは、お父さんのハーモニカとお母さんの歌を聞かせてもらって、これだけでも最高のお誕生日のプレゼントなのに、そのあと現れました大きな箱から深い、いい色の大ぶりのショルダーのハンドバッグ。とっても使いやすそうです。前から欲しかったの。うれしいです。

そして大切な、古い本『狐になった奥さま』（ガーネット・上田勤訳）に図書券をつけて貸して下さり、うれしいお手紙のカードを添えていただいて、本当に仕合せです。ハンドバッグは一生使えそう。それに三十日のオークラのパーティーのためにお母さんのハンドバッグまでお借りしてごめんね。三十日には気取って行って来るわ。

おみやげのシャケのこうじ漬、かぼちゃの煮物とミート・シュウであっという間にまたまたおいしい夕食が出来て、ゆっくりお風呂に入って、本当にいい、一足早いお誕生日ができました。ありがとうございます。週末には和雄も良雄も寮と下宿から帰って来るので、お母さんのお料理をまねて、うーんとうならせてやろうと思っているの。どうぞお身体に気をつけて、疲れないようにして下さいね。

まだまだたったの四十九歳のいのしし娘より。(註・長女は亥年の生れ。いのしし娘と自称する)

崖の紅い草。

午後、妻は鋏を持って、崖の坂道に茂っている茎も葉っぱもいい色に紅くなった草をいっぱい切って来て、ピアノのよこの棚と居間の花生けに活ける。かかえ切れないくらい切って来た。二人で眺めてよろこぶ。

あとで散歩のときに見たら、なるほど紅い葉をつけた草は残っていなかった。

「全部切って来た」

と妻がよろこんでいた筈だ。

ブルームーン。

書斎の机の上のブルームーンがいい具合にひらいて来た。よろこぶ。妻は毎日、花生けの水をかえて、根の先のねばねばを少し切るという。そうすると、花がよくもつ。

オークラの長女。

夜、妻は長女に電話をかけて、オークラはどうだったと訊く。昨日、良雄の会社のパーティーに夫婦で招かれて(宿泊つき)、今日、帰宅した。長女の話によると、パーティーには和風会席の料理が用意してあり、お皿にのったにぎり鮓《ずし》も出た。おいしかったという。

部屋に戻って、ルームサービスでアップルパイと紅茶をとった。良雄が見習いとして働いているのは親会社がフランスの小さな貿易商社で、その親会社からもパーティーにフランス人が出席していたという。

山茶花咲く（十一月二日）。

この数日、玄関の垣根の山茶花が次々と咲いては散り、花びらが下の石段にいっぱい散り敷いている。よく咲いた。十一月に入る手前からよく咲き出した。

「松原とうちゃん」の歌。

六畳での昼ご飯は紅茶とトーストに温野菜、果物。この、にんじん、玉葱、グリーンピース、コーンの入った温野菜がおいしい。

妻は、小学校（帝塚山学院）のころの運動会のことを話し出す。十一月三日はいつもいいお天気なのに、一回だけ途中から雨がふり出し、雨の中の運動会になったことがある。一時は土砂ぶりになり、水たまりの中で続けた。そんなことははじめてだったので、たのしかった。

その話から子供のころ、長男がよく歌っていた「松原とうちゃん」の歌の話になる。「松原とおく　きゆるところ」という「海」の替歌である。「松原とうちゃん　きゆるかあちゃん」というのがうたい出しで、そのあとは、とうちゃんとかあちゃんが派手に立ちまわりをする。

その歌詞を二人で思い出そうとするが、あやふやである。妻は、「かあちゃんは得意のハンマー投げ」

があったという。では、とうちゃんの方は「空手チョップ」であったかも知れない。とにかく派手なけんかを始める。終りが「見よ、このけんか」というのであった。長男は学校で覚えて来たらしい。よく歌っていた。その長男もこの前の誕生日に山形の酒「初孫」をお祝いに届けてやったとき、「いくつになった?」と訊くと、「四十五です」といった。妻は「今度、たつやが来たら、歌詞をきいておきます」という。四十五歳の「とうちゃん」は、果して覚えているだろうか。どうだろう?

鉄板焼ステーキ。

夕食は、鉄鍋入りのステーキ。じゃがいもとピーマンつきの山形牛のフィレステーキ。おいしい。

料理法を妻に訊く。はじめににんにくをフライパンでオイルでゆっくりいためる。そのあと、天火で焼いておいたじゃがいもとピーマンをいためる。

このじゃがいも、ピーマンを小さな鉄鍋に移しておいて、にんにくや野菜をいためたあとのフライパンで牛肉を焼く。あらかた焼いておいてから鉄鍋に移し、野菜と一緒にもう一度焼く。肉の上ににんにくをのせる。

「にんにくがおいしいな」と食べ終ってからいう。

「ステーキよりおいしいといいたくなるくらい、おいしいね。そんなことといったら、山形牛にわるいけど」

ハーモニカ。

はじめに「紅葉」（秋の夕日に）を吹き、そのあと、久しぶりに「庭の千草」を吹く。忘れてはいなかった。

清水さんに会う。

お使いに行く途中、妻は東京ガスのよこで畑から出て来た清水さん夫妻に会った。清水さんは妻と一緒に地主さんから借りて花を作っている畑へ引返して、ばらをいくつか切って下さる。清水さんは畑に葱を植えに来た帰りですという。大へん元気そうであった。

頂いたばらを妻はピアノのよこの棚に活ける。

「清水さんのばらは、葉がつやつやしている」

と妻はいう。

長くお身体の具合がわるくて家にこもり切りであった清水さんが、またもとのように畑へ出られるようになって、よかった。うれしい。

大やかん。

午後、妻は修理に出してあった靴をとりに向ヶ丘遊園の靴屋へ行く。そのあと、アイチ金物店に寄って、前から欲しかった大きなやかん（7リッター入り）を買って、さげて帰る。念願かなって、妻は大よろこび。こちらもうれしい。

夏前に愛用していた大やかんの底に穴があいた。「山の下」の長男に頼んでハンダづけで直してもらうことにする。長男はその気になってハンダを買って来てくれたが、底にあいた穴が大きいのを見て、ハンダづけは無理だと思ったらしい。で、そのままになっていた。

一度、妻は向ヶ丘のダイエーでやかんを探したが、こちらの欲しい大きさのは無かった。大やかんのありそうなアイチ金物店に行ったら、その日が運悪く定休日であった。そんなことがあった。やっと望みが叶えられた。

「いいお店なの。何でも揃っているの」

と妻はいう。

さげて帰った大やかんを居間の掛軸を吊す壁のそばに飾って眺める。

「いい色をしていますね。金いろで」

「立派だなあ」

と二人でたたえる。昔のままのやかん。さげるところに籐の皮を巻いてあるのも昔のまま。これで庭木の手入れに大沢さん（植木屋）が来ても、かんてきの上にこの大やかんをのせて出せるといって、妻はよろこぶ。庭木の手入れに近いうちに来てくれることになっている。

せきれい。

ピアノのおけいこから帰った妻に、

「いかがでした？」

と訊く。

「せきれい、上げて下さった」

「コングラチュレイションズ（おめでとう）」

いつまでかかるかと思った「せきれい」が無事に上ったとは、めでたい。

「上ってみると、何だか名残惜しくなる」

と妻はいう。

「いつもびくびくして弾いていたのに、今日はひらき直って弾いたら、木谷先生、上げて下さったの」

いつも三十分のおけいこの最後の五分は、けいこの緊張をほぐすために歌をうたうことになっていて、毎月、先生が楽譜を下さる。今月は「いくとせふるさと来てみれば」の「故郷の廃《はい》家《か》」を下さったという。曲はアメリカのヘイス。これに「旅愁」の犬童球渓が詞をつけた。

「犬童さんか。なつかしいな」

という。

「更けゆく秋の夜」の「旅愁」もそうだが、熊本の人吉出身の犬童さんは、外国の曲にぴったりした歌詞をつけるのがうまい。

ハーモニカ。

「故郷の廃家」「紅葉」（秋の夕日に）を吹く。「故郷の廃家」ははじめて吹いたが、うまく吹けた。妻はよろこぶ。

「犬童さんの作詞、いいなあ」

「いいですね」

と二人でたたえる。

清水さんのばら。

書斎の机の上に活けてあった清水さんの畑のばらがきれいにひらいた。淡紅色のばら。同じ花生けに前から活けてある庭のブルームーンは、ひらきかけたまま。

門燈。

ピアノのおけいこの日のこと。妻がおけいこに行っている間、図書室の窓ぎわのベッドで昼寝していた。五時前になり、もうそろそろ帰るので、起きて玄関へ行き、門燈をつける。その前に台所の電燈もつける。うらの通り道に明りがさして、妻が歩きよいので。

そこへ妻が帰って来た。

「ひらき戸開けようとしたら、ぱっと門燈がついたの」

という。間がよかった。

なすのやのすみれ。

月に一回の梶ヶ谷の虎の門病院分院での診察を終ったあと、帰りの向ヶ丘遊園からのバスを生田大橋で下車して歩く。途中でなすのやに寄る。妻はしばらくなすのやに行かなかったので、買いたいものがたまっていたという。

なすのやでお米（新潟のこしひかり）、にんにくのたまり漬、袋入りのせんべいを買って外へ出たら、店の前にすみれ（パンジー）が並べてあった。そろそろすみれを植えなくてはと思っていたところなのといい、妻はよろこぶ。すみれいくつか買ってお米と一緒に届けてもらうことにする。生田大橋でバスを下りて歩くことにしたおかげで、いい具合になすのやの前を通りかかり、気になっていた買物が出来たといって妻はよろこぶ。

すみれ植える。

虎の門病院から帰った日の午後のこと。なすのやがすみれを届けてくれる。そのすみれを植える場所を作らなくてはいけないので、妻はブローディアを植えてあった門のよこのプランターを玄関へ運び、土を全部あけて、その土で夏に次男のところのジップを預かったとき、ジップが縁側の前に掘った穴を埋めた。プランターの中にあったブローディアの小さな球根をとり出して段ボール箱に集める。

この大仕事をしている最中に、なすのやがお米と一緒にすみれを届けてくれた。で、そのすみれをブローディアをあけたあとのプランターに庭のすみの園芸用の土を入れた上に植える。残ったすみれは、物置の前からからっぽの鉢をいくつかとって来て、そこに植え、プランターは門のよこに、植木鉢は玄関の石段に並べておいた。妻はこれだけの仕事をやってのけた。こちらは、「ご苦労はん」といって、妻をねぎらう。

手伝い。

午後、妻が「プランター担いでくれますか」というので、外へ出て行く。石垣の下に並べてあるゼラニウムのプランターが五つある。そのうち、二つがこわれかけている。これを捨てて整理したい。ゼラニウムは切って、さし木しないといけないという。

で、石垣の下のこわれかかったプランター二つを妻と二人で担いで、門の内側へ運び上げる。お安いご用だ。

ハーモニカ。

「故郷の廃家」「紅葉」のあと、いつもの通り最後は歌なしハーモニカだけの「カプリ島」。妻は「カプリ島」ますます磨きがかかって、日に日によくなるという。きいていると、波打際をうすいピンクのやどかりが四匹、走るのが見えるのという。

四十雀《しじゅうから》。

妻が脂身を入れたばかりの庭のムラサキシキブの枝のかごに早速、四十雀が来てつつく。毎年、冬になって鳥の食べる虫がいなくなると、牛肉の脂身のかたまりをかごに入れてやる。このかごは「山の下」の長男がまだ家にいたころ、銅線を編んで作ってくれたもの。一回、脂身ごと猫に持って行かれた。今のは二代目。冬になると、四十雀、メジロが来て、脂身をつつく。四十雀が好きで、よくつつきに来る。メジロはそれほど好きではないようだ。

はじめ二羽で来て、一羽がつついて梅の枝に移ると、あとの一羽がかごへ来る。そのうち三羽になる。しばらく三羽で入れかわって脂身に来ていたが、いなくなる。

ハーモニカ。

「故郷の廃家」「紅葉」のあと、「旅愁」を吹く。「いいですね」と妻はいい、二人で作詞の犬童球渓をたたえる。

「カプリ島」を吹き終ると、

「今日は波打際を走る白の、ピンクがかったやどかりがリボンをつけて笑っているの」

と妻はいう。いろんな景色が浮ぶものだ。

悲しき知らせ(九日)。

夕方、吉岡達夫から電話かかり、「小沼《おぬま》が昨日のお昼、十二時半に病院で肺炎で亡くなった。家族だけで葬儀をすませて、小沼はもうお骨になって家に帰った。さっき、奥さんから電話があった」という。

四月に妻と二人で清瀬の病院へ見舞いに行ってから、ずっと行っていなかった。三日ほど前に、たまたま古い随筆集を読み返していたら、小沼のことを書いた「創意工夫」という随筆があった。それを読んだことを書いてしばらくぶりに小沼に葉書を出したところであった。その葉書に、

「長らくご無沙汰。お尋ねもしないでご免なさい。ただし、一日も早いご回復と退院を日夜、念じて居ります」

と書いた。その通りであった。

三

この葉書は八幡町の小沼の自宅宛に送ったが、おそらく家に届いたときには、小沼はもうこの世にはいなかっただろう。仕方がない。

ただ一つ、せめてもの慰みは、去年の春に新潮社から出た『文学交友録』の最後の章を「小沼丹・庄野英二」として、小沼との四十年に及ぶつきあいを振返って書いたことだ。この本を送ったころはまだ小沼は元気であったから、私の本を読んでくれたに違いない。その中で私たちが小沼夫妻を誘って、伊良湖岬の長い海岸線を見下すホテルへ行ったときのことなんかも書いたから、小沼はきっとよろこんでくれたに違いない。

吉岡からの電話を聞いたあと、妻としばらく小沼のことを話してから、二人で小沼の冥福を祈って手を合せる。

夜、いつものハーモニカは、一曲だけにして、小沼の好きだった「カプリ島」を吹く。

次男一家来る。

午後、妻が修理に出してあった靴をとりに向ヶ丘遊園の靴屋へ行った留守のこと。何かフーちゃんらしい声がすると思って、書斎の硝子戸から覗くと、フーちゃんと春夫がひらき戸をあけて出て行くのが見えた。

外に出ると、向うにとめてある次男の車からミサヲちゃんが出て来る、フーちゃんと春夫、走って来る。

「しばらくご無沙汰しましたので、来ました」

とミサヲちゃんいう。

フーちゃんと春夫は庭でオニごっこをして木の間を走って遊ぶ。次男来る。書斎へ通ってもらって話をする。

「しばらく来なかったので」

と次男いう。この前、水疱瘡の私を一家で見舞いに来てくれたとき以来だ。あれから一月たった。

今月末に刊行が開始される筑摩の井伏さんの全集のことを話す。小学生のころに『ドリトル先生物語』を愛読していた次男は、井伏さんが好きで、今度出る全集にも関心を持っている。はじめのうち庭で走りまわっていたフーちゃんたちは家へ上り、次男と私が図書室へ行ったとき、おもちゃを床の上にひろげて遊んでいた。はじめ、これ上げてといってミサヲちゃんにおせんべいの袋を渡す。妻がいれば次男一家に何かと持たせてやるのだが、こちらはどこに何があるのかさっぱり分らない。おせんべい一袋では愛想がなかった。次男一家帰る。

あとで妻が帰って、残念がる。丁度、焼き上げたばかりのフルーツケーキがあった。半分切って上げてくれたらよかったのにという。近所の藤城さんからこの間頂いた新潟の越乃寒梅もあったのにといって妻は残念がる。こちらは気が利かないから、でくのぼうのようなものだ。

妻は何度も電話をかけて、夕方、暗くなったころ、やっとミサヲちゃんと話すことが出来た。越乃寒梅もあるから、かずやに来るようにいってという。次男はジップを散歩に連れ出していた。お酒を上げるといえば、次男は来ると思ったと妻はいう。果して間もなくミサヲちゃんから電話がかかり、「いま、かずやさん、出ました」という。

次男が来るまでに、妻はさげ袋二つに次男に渡すものを詰める。半分に切ったフルーツケーキ、ラ・フランス三個、みかん、トマト、茹でた枝豆、お酒一本、フーちゃんと春夫の好きな「キラキラするもの」、折紙。この「キラキラするもの」とは、尾山台の安岡治子ちゃんがフーちゃんたちのために銀座で買って来て、送ってくれたかわいいシールのことだ。

四

ピアノのけいこ。

ピアノのおけいこから帰った妻に、

「いかがでした?」

と訊く。

「ル・クッペのR。前よりずっとよくなりました。鐘の音が聞えるようになりました。もう一回、来週きかせて下さいといわれた」

という。

「ル・クッペのR」は、方々で鐘の音がひびき合うところを描いた曲である。けいこに行く前におさらいしているのをきいて、

「スムーズになったよ」

といった。それに力を得て、今日は先生の前で弾いたのと妻はいう。よかった。

王林りんご。

この一月くらい、朝食のとき、トーストとコーヒーを終って、りんごとお茶に移る度に、「りんご、おいしいなあ」と、二人でりんごをたたえる。

妻がいつも行く市場の八百清で、最近、主人夫婦から店を任された岩手出身のまもる君に、「おいしいりんご、ある?」

と尋ねたら、この王林を出してくれたという。

王林は甘いだけのりんごと思っていたら、まもる君の勧めたのは、爽かで、おいしい。これまでりんごは「ふじ」がいちばんと思っていたが、王林もなかなかいい。毎朝、お茶と一緒に楽しんで食べている。お茶とよく合う。まもる君は、いいりんごを勧めてくれた。

清水さんのばら。

午後、清水さんから電話かかり、「畑のばらを切って来ました」というので、妻は頂きに行く。長らくお身体の具合が悪くて家で静養していた清水さんは元気になり、畑へも出かけられるようになった。うれしい。病気になる前は、地主さんから借りている畑へ毎日のように行っておられたのである。

ただ、元気になったとはいっても、以前のように崖の急な坂道を上って、畑のばらを届けて下さるのは、まだ無理なようだ。

妻はばらを二つと紙袋に詰めた大きな富有柿五つを頂いて帰る。淡紅色とクリーム色のばら二つ。ピアノの上に活ける。清水さんが前のように畑へ出られるようになったことを妻とよろこぶ。

ウタコさんのミュージカル。

ウタコさんのミュージカル「紳士は金髪がお好き」を見に、妻と銀座博品館劇場へ行く。ウタコさんとは、宝塚にいたときの剣幸《つるぎみゆき》さんの愛称。月組にいたころから私たちは応援していた。阪田寛夫の次女のなつめちゃん（大浦みずき）と宝塚音楽学校の同期であり、そういう御縁で、月組のトップになって主役を演じるようになってからは、私たちが月組の公演を見に行くとき、いつも前の方のいい席をとってくれた。なつめちゃんが私たちのことを頼んでくれたので。ウタコさんが宝塚を退団して、フリーで舞台に立つようになってからは、妻と二人でいつも見に行く。

地下鉄新橋からの道順が分らなくなり、人に尋ねて少しまごついたが、開演の二時までに劇場に着く。入口にウタコさんの会、オフィス・エイツーの世話をしている白石人美さんがいて、迎えてくれる。妻は家を出るまでに焼いて来たミートパイをウタコさんの分と一緒に白石さんに渡す。白石さん遠慮したけれども、受取った。気持のいい方で、会う度に妻と感心する。

最前列の席で、となりへ阪田寛夫が来る。いつもウタコさんの公演は、誘い合せて一緒に見ることにしている。

「紳士は金髪がお好き」は、昔、マリリン・モンローの主演で映画になったもの。モンローの役をウタコさんが演じる。愛敬満点。モンローの映画は見ていないが、きっとモンローよりいいだろう。ほかに宝塚ではウタコさんの先輩の高汐巴、大原ますみ、室町あかねが出る。宝塚出身の人ばかりで、賑やか。ウタコさんより後輩では、羽根知里さんも出ていた。よく出来たショウで、最後が盛り上った。

あと、三人で大久保の「くろがね」へ。井伏さんがひいきにしておられた「くろがね」には、年に二回くらい、家族で宝塚の公演を見たあとに寄る。たまにしか来ないのに、いつもよろこんでもてなしてくれる。

最初に阪田に、今日は新潮社から最近出た阪田の『童謡の天体』のお祝いと小沼の追悼の会だよと話しておく。いちばん奥のいつもの席について、妻が用意して来た小さな写真立てに小沼の写真が入ったのを、花を活ける台（何というのだろう？　壁から出ている）の上に置く。家を出る前に妻が探して来た小沼の写真は、「くろがね」のこの奥の席にいるところを写したもの。で、最初、コップにビールを注いで、写真に供える。阪田の本の「おめでとう」をいって乾盃してから、小沼の写真に向ってまた乾盃の仕草をする。

ビールを運んで来た信子《しんこ》ちゃんもよろこぶ。

「小沼さんがいちばん来たかったところですから」

と妻がいう。

「そうだ。この席でよくモン・パリを歌ったんだ」

その「モン・パリ」を歌うところは、阪田も一緒に居合せて、何度もきいている。

信子ちゃんは、小沼の教え子で早稲田で教えている大島一彦さんと一緒に清瀬の病院へ見舞いに行った日のことを思い出して話す。しばらく話しているうちに、小沼が、大島さんに車で来ているんだろうといい、「これから行こう」といい出した。行先は「くろがね」のつもりであったかどうかは、分らない。とにかく酒場へ行こうということらしかった――そんな話を信子ちゃんがした。

「あ、ビールが減ってる」

と、小沼の写真の前に供えたビールのコップを指して妻がいった。

「ほんとうだ」

とみんなでいった。

阪田は、今度、「群像」の小説（「七十一歳のシェイクスピア」）を書くので、小沼のロンドン滞在の記録である『椋鳥日記』（河出書房新社）を読み返したことを話す。ウタコさんのミュージカルを見に行ったおかげで、亡くなったばかりの小沼のいい供養が出来たことをよろこぶ。

山茶花散る。

四、五日前、強い北風が吹き荒れた日、玄関の垣根の山茶花の花がいっぱい散りしいた。「こんなに咲いていたのか」と驚くくらいの花びらであった。下の斜めになった芝生にも石段にも敷きつめた。十一月半ばの今時分がいちばん山茶花のきれいなころなのだろう。

銀杏の黄葉。

生田まで用事があって、妻と出かけた。年賀状の印刷を駅前の文房具店に頼むのと、スズキでしゅろ縄を買うので。その帰り、西三田団地へ上る坂道のよこの小公園の銀杏がいい色に黄葉しているのを見つけ、立ち止って二人で眺める。

「きれいですねえ」

「きれいだなあ」

今がいちばんの見ごろだろう。

しゅろ縄。

午後、妻は「ふとん干しを縛るので、竿を持っていてくれますか」という。

「いいよ」

といって、庭へ出る。

藤棚の柱にふとん干しの竹竿を縛りつけてあったしゅろ縄がゆるんで来た。竹竿の位置が少し低くなり、干したふとんの端が土にすれて汚れることがある。で、竿を縛り直したいというのである。お安いご用だ。

丁度いい高さのところに昨日、スズキで買ったしゅろ縄で縛りつける、こちらは竹竿を柱に当てて支えていればいい。何でもない。

妻が新しいしゅろ縄を柱に縛りつけるとき、うんと力を入れて締めるのが分る。前に植木屋が縛ってくれたしゅろ縄が、ゆるんで、腐って、外れそうになっていたのを外す。

妻は一人で仕事をする。こちらは竿を支えているだけ。終って、「ご苦労はん」と妻に声をかけ、あと散歩に出る。

ふとん干し。

朝、妻は昨日、新しいしゅろ縄で縛り直したふとん干しにふとんを干す。

「丁度いい高さで、うまく干せた。これからはふとんの裾が地面にすれない」

といって、妻はよろこぶ。

オックステイルのシチュー。

昼前、買物に行く妻と一緒に外へ出たら、門の前でおとなりの相川さんに会う。相川さんは、

「今日、オックステイルのシチューを作るので、お持ちします」

とうれしそうにいう。この間、ビーフシチューを作ってお鍋にいっぱい頂いたばかりなので、恐縮する。大分前に奥さんを亡くして、ずっと一人暮しの相川さんは、お料理を作るのが好きで、特に煮物が得意なのである。この間頂いたビーフシチューなんか、とてもおいしかった。野菜の煮物も上手だ。

この前のビーフシチューのとき、夕方、相川さんから「お鍋持って来て下さい」といわれた妻は、丁度小さい鍋がふさがっていたので、いちばん大きな鍋をおとなりへ持って行った。それにいっぱいシチューを入れて持って来て下さったので恐縮する。そんなことがあったばかり

である。今度はオックステイルというから、ありがたい。夕食に頂く。かぶらの玉まるのまま、小玉葱、セロリ、にんにく、椎茸が骨つき肉と一緒に入っている。骨から外した肉がやわらかくておいしい。相川さんはこのシチューを煮るのに粒胡椒をたっぷり使われたらしいと妻はいう。

古田さんの引越し。

ご近所の、いつもさくらちゃんを散歩させていた古田さんが昨日来て、来週の土曜日に柿生《かきお》の奥の王禅寺へ引越しますという。古田さん夫妻と三人のお嬢さんの家族だが、今の家が手ぜまになったので、分譲住宅を買った。

古田さんは夕方、電話をかけて、よくお惣菜を届けてくれた。おからの煮たのやみがきにしんが上手で、おいしかった。

また、御主人が外国へよく出張する。行った先で、例えばロンドンのビスケットと紅茶なんか買って来てくれた。古田さんは岐阜の出身で、いまも御両親が元気でいる。正月休みには一家で行く。さくらちゃんも車に乗せて行く。岐阜から届いたという鮎や柿や黍《きび》の入ったお餅、裏の山でとれた松茸などをよく頂いた。松茸のときは、小さな竹のかごにのせたのを、「ほんの香りだけです」といって、うれしそうに届けて下さる。

古田さんは岐阜の高校のときに、私の『夕べの雲』を読んだ。それで生田の山の上の私の家のそばに住むようになったことをよろこんで下さった。そういうおつき合いの古田さん一家が引越すと、遠いところではないけれども、さびしくなる。

古田さんが引越しのことを知らせに来た翌日、妻は電話をかけて、「何か持って行きます。田舎ふうのまぜずしか、北京に長くいた方から作り方を教わった北京ぎょうざか、シュークリームの皮のなかにお肉を入れたミート・シュウか、何がいいですか?」と古田さんに訊いた。で、妻は午後、ミート・シュウを作る。山形牛の牛肉を煮たのを入れたのと、海老とじゃがいものサラダを入れたのと二通り作って、紙ナプキンを添える。それにフルーツケーキを焼いたのをつける。

「ワイン、一つ出して下さい」

というので、図書室の本棚の下からボルドーの赤を一本出して、妻に渡す。

それがおとなりの相川さんからオックステイルシチューのお鍋が届いた夕方であった。相川さんからシチューのお鍋を頂いて、お礼を申し上げたあと、妻と二人で料理やワインを持って、電話で知らせておいてから古田さんへ。外はもう暗くなっていた。

古田さんは門の戸も玄関の戸もあけて、待っていて下さる。持って来たものを渡して、妻が、これは牛肉で、これは海老とじゃがいものサラダでと説明する。

「お世話になりました。皆さん、お元気で」

と挨拶する。

あとで古田さんから電話かかり、「おいしく頂きました。これからカメラを持って全員で伺います」といわれる。

さくらちゃんも連れて、三人のお嬢さんと古田さんご夫婦が見える。紅茶を出して飲んで頂く。玄関においておかれたさくらちゃんがしきりに吠えるので下のお嬢さんが行ってなだめると、その間だけおとなしくなる。

古田さんは、松下電器に入社した。はじめて生田へ来たとき、何か覚えのある景色のところへ来たという気持がした。『夕べの雲』を読んでいたので、まるで知らない土地へ来たという気がしなかったのですといわれる。『夕べの雲』は、私たち一家が生田へ移って来たころの生活を描いた小説である。

また、はじめに上のお嬢さんから順番に名前をいって、これは私と同じ会社にいます、これは和光大学へ行っております、これは高校ですというふうにお子さんを紹介した。

そのうち玄関に置いたさくらちゃんがあまりうるさくなくので、奥さんが抱いて来た。

「これは、自分が犬だと思っていないんです。家族の一員だと思っているのです」

と古田さんがいう。

で、みんながソファーにいるところをカメラで写してから、引揚げる。玄関まで送って、

「皆さん、お元気で」

と申し上げる。古田さん一家が帰ったあと、「こんなふうに一家全員で来てくれるというのがうれしいね」と二人でいって、よろこぶ。

上野行き。

大阪の池田清明さん（一水会）から招待券を頂いた日展を見に妻と上野へ。十一時に家を出る。いい天気で、「上野日和、藪日和」といってよろこぶ。「藪」は、上野へ行くとき、いつもそばを食べに寄る店。

日展は大勢の客が詰めかけていた。池田さんのご案内によると、今度は高校のボクシングの選手をかいたもので、いつも池田さんのモデルになるお嬢さんではない。それで実はがっかりしていたのだが、池田さんの「彼の青春」の前へ来てみると、ボクシングの練習中の高校生が椅子に腰かけているところをかいたもので、いい顔をしている。それにどこかしらいつものお嬢さんをモデルにした作品に通じるものがあって、悪くなかった。

あと、「上野藪」へ行き、せいろう二枚ずつ食べる。おいしい。

池田さんの絵をはじめて見たのは一水展で、そのときは前に私の『野鴨』の装幀をお願いしたことのある木下義謙さんから案内を頂いて、見に来た。庭先に高校生のお嬢さんが飼犬といるところをかいた「夏休み」で、妻も私も感心した。で、そのことを当時、「文學界」に連載していた「さくらんぼジャム」に書いた。これが文藝春秋から本になったとき、池田さんの目にとまり、お手紙を頂いて、それからは一水展の案内は、大阪の池田さんから頂くようになった。一水会の創立メンバーのお一人であった木下義謙さんは、九十を越すお年で亡くなられた。

上野の帰り、銀座へまわり、安岡治子ちゃんから教わった、フーちゃんたちの好きな「キラキラするもの」を置いているクロサワへ行く。安岡治子ちゃんは、この店で「キラキラするもの」（シール）をいっぱい買って送ってくれるのである。先日、安岡夫人がクロサワの地図入りのはがきをくれた。で、早速、来てみたというわけである。入口から階段を少し下りたところに「キラキラするもの」のコーナーがある。妻はシールを買う。地下鉄で帰る。

パン屋へ。

午後、妻と新しく出来たパン屋のカンパーニュへ行く。暖かく、いい天気。昨日、うんと寒くて震え上ったあとだけに、今日の暖かい天気はうれしい。イギリスパンと胚芽パン、フィッセルというのを買い、なすのやへまわる。かぶの糠漬など買って、スーパーマーケットのＯＫへ。妻が買物している間、バスの停留所の椅子に腰かけて待つ。あと、妻と一緒にいつもの散歩コースを歩いて帰る。買物の包みを二人でさげて。天気がよくて、いい散歩をした。

大やかん。

夜、妻は先日、向ヶ丘の金物屋で買って来た金色の大やかんを見せて、

「この辺まで水を入れて、お湯をわかしたら、家中拭き掃除が出来るの」

という。

大やかんの使いぞめをした。

山もみじ。

庭の山もみじは上の方の枝からいい色に紅葉して来た。

「きれいね」

といって、二人でよろこぶ。まだ青いままの葉もある。

ハーモニカ。

はじめに「旅愁」。あと「カプリ島」。このところ、「故郷の廃家」をずっと吹いて来たのは、ピアノのおけいこで木谷先生から今月の歌として「故郷の廃家」の楽譜を頂いたから。三十分のおけいこの最後の五分は、いつも緊張をほぐすために先生と一緒に歌をうたうことになっている。

「旅愁」も「故郷の廃家」も犬童球渓の作詞。曲によく合った、いい歌詞。犬童さんの作詞の歌は、この二つしか知らないが、どちらもよく出来ている。

——昔を語るかそよぐ風。

というところなんか、特にいい。

四十雀とメジロ。

庭の脂身に四十雀らしいのが来て、つつく。「らしい」というのは、こげらのようでもあったから。四十雀を見間違える筈はないから、こげらかも知れない、こげらはわが家にはたまにしか来ない。ずっと「名前を知らない鳥」であったが、或る日、テレビにこの鳥が映し出されて、「こげら」と分った。

そのあと、メジロが来たが、少しつついただけで、すぐに飛び去る。

めだいのこうじ漬。

夕食の卓で妻は鮭の、こちらはめだいのこうじ漬を食べる。このめだいのこうじ漬は、ほどよい甘みがあって、おいしい。

りんごとお茶。

朝食のトーストとコーヒーのあと、いつものようにりんごとお茶。りんごは市場の八百清でまもる君が勧めてくれた王林。おいしい。小ぶりの茶碗に何度も妻が注ぎ足してくれるお茶を飲みながら、りんごを頂く。

「りんごとお茶はおいしいですね」

と妻はいう。

鰆《さわら》の味噌漬。

大阪池田の河野温子《はるこ》さん（阪田寛夫のお姉さん）から鰆の味噌漬が届く。毎年、送って下さる。行きつけの魚屋さんの店に出たのを買って来て、送って下さる。おいしい。

夕方、妻は「山の下」へその味噌漬の切身を家族の数だけお裾分けする。ご近所の戸沢さんから頂いた愛知の柿、広島の妻の姉からのみかんと一緒に持って行く。恵子ちゃん、折紙に「じいたん」「こんちゃん」として二人の顔をかいたのをくれた。恵子ちゃんは幼稚園の二年目だが、字がかけるようになった。「こんちゃん」は、孫たちが妻を呼ぶときの愛称。

次男宅へ。

午後、妻と読売ランド前の次男のところへ、河野さんの鰆味噌漬と、妻が作ったシュークリーム、柿、みかんを持って行く。柿とみかんはリュックに入れてこちらが担ぐ。次男の家へ行く急な坂も、休まずに登れた。

次男は屋根に上ってテレビのアンテナの修理をしていたが、下りて来る。ミサヲちゃん、こちらのリュックを取り、「重いのを……」という。

フーちゃんは、居間の手前の部屋で畳にボール紙をひろげて、何か作っていた。この子はこつこつと工作をしたり、絵をかいたりするのが好きだ。手先が器用なのはミサヲちゃん譲りか。

次男に今度、新しく出る井伏さんの全集を進呈する件について話す。図書室の棚は詰まっていて本の置き場がないためだが、こちらに井伏さんのご生前に筑摩書房から出た十二巻本の全集があるから、それで足りる。必要が生じたときは、次男からその巻を借用するということにしたい。また、配本があったときは、しばらく手もとに置いて、読みたいものは読んでから本を次男の方にまわす。

次男としては井伏さんの新しい全集を買いたいのは山々であるが、きびしい家のローンをかかえている身では、ちょっと苦しい。で、私の申し出を聞いて、よろこぶ。

フーちゃんと春夫は、妻から「キラキラするもの」（シール）を貰った。あとで妻から聞いたのだが、どれか取り合いになってもめたらしい。フーちゃんがお母さんに、「春夫、説得して」といったという。

「説得」なんて言葉、よく知っていたなと二人で不思議がる。

フーちゃんは小さな写生帖を見せてくれる。水さしと急須。柿とりんご。色鉛筆でうまく色をつけている。次が色なしのメロン。どれもよく見て、丁寧にかいてある。なかなかいい。

「本の装幀に欲しいようなスケッチだな」

という。妻もすっかり感心する。

春夫は、学校の算数の帳面を持って来て、妻に見せる。問題が絵になっていて、答えを入れる。全部合っている。フーちゃんの写生帖を二人で賞めたものだから、自分も賞められたくて持ち出したらしい。

あと、みんなでトランプの「名さし」を一回だけして帰る。ミサヲちゃんは熱いおしぼりを出してくれ、お茶をいれてくれた。

銀杏の黄葉。

次男の家へ行った日。行きがけ、坂道を下りて生田の駅の近くまで来たとき、山の崖に銀杏の黄葉したのが一本あり、「きれいだなァ」といって、妻と二人で見とれる。

帰宅してから、フーちゃんの写生帖がよかったことを二人で話して、たたえる。

メジロ。

脂身にメジロ来て、つつく。すぐに飛び去る。

うさぎ預かる。

書斎で。硝子戸の外に女の子が現れ、顔を硝子戸にくっつける。「山の下」の恵子ちゃんであった。あとから長男、うさぎのミミリーのかごをさげて来る、今日から埼玉のあつ子ちゃんの実家へ二晩泊りで行く。その間、うさぎを預かることになった。「お願いします」という。

書斎へ来て、「小沼さん……」という。妻は先日、「くろがね」で阪田と三人で小沼の追悼会をしたこと、持参した写真立ての小沼の写真の前にビールをついだコップを供え、三人で思い出話をしたこと、「あ、ビールが減ってる」といったことなど話す。

長男は毎年、正月の二日に小沼家で開かれる新春将棋会に招いて頂いた。いつも出席していた。将棋のあとの宴会では、ウイスキーを飲む小沼のためにいつも水割りを作る役をしていたらしい。こちらは、将棋の終るころに行って、お酒を御馳走になったことがある。長男は、この将棋会の日は和服で出席していた。

うさぎ。

「大きな目をしてますね。それにまばたきをしないのね」

とうさぎの世話役の妻は、うさぎを見ながらいう。朝、妻が小松菜、レタス、にんじんを入れてやると、せっせと食べる。中でも小松菜が好きで、よく食べる。昨夜、寝る前にいっぱい食べたのに、もうおなかを空かせている。昨日、こちらはいつもの散歩のついでに、妻に頼まれてOKでうさぎに食べさせる小松菜とにんじんとレタスを買って来た。

昼前、妻がうさぎをかごから出して、汚れたかごを洗面所で洗っている間、こちらはうさぎの番をしている。うさぎは居間と六畳の間を走りまわる。襖をしめ切って出られないようにしてあるが、用心のためにこちらは突立って見ている。ときどき、うさぎは居間から六畳へと走りながら、体をひねらせる。どういうつもりなのか、分らない。それも二、三回、素早く体をひねらせる。真直に走らないで、ステップを踏む。

見張っていないと、部屋の隅の柱の下の方をかじったりするからよくない。六畳の押入の襖のところをかじった。上等の襖の紙をかじられた。そんなことがあるから、目が離せない。

そのうち、かごの掃除を終った妻が来て、交替する。私は散歩に出る。妻は、そのあとたっぷりうさぎを走らせてやってからかごに入れる。妻の話では、うさぎはかごに入れるとき、嫌がって暴れるらしい。

治子ちゃんの訳した本。

安岡治子ちゃんが送ってくれたロシアの小説『酔どれ列車、モスクワ発ペトゥシキ行』を読み終った。お礼の葉書を書く。

「飲んだくれのおしゃべりの中に人を惹きつける愛敬があります。中でもカクテルの作り方の話で、水虫の薬やフケ止めをカクテルに入れるところは愉快です。ロシア流の大らかなユーモアでしょうか」

というふうに読後感を書いた。

モスクワからペトゥシキまで主人公のヴェーニャを乗せた列車が走る。その間、主人公はいろいろと酒を飲み続ける。ときどき席を立ってデッキへ行き、ラッパ飲みをする。よく飲むのには驚くほかない。作者はヴェネディクト・エロフェーエフという人。治子ちゃんの訳文は、平明で、分りよくて、いい。国書刊行会の「文学の冒険」シリーズの一巻。

清水さんのばら。

次男のところへ行った日。帰宅したら、丁度門の前に車がとまり、清水さんの御主人が出て来て、さげ袋を下さる。中に畑のばらたくさん、宮城の妹さんからのぎんなんどっさり。それに柚子が入っていた。有難い。お礼を申し上げる。

妻は、

「清水さんのばらを頂くと、庄野は元気が出ます」

と御主人に申し上げる。

すぐに清水さんに電話をかけてお礼を申し上げる、清水さんがまた畑へ出られるようになって、よかった。

清水さん。

午後、生田の文房具店まで年賀状の印刷の出来上ったのを取りに行く。ところが、まだ来ていなくて、入ったら家まで届けてくれることになり、引返す。

その帰り、市場へ行く道で清水さんに会う。

「ばらやいろいろ頂きまして、有難うございます」

と申し上げる。清水さんと道でこうして出会うのは、清水さんが身体を悪くされてからはじめてであった。帰って妻にそのこと話し、二人でよろこぶ。

「買物に行かれるところかも知れませんね」

と妻はいう。

大沢の電話。

夕方、庭木の手入れを頼んでいる大沢（南武造園）に妻が電話をかけて様子をきく。十月の下旬に頼んだが、仕事が詰まっているらしくて、来ないので。

大沢の奥さんは気にしている様子で、今月中には来られそうな口ぶりであった。

夜、そろそろ風呂に入って寝ようかというころになり、大沢から電話かかる。

「明日、行きます。五人で行く」という。

いま帰ったところという。「ご飯は？」と妻が訊いたら、これからという。もう十時近いころであった。大沢も大へんだなと妻と話す。でも、来てくれることになり、よかった。

大沢来る。

いい天気。大沢来る。「若い者で行く」と電話でいったが、自分の次男、兄の子も入れて、五人で来る。いつもなら、中に年輩の人が二人くらいいるのに、今年は若手でかためた。

南足柄から長女が来る。大沢さんにお昼と十時と三時のお茶を出すのを手伝ってくれて、妻は大助かり。よろこぶ。

仕事ははかどる。こちらはお昼に出すさつま汁のための豚こまを妻に頼まれてＯＫへ買いに行く。豚こまが分らなくてまごついていたら、いつもレジで気持のよい応対をしてくれる栗本さんが通りかかって、いいのを選んでくれた。そのあと、長女に食べさせてやるシチューに入れるかぶを買って来てと頼まれて、またＯＫへ行く。こちらは散歩のコースだから、お安い御用だ。ところが、「かぶ」が分らなくて近くにいた男の店員に訊く。出がけに「かぶってどんなの？」という私に長女がメモ帖にかいてくれた絵よりも、はるかに大きなものであった。葉っぱも大きく、二つ買物用のさげ袋に入れるのに手こずった。やっと入った。

このかぶは、長女に持たせて帰るオックステイルのシチューを作るのにどうしても要るものだったと、あとで妻から聞いた。先日、おとなりの相川さんから頂いたオックステイルをとっておいて、この日、妻が作ったのである。うまく出来たらしい。

夕方、暗くなって大沢帰る。刈った枝葉が下の駐車場に落ちる。それをよけるために車を動かして下さった近所の藤城さんへ、長女のくれたアップルパイを半分に切ったのと柿を妻が持って行き、お礼を申し上げる。

アップルパイ。

大沢が来た日。夕食のデザートに長女の焼いてくれたアップルパイを頂く。おいしい。

大やかん。

夜、妻は「大やかんが活躍してくれた」という。

「お茶をわかして大沢さんに出す。下げたお皿なんかを片っぱしからなつ子がお湯で洗ってくれる。新しい大やかんのおかげで助かったの」

という。

「さつま汁は、お鍋が空っぽになった。三時にコーヒーを出すと、若い人がよろこんだ」

大沢来る。

庭木の手入れの二日目。予報は雨で、朝から少し落ちて来たが、大沢は若いのを二人車に乗せて来て、仕事。ただし、自分は用があって、何処かへ行く。若い二人は黙々と働く。大沢の次男と兄さんの息子だが、二人で昨日刈った庭いっぱいの枝葉をまとめて縛る。

午後、大沢来て加わる。ときどき小雨が降るが、本降りにはならずに何とかもってくれた。門の前も葉っぱ一枚残さず、きれいに掃いてくれた。妻はお八つに出した菓子パンやお菓子の残ったのを全部包んで、大沢に持って帰ってもらった。

アップルパイ。

夜、デザートに長女のアップルパイを頂く。おいしい。

岩手のりんご。

三浦哲郎から岩手りんごの大箱が届く。毎年、岩手から送ってくれる。有難い。今朝、蓋《ふた》をあけると、上の段にむつ、金星、二段目は王林。ふじはその下らしい。ピアノの上の父母の写真の前にお供えする。朝食に王林を頂く。おいしい。

かきまぜ。

三年前に亡くなった次兄英二（二十八日）と戦後早くに亡くなった長兄鷗一（十九日）のお命日を合せて、妻はかきまぜを作る。かきまぜは父母の郷里の阿波徳島風まぜずし。妻は母が作るところを見て覚え、今も母とそっくりのかきまぜを食べさせてくれる。南足柄の長女も妻から作り方を教わり、徳島風のかきまぜを受け継いでくれた。「山の下」のあつ子ちゃんは、妻の作るところを見て、覚えた。私が脳出血を起して入院して、妻が病院通いをしていたとき、一度かきまぜを作ってくれたことがある。結婚後間のなかったミサヲちゃんは、そのとき、あつ子ちゃんがかきまぜを作るのを見ていたかも知れない。ミサヲちゃんもいつか徳島風のかきまぜを作ってくれるだろう。

午後、ミサヲちゃんに電話かける。次男が休みというので、読売ランド前の駅へ来てもらうことにして、かきまぜを届ける。三浦のりんごと上げる約束をした新しい筑摩の井伏さんの全集第一巻の入ったリュックを担ぎ、かきまぜの入った包みを下げて行く。

行きがけ、妻は電話をかけておいて清水さんにかきまぜを届ける。伊予の生れの清水さん夫妻は、徳島風のこのかきまぜを格別よろこんで下さる。妻はかきまぜの包みを持って生田の駅まで送ってくれる。上野の芸術院へ行くときはいつも附添いで妻が来る。私は大病してから以後、電車の切符を自分で買ったことがない。で、妻が読売ランド前までの切符を買って、帰りの電車賃と一緒に私に渡してくれた。

読売ランド前駅には次男が来ている。リュックのりんごの上にこれも頂き物のラ・フランス二個載せてあった。それを私が持ち、次男はりんごを一つ一つとり出して、持参のリュック(持って来るようにいっておいた)に詰めかえた上に、そのラ・フランスを載せる。

「うちは子供もみんな果物が好きで」

といい、次男よろこぶ。

井伏さんの全集の第一回配本の『夜ふけと梅の花・山椒魚』を渡す。次男おし頂くようにして受取る。小学生のころ、お風邪をひいて休んでいる井伏さんに次男がお見舞いの手紙を差上げたことがある。そうしたら、思いがけず井伏さんからお礼の手紙が届いた。のみならず、その中に子供のよろこびそうなことがいっぱい書いてあった。

例えば、鳥がないているのは、いろんなことを仲間に知らせているのだという話を、面白い例をあげて書いてあった。ドリトル先生の本を出した井伏さんらしいことがユーモラスに書いてあった。

受渡しが終って、私は妻から貰って来た帰りの電車賃を次男の掌にのせた。次男は切符を買ってくれて、私に渡す。こうして無事にかきまぜとりんごを届ける役目を果して帰宅した。妻は駅まで私を送った帰りに清水さん宅に寄り(寄って下さいといわれていたので)、畑のばらと伊予のお柿を袋にいっぱい頂いた。妻はそのあと、「山の下」へかきまぜとりんごを届ける。みんなでかきまぜを食べて、二人の兄のためにいいお供養が出来たといってよろこぶ。

もともと十一月は、十九日の長兄の命日にかきまぜを作っていたのだが、二番目の兄が亡くなってからは、二人のお命日が続くので、合せて、次兄のお命日にかきまぜを作って配ることになったのである。あとは、四月の母、十月の父のお命日にかきまぜを作る。お命日以外にも春秋のお彼岸とお盆に作ってお供えする。

清水さんのばら。

書斎の机の上に、この前頂いた清水さんのばら――濃い紅のが二つ、活けてあったが、昨日、新しく頂いた明るい紅のばら一つを加えて妻が活ける。ピアノの上には白と淡紅色のも合せて五つ活ける。

成城へ。

午後、妻と成城の銀行へ。月末で、そこへ土、日と休みが続くので、混んでいる。こんなに混んでいるのははじめてだなと妻と話す。それでもちっともいらいらさせられないのは、この銀行のいいところだろう。

あと、石井で紅茶、パイシートなど買って、生田から歩いて帰る。暖かくて、気持のいい散歩であった。

ハーモニカ。

「紅葉」のあと、久しぶりに「アニー・ローリー」。三曲目はいつもの通り、ハーモニカだけの「カプリ島」。

「小沼さんが亡くなったお知らせのあった日は悲しかったけど、あとはいつもこれを聞くと朗かになる」

と妻はいう。もともと小沼は「カプリ島」のような明るく、軽快な曲が好きだった。毎晩、ハーモニカで「カプリ島」を吹くのも、あの世の小沼をよろこばせ、慰めたいという気持がこちらにあるからだろうか。

小沼夫妻を誘って伊良湖岬にあるホテルへ二年続けて行った。レストランで夕食を食べているとき、フィリピン人のバンドが食卓をまわって来た。「何かききたい曲はあるか?」とリクエストを求める。で、私たちは心づけを上げる用意をして待ち、バンドが私たちのテーブルに来たとき、リクエストをききにきた女に心づけを渡し、小沼が、

「カプリ島」

といった。

ところが、これが通じなかったのか、曲を知らなかったのか、ほかの曲を演奏して去った。そんなことがあったのを思い出す。

じゃがいも。

妻は清水さん夫妻の好きなじゃがいもの丸やきを作る。じゃがいもをガスの天火で二十分ほ

ど皮のまま焼く。煮たら少し水っぽくなるが、じゃがいものうまみがそっくりそのまま残る。これを厚目に切って、フライパンで油でいためたのを食卓に出す。サラダにして出してもよい。おいしい。茹でたじゃがいもとまるで違う。

うちの分を五つ焼いて、清水さんのを五つ焼いた。鴨川の近藤から届いた目刺と一緒に妻は、清水さんへ届ける。清水さん、よろこばれる。

だいだい。

夕方、ご近所の宮原さんが庭のだいだいを届けて下さる。宮原さんと飼犬のロッキーのことが出て来る「群像」十二月号の刷出しをとってあったので、妻は、

「ロッキーのことが出て来ますので」

といって差上げる。宮原さんがロッキーを散歩させているところによく会う。会うと、

「ロッキー」

と声をかけてやる。宮原さんは前は太っていて血圧が高かったのに、朝晩ロッキーを散歩に連れ出すようになって健康になったというふうな話が出て来る。

宮原さん、大よろこび。妻が、「前は宮原さん太っていたと書いてありますけど」というと、

「本当に太っていたんですから」と気にする様子はなかった。

宮原さんのだいだいは、お湯に絞り込んで、はちみつを入れて、「ホットだいだい」にして飲むとおいしい。

四十雀とメジロ。

朝、妻が補充したばかりの新しい脂身に四十雀が来てつつく。四十雀が飛び去ったあとへメジロ二羽で来て、つつく。

しばらくしてまた四十雀一羽来て、熱心につつく。

いい色に紅葉した山もみじの葉がはらはらと散る。

五

ハーモニカ。

何を吹こうかと考えていたら、

「十一月の最後だから」

と妻がいう。で、「旅愁」を吹き出す。

「いま、それ考えていたの」といって、妻はよろこぶ。「これで来年の秋までお別れ」という。

「旅愁」はアメリカのオードウェイの曲に犬童球渓が歌詞をつけた。阪田寛夫の『どれみそら』（河出書房新社）は、日本中の子供に親しまれている童謡「サッちゃん」の作者の阪田寛夫に童話作家の工藤直子さんが会って、どうして「サッちゃん」のような歌を作るようになったかを尋ね、阪田が自分の半生をふり返りながら質問に答えるという形式の本である。この中に犬童球渓が出て来る。

犬童球渓は熊本の人吉の生れ。東京音楽学校を卒業して兵庫県の中学に就職したが、授業中に生徒が騒ぐので、いたたまれなくなって、新潟の女学校に勤めた。故郷の人吉からうんと遠いところへ来てしまった。この新潟高女の時代に「旅愁」が生れた。犬童さんの人吉恋しの思いが伝わって来るような歌となった。

それから、犬童球渓は本来は作曲家なので、オードウェイの原曲を日本人が歌いやすいようにすこし手直ししたということも出て来る。もともとはアメリカ人オードウェイの歌であり曲であるが、曲と歌詞がぴったりしている。犬童球渓の「切々と故郷を想う心」から生れた傑作だと思いますというふうに阪田寛夫は語っている。

また、犬童球渓は新潟の女学校で教えていた間に、「旅愁」ともうひとつヘイス作曲の「故郷の廃家」の作詞をしている話も出て来る。これも犬童さんの人吉恋しの思いから生れた傑作といえよう。

清水さんのばら。

朝、書斎へ入るとき、

「ピアノの上、見て。ばらがきれいなの」

と妻がいう。

清水さんからこの間頂いたばらを五つ、父母の写真のあるピアノの上に活けてある。白、クリーム色、淡紅色、赤が二つ。そのうしろに父母の写真からはなれて、小さな写真立てに入った十一月に亡くなった小沼の写真がある。

剣幸さんのミュージカルを見に行った帰り、阪田寛夫と妻の三人で、井伏さんのひいきにしておられた大久保の「くろがね」へ寄って、新しく出た阪田の本『童謡の天体』のお祝いと小沼の追悼の会ということにして卓をかこんだ。そのとき、壁から出ている板のところにこの小沼の写真を置いて、コップにビールを注いで供えた。で、それ以来この小さい写真立てに入った小沼の写真は、「当分の間」ということにして、ピアノの上の父母の写真からはなれたところに置いてある。

筑摩書房から刊行が始まった井伏（鱒二）さんの全集（小沼も私も監修の六人のなかに名を連ねている）が出る度に、写真のよこに本をちょっとお供えするというふうにしている。

牛肉しぐれ煮。

山形牛のしゃぶしゃぶ用の肉を甘辛く煮つけたもの。蛤のしぐれ煮などとはまた別の作りかたで、砂糖が入っているが、かりに「しぐれ煮」ということにしておく。これが夕食に出ると、うれしい。

ビールから酒に切りかえると、これを皿からとって一口食べて酒を飲む。妻は残しておいて、ご飯の上にのせて牛丼ふうにして食べる。こちらはお酒の間に牛肉そのものを味わう。おいしい。

高知のかつお。

夜、ご近所の藤城さんが二人のお嬢さんを従えて玄関へ。高知のかつおを届けて下さる。すぐにお刺身がとれるようにした「さく」（というらしい）。

「今年最後のかつおです」

一本釣りでとれたかつおだろうか。

翌日。藤城さんのかつおで妻は角煮を作る。お酒とみりんと砂糖と醤油としょうがで煮る。

夕食にはかつおの刺身。三人前になるくらいの厚さのを三つ。あと角煮、八頭の煮たの。みんなおいしい。

読売ランド前へ。

午後、南足柄の邦雄さんのお姉さんの藤沢さんから快気祝いに頂いた岩手のりんごをリュックに詰め、鴨川の近藤からの目刺の箱をさげて、読売ランド前へ。妻は目刺の箱を持って生田駅まで送って来て、小田急の切符を買ってくれる。読売ランド前にはミサヲちゃんに来てもらって、持って来たものを無事に渡す。

浅草の豆かん。

読売ランド前でミサヲちゃんにりんごと目刺を渡して帰ると、妻が、いままで安岡光子さんが来ていたの、浅草で買って来た豆かんをいっぱい届けて下さった。これからピアノのおけいこに行きますという。庭の椿の花も切って来てくれた。これはピアノの上に活けてあった。

夜、デザートに浅草の豆かんを頂く。私が文芸誌に書くものの中に、宝塚を見たあと家族みんなで寄る銀座立田野で豆かんを食べる話が出て来る。これを読んだ安岡が、庄野においしい豆かんを食べさせてやろうといい出し、光子さんがわざわざ浅草まで行って買って来て下さったものである。前にも頂いたことがある。たしかにおいしい。安岡がひいきにするのも無理はない。ありがたい。

ほかに安岡治子ちゃんからのプレゼントのハロッズの紅茶、フーちゃんたちのよろこびそうな「キラキラするもの」（シール）をいっぱい頂いた。うれしい。

浅草の豆かんには、豆と寒天の上に垂らす黒蜜が附いている。これがまたおいしい。

四十雀。

庭のムラサキシキブの枝の脂身に四十雀が来て、つつく。オナガもひよどりも来なくて、脂身の好きな四十雀だけが来てつついているのを見ると、心が安らかになる。

ハーモニカ。

昨夜に続いて「冬の夜」を吹く。歌い終って、「いい歌ですね」と妻はいう。一番の春のあそびのたのしさを語るお母さんの話に居並ぶ子供がきき入るところがいい。

雉鳩《きじばと》。

朝食前の「家歩き」のとき、書斎の硝子戸越しに水盤のふちにとまった雉鳩が、水をたっぷり飲むのが見えた。水盤の水は、毎朝、妻が井戸水を入れてやる。雉鳩は、いつも二羽で来る。朝、妻が居間の雨戸をあけるのを待っていて、はとえさをまいてやると、食べる。どこで夜を明かすのか、分らない。朝になると庭に来ている。晩まで庭にいる。

四十雀。

朝、脂身に四十雀が来てつつくのをぽかんと立って見ていたら、そこへ妻が来る。

「四十雀が脂身つついていた。それ、ぽかんと見ていた」

と話すと、私もそんなことあります、ぽかんと見ているのと妻はいう。

「さようなら」。

午後、三回目の散歩から戻って、炬燵《こたつ》で昼寝、妻はピアノのおさらいをしている。聞えて来るのは、耳になじみのある曲、ゆるやかな、いい旋律にきき入る。

おさらいを終って居間へ来た妻に、

「今、弾いていた曲、いいなあ」

という。妻は、はじめ木谷先生、難しいから飛ばしましょうかといったけど、弾かせて下さいと頼んだの。弾かせてもらってよかったという。

妻が習っているブルグミュラーの練習曲には、ときどき、いいなあといわずにいられないような曲がある。これは「さようなら」。

山もみじ。

朝がたの雨で山もみじの枝に残っていた葉は、大方散った。水盤の中にもみじの葉が一枚も落ちていない。

清水さんのばら。

妻は清水さんから頂いたばら二つ、書斎の机の上に活ける。

「リメンバーミーとジュリアです」

先日、清水さんから畑のばらをいっぱい頂いた。ピアノのよこの棚と玄関に活けてあった中から二つ、机の上に活けてくれた。リメンバーミーとジュリアはどちらも香りのいいばらだという。

次男来る。

ミサヲちゃんから電話かかり、

「お母さん、お酒の罎の栓はありますか」

と訊く。フーちゃんと春夫が欲しがっているという。何にするのだろう? 酒屋さんに溜っていた罎を持って行ってもらったところだけど、一つか二つくらいならあるわという。

「かずやさんが車で行きますから」

とミサヲちゃん、いう。

妻は市場の八百清へ行くところであったので、次男が来たら待たせておいて下さいといい残して出かける。次男来る。どこやらで買物があるので、それを済ませてもう一度来ますという。

妻は市場から帰る。こちらは散歩に行く。帰りみちで、ミサヲちゃんを乗せた次男の車が向うから来る。二人ともうれしそうにしている。車をとめて、ミサヲちゃん、

「お母さんからいろいろ頂きました」

と礼をいう。

家に帰って妻に訊くと、大阪の学校友達の村木から届いた葉つき大根、「初孫」、ビール、干物、お菓子、頂き物の最中など持たせた。お酒の壜の栓は二つしかなかったけど、ミサヲちゃんはそれでもよろこんでいたという。次男夫婦は、読売ランド前と生田の中間あたりにある洋菓子店なかがめで、ケーキを買って来てくれた。夕食後のデザートに頂く。おいしい。

ヒルトン行き。

宝塚を見てヒルトンに一泊する日が来た。前の晩、不意にへんな咳が出て、とまらない。妻にいわせると、「キョン、キョン」と聞える咳だという。一つ出ると、続けて咳き込み、苦しくなる。漢方の、のどの薬のアスゲン散を飲んで寝る。咳き込んだときは、妻は、明日のヒルトンも宝塚もキャンセルしないといけないかと思ったらしい。

ところが、夜中に咳が出ず、朝までぐっすり眠った。朝になると、「キョン、キョン」の咳は収まっている。ありがたい。で、十一時すぎに予定通り出かける。

ヒルトン着。部屋の掃除が終っていなくて、ロビイでしばらく待つ。

部屋には、ルームサービスの果物、ケーキ、コーヒーと紅茶、天然水が入っている。ヒルトンの予約を長男に頼んでおくと、いつもこういうことになる。ヒルトンに入社してから長年、ルームサービスの部門で働いて来た長男が、私たちのことをルームサービスのマネージャーに「よろしく」と頼んでくれると、こんなふうに果物が入り、ケーキが入り、コーヒーや紅茶が入る。有難い。

二時半にヒルトンを出て、地下鉄で日比谷へ。今回の宝塚雪組の公演は、歌劇団からの招待。歌劇団の招待は本人一人となっているが、今度はレビューの作者の岡田敬二さんのはからいで、妻も一緒に招待して頂いた。

岡田さんは、阪田寛夫の次女のなつめちゃんが宝塚音楽学校に入学して以来、なつめちゃんのことを心にかけて下さった方である。そんな御縁で私たち夫婦まで切符を二枚頂けるという恩恵にあずかっている。

植田紳爾作・演出の「虹のナターシャ」。ナターシャになる花總《はなふさ》まりがよかった。殊に高嶺ふぶきのピアノに合せて「荒城の月」を歌う場面が光っていた。

岡田敬二さんの「ラ・ジュネッス」は、いつもの岡田さんのレビューのようにたっぷり楽しませてくれた。ときどき、咳が出そうになると、妻が家から持って来た、「ありがとうの水」を素早く渡してくれる。これは、南足柄の長女の親しくしている松崎さんの御主人が北海道で研究開発した水で、どこか身体の具合の悪いところがあるとき、「ありがとう」といって飲めばよくなるという重宝な水である。おかげで咳き込むことなく、まわりのお客さんに迷惑をかけなくて済んだ。咳は殆《ほとん》ど出なかった。

ヒルトンに戻り、部屋でうがいをしてから、二階の武蔵野へ。ここも長男に頼んでおくと、万事うまくやってくれるから有難い。黒服のマネージャーがにこやかに迎えて、奥の席へ案内してくれる。いつものおまかせの会席料理。酒は秋田の高清水を頼む。武蔵野では生憎切らしていたのを、ほかから取って来てくれた。最後に出た白魚入りのお雑炊が特別おいしかった。部屋に戻る前に二階の廊下のソファーで少し休む。この二階のロビイはゆったりしていて、いい。

部屋に戻って、ケーキを食べ、ポケット壜に入れて持参したウイスキーを楽しむ。宝塚では案じていた咳も出なかったし、よかった。

十一時すぎにぬる目のお湯につかって寝る。咳も出ず、朝、八時半まで眠る。よく眠った。九時ごろに二階のチェッカーズへ。いつも通される方と違った、奥の落着いた席でコンチネンタルの朝食。

部屋に戻って、ヒルトン一泊の世話をしてくれた長男にお礼と報告の手紙を書く。先日、ビールを送ってくれた南足柄の長女にも手紙を書く。十一時ごろチェックアウトして帰路につく。送迎バスが道路の渋滞で遅れているので、歩いて新宿西口へ。向ヶ丘遊園から近ごろ利用しないバスに乗って帰る。家に戻って、

「いいホリデーだったね」

と二人でよろこぶ。

ヒルトンから帰った翌日のこと、夜、私は続けて合点のゆかないことを口にしたらしい。この日の万歩計の結果をいうのに、一万七千いくらというべきところを十七万いくらといった。

で、驚いた妻が「熱を測って下さい」という。測ってみると、三十八度ある。私の平熱は五度五、六分といったところだから、高熱である。「何か様子がおかしい」と思った妻の勘が当った。

風呂をやめにして寝る。翌日は月に一回の診察を受けに梶ヶ谷の虎の門病院分院へ行く日だが、これもやめにして、妻一人で行って、関先生に話し、血圧の薬だけ頂いて来ることにする。十九日になつめちゃんのミュージカルの「シーソー」の再演を見に行くことになっている。それまでに元気にならないといけない。

ピアノのおけいこ。

ヒルトンから帰った日のこと。ピアノのおけいこから帰った妻に、

「いかがでした?」

と訊く。

「それが賞めて下さったの」

とうれしそうに妻はいう。

「ル・クッペの鐘の音の曲です」

「おめでとう」

鐘の音が遠く近く鳴りひびくところを写した曲である。フランス語で何とか、英語でチャイムという題。なるほど、鐘の音がひびき合っているように聞える。

風邪の一日。

妻が虎の門へ行った日のこと。

「炬燵であったかくして寝ていて下さい」

と妻にいわれた通り、ファンヒーターをつけた居間の掘炬燵で、ひざかけ毛布をかぶって寝る。眠り込む。朝から仕事をしないで寝るのは滅多にないことだ。今年、九度も熱が出たことがあって、おとなしく朝から寝床で寝ていた。あれは何月であったか？　まだ炬燵が入っているときであった。夜、炬燵から出ようとして、うまく身体が出ない。それどころか、半分出かかったのがもとに戻る。もたついているのを見て、妻がおかしいと思った。そこへ風呂に入るので服を脱ぐとき、パッチを取ろうとして倒れた。で、これはおかしいというので、熱を測ったら、あのときは三十九度もあった。で、翌日、近くの内科小児科の山本医院へ行ったら、インフルエンザですといわれた。そこで、二日間、仕事をやめて、朝から寝床で寝ていた。あれ以来だ。

炬燵でぐっすり眠ったせいか気分がいい。どうやら熱も下ったらしい。暖かい日なので、起きて書斎へ行き、日のさし込むソファーで「群像」新年号を手にとる。一年間連載した「ピアノの音」の最終回が出ている号である。

阪田寛夫の「七十一歳のシェイクスピア」は、雑誌が届いたときに読んだが、亡くなった小沼のことが出て来るところを探して読み返す。「くろがね」で小沼が、むかしの宝塚の「モン・パリ」の主題歌をうたうところがいい。「わがァパァリ」というところを小沼さんは「わがァパァリ」とひねりを利かせて歌ったというふうに書いてある。その通りで、なつかしい。私も「くろがね」の畳の部屋のつき当り（そこがわれわれの席であった）で、小沼が気持よさそうに歌う「モン・パリ」をよくきいた。たしかに小沼は、「わがパリ」といわずに「わがァパァリ」と歌ったものだ。

阪田寛夫のこの小説は、七十一歳になって一念発起してシェイクスピア全集を読み出そうとする話から、先年、夫人と二人でロンドンに三カ月ほど滞在したことがあり、シェイクスピアの生地のストラットフォード・アポン・エイヴォンを訪ねて行った旅行の思い出へとひろがる。ところどころで小沼の話が出て来るのがいい。読み終ってみると、小沼のためのよきレクイエムとなっているところに私は感銘を受けた。「群像」を読んだあと、庭へ出て、暖かい日ざしを浴びながら、ばらのブルームーンの枝に蕾が一つ出ているのを眺める。まだ切るのは早いが、二、三日すれば切って、ピアノの上に活けられそうだ。うれしい。

十一時に、思ったより早く妻が帰宅した。虎の門の帰り、いつもバスを待つ笹ヶ原交差点まで来たら、出て行くバスのうしろが見えた。それから次のバスが来るまで四十分待ちましたという。

毎月、診察を受ける関先生に風邪ひきでこられなくなったことを話すと、咳どめの薬と抗生物質を出してくれた。二十五日まで病院に出ていますから、何かあったら来て下さいといって下さった。有難い。

昼ご飯のあと、頂いた抗生物質をのむ。朝夕とあるので、これを朝として、夕食のあとにもう一回のむ。

午後、講談社のいつも私の本を担当して下さる高柳信子さんが、部長の宮田さんと来る。「ピアノの音」は、来春四月二十日ころに出版される予定。切抜きを読み返して、一月下旬に高柳さんに渡す。装幀のことも相談する。

居間の炬燵に移って、お雑煮を上ってもらう。宮田さんは、「群像」にいたころ、小沼家へよく行った話をする。二時ころに着いて、二階で将棋をさす。五時ごろになって、将棋をやめ、二人で三鷹や吉祥寺の小沼の馴染の酒場へ行く。深夜、車で小沼を家まで送る。車を路地の入口に待たせておいて、足どりのおぼつかない小沼が無事に家の玄関へ入るのを見届けて車に引返した。宮田さんは、そんな思い出話をした。これも小沼のいい供養になるだろう。

四十雀。

新しく補充した脂身に四十雀が一羽来て、かごの下からつき上げるようにしてつつく。いい天気の朝。

「さようなら」。

夜、ピアノのおさらいで妻は「さようなら」を弾いている。ゆったりとした、いいメロディーが出て来る。

あとで妻が居間へ来たとき、「さようなら」はブルグミュラー？　と訊く。

「ブルグミュラーです」

「おだやかな、いい曲だね」

というと、妻も、

「そうですね。いつもいいなあと思いながら弾いている」

という。

ハーモニカ。

何にするといったら、木谷先生のおけいこで「聖しこの夜」を中西祥子《さちこ》ちゃんと一緒にうたったのと妻はいう。で、はじめて「聖しこの夜」を吹き、そのあと「赤蜻蛉」「カプリ島」。

十七日に届いた長女の宅急便のこと。

南足柄の長女から宅急便が届く。中から缶ビールの箱、カミュの細い壜（はじめて見た）。妻にあったかそうな靴下。

手紙も着く。

ハイケイ　お元気でおすごしですか。先日は甘い甘い、日本一おいしい九度山のお柿とラ・フランスと玉葱を送って頂いてどうもありがとうございます。
毎日、食後にお柿を食べるのが楽しみです。十二月に入って忙しくしています。大雄山の紅葉を見る会もなかなか出来なくてごめんなさい。

今年のお歳暮には、お父さんによろこんでもらいたくてブランデーを一本加えました。小さい壜ですけど。

お母さんには靴下の洪水でごめんなさい。はきつぶして下さい。

一日平均二時間の落葉はきをしています。マリオ（註・次男の良雄が家にいたころ、拾って来た猫。末っ子の正雄がかわいがっている）が葉っぱの中にとび込んで来るのが可愛いよ（さしえ入り。落葉の山の中からマリオの顔が見える）大汗かいて気持いいの。

では、どうか風邪に気をつけて下さい。なつ子。


シクラメン。
四、五日前に妻が市場の八百清で買って配達してもらったシクラメンの鉢二つ、書斎の硝子戸のそばに並べてある。日をいっぱいに受けて、いかにも嬉しそうに見える。
「シクラメンは、日がさすとやわらかくなる」

と妻はいう。

二つ並べたシクラメンの鉢に硝子戸越しの日がさすのを見ると、心が和かになる。

関先生の薬。

妻が虎の門の関先生から頂いた抗生物質と咳どめの薬をのんだら、風邪はたちまちよくなった。咳は出なくなり、熱もとれた。そこで、関先生に出して頂いた抗生物質は、三日目の今日の朝食後で終りにして、夜はのむのをやめる。関先生に報告とお礼のはがきを書いて出す。妻が風邪をひいて咳が出ます、熱が三十八度ありますと話しただけで、薬を出して下さった。関先生のおかげである。有難い。

ブルームーン。

庭のブルームーンに一つ出ていた蕾は、まだ枝に残したままでいる。これを切ると、もうあとに蕾は無い。

長女のはがき。

南足柄の長女からはがきが来た。

ハイケイ

東京ヒルトンのおしゃれな封筒と便箋でお便りを下さり、どうも有難うございます。クリスマスの飾りつけと大ルームサービスに包まれて、優雅な都会のホリデーを楽しまれて、よかったですね。お父さんの風邪も早くすっきりとよくなりますように。

先日は正雄に素晴しいベンチコートを送って頂いてありがとうございます。(註・長女に末っ子の小学六年の正雄のお誕生日に何か買って上げる、何がいいと訊くと、サッカーの練習のときに着るベンチコートが欲しいというので、妻は向ヶ丘遊園のスポーツ用品店で買って送った）表は光る黒。そして背にはかっこいい銀の英語と模様、内側は黄色のふかぶかとした布を張りつめた、本当に暖かそうなベンチコートで、正雄はもう飛び上って喜んでいました。あれだったら、雪の中で居眠りしても大丈夫ね！　私も着てみたらぴったりの大きさで、今度、夜中の天文観測のとき借りようと思っています。

さて、下曽我のケアハウスの秀子叔母さんが部屋でころんで大腿骨折で足柄上病院に入院してしまいました。明雄が盲腸のときに入った病院です。手術して、リハビリして二カ月かかるそうです。しっかりした食事をして、足腰を鍛えておくことがどんなに大切かと改めて思います。だって同じ骨折の人がほかに十五人も入院しているのよ。

元気でおすごし下さい。　　　　なつ子。

四十雀。

朝、脂身にメジロ一羽来る。あとから四十雀二羽来て、メジロは逃げ、四十雀二羽で脂身をつつく。

ハーモニカ。

「冬の夜」を吹く。始まりを一つ間違えて吹いていたのを、妻が楽譜を持って来て、訂正する。

あと「カプリ島」。

正雄のはがき。

南足柄の正雄からベンチコートのお礼のはがきが来る。鉛筆でていねいに書いてある。

おじいちゃん　こんちゃんへ。

（註・「こんちゃん」は、孫たちが妻を呼ぶときの愛称）

おじいちゃん、こんちゃん、誕生日のプレゼントを下さり、どうもありがとう。中に毛布が入っていて、とってもあったかいです。それに背中の模様がかっこよくて、気にいっています。今もベンチコートを着ながらこの手紙を書いています。

また遊びに来て下さい。

正雄より。

正雄はいいはがきをくれた。妻が送ったベンチコートがよほど気に入ったらしい。よかった。

四十雀。

朝、補充したばかりの庭の脂身に四十雀一羽来てつつく。かごの上にとまり、熱心につついている。この脂身、今朝、妻が詰めかえてかごに押し込んだが、入り切らなくてはみ出していた。

次男来る。

阪田寛夫から頂いたハムがあるので、妻はミサヲちゃんに電話をかける。次男が休みで、車で貰いに来る。その前にいい具合に小沼夫人からの贈り物の九州中津の明太子が届いた。明太子は昔から次男の好物で、間がよかった。

筑摩の井伏さんの全集の第二回の配本も届いている。この新しい全集は、次男に進呈することに話がついている。次男はこの全集、買いたいのは山々だが、きびしい家のローンを抱えているので、辛いところであった。私からの申し出を聞いて、よろこんだ。

次男来る。フーちゃんと春夫も車に乗せてもらって来た。妻は用意しておいたさげ袋二つを玄関で次男に渡す。高崎ハム一つ、明太子どっさり、頂きものの岡山のマスカット、みかん、おせんべいの袋、フーちゃんにはクリスマスリース一つ。「キラキラするもの」（シール）をフーちゃんと春夫に。

次男は明太子を貰って大よろこび。少し口に入れてから、フーちゃんと春夫に指につけたのをなめさせてやる。春夫、「おいしい。晩ご飯に食べる」という。フーちゃんは何ともいわないが、気に入った様子であった。夕食に次男一家はみんなで食べるだろう。

次男に井伏さんの全集の第二回配本『女人来訪・青ケ島大概記』を渡す。次男よろこぶ。今回の表紙はざくろの絵。毎回、井伏さんのかかれた絵が表紙を飾る。なかなかいい。

妻は次男に、私が風邪をひいてへんな咳が出たけれどもよくなったと話す。次男は、いま風邪が大はやりで会社でもかかった人が何人もいて大へんですという。

車まで送って行く。「ミサヲちゃん、元気か」「元気です」。

ブルームーン。

妻は庭のブルームーンのひらきかけた蕾を切って来る。先日、風邪で休んだ日、こたつで眠ったあと庭へ出て、暖かい日ざしを浴びながらこの蕾を見ていた。

妻は切って来たブルームーンを書斎の机の上に活ける。

四十雀。

脂身へ四十雀一羽来てつつく。こちらはノートをつけていて、頭を上げたら、つついているのが見える。四十雀、飛び去る。

新潟のかに。

近所の、妻のニットドレスをよく編んで下さる山田さんが夕方、お国の新潟のかにを届けて下さる。新潟には今も山田さんのご両親が元気でいて、よくいろんなものを送って来る。このかにもご両親から届いたもの。

はじめ、四時ごろ、山田さんから電話がかかった。妻はピアノのおけいこに行っているので、五時ごろに戻りますといい、帰ったらお電話しますと山田さんに申し上げた。台所のメモ帖には「山田さん、デンワ」と書いておきながら、妻が戻ったときいうのを忘れた。

で、暗くなって山田さんが玄関へかにを持って来て下さったとき、山田さんの電話のことを話すのをうっかり忘れていたのに気づいた。申し訳ないことであった。

小ぶりのかにで、茹でてある。夕食に少し頂く。おいしい。一ぺんに頂くのは惜しくて、残りは明日頂くことにする。小ぶりで、いいお味のかに、酒によし。

で、次の日も夕食に頂く。脚が三本、身を酢醤油を入れた小鉢にせせり出しておいて、まとめて口に入れる、おいしい。かにを食べるのは、身をせせり出すのが大仕事で、精神を集中してかからねばならない。面倒といえば面倒だが、この手間ひまかけて、食べるときは一口、というのがいいのだろう。

脚はよいが、腹のところは身をとり出し難い。妻が手伝ってくれる。新潟のかにがおいしいと分っても、では、新潟までかにを食べに出かけて行くかといわれると、尻込みする。家にいて、新潟から送って来たかにを頂いてこうして食べるのがいちばんいい。新潟はかにがこんなにおいしい。ときどき山田さんから分けて頂く「めいけ菜」（女池と書く）というのもおいしい。きっとお魚はおいしいだろう。お酒もいい。はるばる出かけて行っても、きっと来ただけのことはあると思って満足するだろう。

だが、無精者の私は、こんなふうにご近所に山田さんのような方がいて、ときどきこうして茹でて、すぐに食べられるようになったかにを届けて頂いて、おいしいおいしいといって食べるのがいちばんんだ。山田さんに感謝する。

みかんとメジロ。

庭の山もみじのよこの木（子供が小さいころ、山からとって来て植えた。名前が分らないので「山の木」と呼んでいる）の枝に突きさした、半分に切ったみかんをメジロが吸う。一方、ムラサキシキブの枝の脂身には四十雀が来ている。

ミュージカル「シーソー」の再演。

なつめちゃん（大浦みずき）のミュージカル「シーソー」の再演を池袋の東京芸術劇場へ妻と見に行く。家を十一時四十分に出て、池袋駅から劇場までうまく行けるかどうか気になっていたが、メトロポリタンホテルを目印にして行ったら、うまく行けて、一時前に着く。開演は二時。劇場の大きな建物の裏手から楽屋口へ。廊下になつめちゃんがいた。妻が作って来たミート・シュウ（シュークリームの皮のなかに牛肉を詰めたもの）とお祝いの封筒を渡す。いつもなつめちゃんから招待して頂くので。

阪田寛夫から久世星佳さんが退団したあとの月組の切符は、なつめちゃんが真琴つばささんに頼んでくれるという話を聞いていたので、月組の切符よろしくとついでになつめちゃんにお願いしておく。

建物の外へ出たところで阪田夫人と会い、一緒にもう一度中へ入って、廊下の椅子で白鷺のお宅の工事の話を聞く。床の張りかえをやった。大へんだったらしい。阪田夫人はそんな中でなつめちゃんの公演には、毎日、劇場へ来ている。

夫人と別れて劇場の表にまわり、小ホールへ。安岡夫妻来る。一昨年、東京パナソニック・

グローブ座で「シーソー」の初演を見て、よかったので、阪田に頼んで安岡夫妻にも見てもらうようにしたのである。

一九七〇年代、ニューヨークでダンサーを目ざして修業しながらひとり暮しをしているユダヤ人の娘ギテルの物語である。ギテルがダンサーとしてひとり立ちするためには、お金を溜めてショウケースという試演会のようなものを開いて、プロデューサーに認めてもらわなくてはいけない。

そんなとき、ネブラスカから出て来て、ニューヨークで法律事務所を開こうとしている弁護士のジェリーと知合う。ギテルはジェリーに妻がいることを知りながらアパートで男と一緒に暮すようになる。が、やがてギテルは煮え切らない男に愛想をつかして別れようと決心する。男はかばんをさげてアパートの部屋を出て行く、はっきりいえば、男に身も心も捧げて捨てられる女の話で、原作の戯曲があるらしい。

劇の終りの方で、男と別れることを決心するあたりのギテル役の大浦みずきの演技は、迫力がある。

安岡は何年か前になつめちゃんのショウを一度見て感心したことがある。で、私はこの「シーソー」の再演を是非安岡に見てほしかった。安岡夫人もその話を聞いて大へんよろこんだ。「シーソー」は深刻な、暗いお話ではあるが、ブロードウェイ・ミュージカルらしい楽しい場面がなかったわけではない。法律の勉強ばかりする男と一緒に暮すのは大へんよとこぼすギテルが、法律文書を覚えようとすると、ギテルの仲間でも特別達者なダンサーで振付家を志望しているデイヴィッドが、そんなの踊りながら覚えられる、わけないよといって、軽くタップを踏んでみせると、まわりの仲間の踊り子たちがデイヴィッドに合せてタップを踏み、星のかたちの銀紙を持って群舞へと移る場面がすばらしかった。私は「シーソー」初演を見たときのことを「別冊文藝春秋」に書いたが、いちばん印象の深かったこの場面をとり上げた。安岡夫妻にも是非この場面を見てほしかった。

さて、再演のシーソーでは、初演のときと演出が違っているところがあったのは、どうしてだろう？　デイヴィッド（平沢智・好演）はたっぷりタップを踊ってみせてくれるが、私がもう一度見たかった、法律文書なんか踊りながら覚えられるよといって、軽くタップを踏むと、まわりの踊り子が一緒に踊り出す場面は出て来なかったような気がする。少なくとも、星のかたちの銀紙を持って仲間のダンサーが踊り出す場面は無かった。うっかりして見落したのだろうか？

だが、再演の「シーソー」は、第二部に入って盛り上った。初演よりも一層充実した、見ごたえのある舞台となった。ネブラスカにいる男の妻からの電話をギテルがきくところは、今度もよかった。男と別れる決心をするあたりのなつめちゃんの演技は見ごたえがあった。平沢智のタップに合せて、踊り子がみんなで踊り出す場面は、何度もある。それがみなよかった。再演は成功であった。

終って、阪田寛夫を先頭に池袋駅へ。電車で大久保の「くろがね」へ向う。「シーソー」のあと、よろしければ皆さんで「くろがね」へ、と阪田から誘われていたので。

「くろがね」には、剣幸のミュージカルを見たあと、阪田と妻と三人で来て小沼の追悼会ということにして食事をしたとき以来である。

はじめに「大浦みずきさんの健康を祝して」乾盃して、珍しい顔ぶれの五人での小宴となる。安岡はいま読んでいるジャン・ギャバンの自伝の話をする。お父さんが芸人で、寄席で歌をうたっていた。ジャン・ギャバンもはじめはお父さんのやっていた通り、歌をうたっていた。

「望郷」「現金《げんなま》に手を出すな」というような、昔、観たなつかしい映画の題名が出て来る。いつもの通りの献立で、おいしく頂く。阪田とはときどき「くろがね」へ来るが、安岡夫妻と一緒に外で食事をするのは珍しい。なつめちゃんのおかげで楽しい半日を過したことをよろこぶ。

八時半ごろ散会。帰宅して、安岡のおみやげの小川軒のシュークリームを頂く。

みかんとメジロ。

庭の「山の木」にさした半分に切ったみかんをメジロが吸って、今朝、見ると、みかんがからっぽになっている。よく食べた。

侘助《わびすけ》咲く（二十日）。

朝、書斎の机の上を拭きに来た妻が、

「あ、侘助、一つ咲いた」

という。

侘助のなかから淡紅色の蕾がひとつ見える。これから一月へかけて咲き続けるだろう。

ハーモニカ。

何を吹くと訊くと、「アニー・ローリー」と妻がいう。で、久しぶりに「アニー・ローリー」を吹く。あと、「カプリ島」。

読売ランド前へ。

安岡からの高知山北のみかんを詰めたリュックをかつぎ、妻は安岡のおみやげの小川軒のシュークリームの箱を持って読売ランド前の次男の家へ行く。ご近所の坂井さんが車で家の前を通りかかり、生田まで乗せてくれた。読売ランド前で駅から妻はミサヲちゃんに電話をかける。家まで行くか、下まで下りて来てくれるかと訊いたら、「お茶をのみに来て下さい」とミサヲちゃんはいう。家まで行く。坂道を登りつめて、いつものように二人で向いの山を眺める。冬の山がいい。

ジップ、妻を見てよろこぶ。妻は持って来たバタつき食パンを与える。春夫の友達が二人来て、居間の手前の部屋で遊んでいた。フーちゃんは、粘土をこねている。

ミサヲちゃん、お茶をいれてくれる。居間のすみにクリスマスのプレゼントの包みが置いてある。ミサヲちゃんと次男とフーちゃんの三人が、それぞれ用意したプレゼントで、クリスマスの日に包みを渡す。金額はいくら以内というふうに決めてあるから、どれもささやかなプレゼントになる。春夫ちゃんはこのプレゼント交換の仲間には入っていない。

フーちゃんは今度、買ってもらった「スコットランドヤード」というゲームをしたがっている。ロンドンの市街図がひろげてある。犯人が逃げるのをスコットランドヤード（ロンドン警視庁）が追跡するというゲームらしい。

説明の本があって、フーちゃんはお母さんに読んでという。ミサヲちゃん、読んでくれない。犯人のかぶるひさしつきの帽子をフーちゃんはかぶっている。フーちゃんは説明の本が自分で読めないので、お母さんに頼むのだが、時間がかかるからだろう。それに私たちが来ているので、お母さんは読んでくれない。フーちゃん、諦めないで、何度も「読んで」と小さい声でいう。「フーちゃん、粘るね」とあとで家に帰ってから妻と話す。

台所との間の壁にフーちゃんのお習字三枚貼ってある。「力走」。一枚分けてもらって帰る。力強い、いい字。家に戻って、このお習字をピアノの上の父母の写真の前に置く。

六

柚子湯。

冬至で今夜は柚子湯。はじめて庭で実った柚子で「自前の柚子湯だな」といって、よろこぶ。昼、妻から鋏を渡され、枝に残してあった柚子を四つ切る。最後の一つは高いところにあり、うまく切れるかなと思ったが、ねじるようにすると、とれた。一つはピアノの上の父母の写真の前にお供えする。

夜、柚子が三つ浮んでいる柚子湯につかる。いつもは八百清で買った柚子を浮べるのだが、今年は自前の柚子である。うれしい。それも庭に植えてから二十五年ぶりにはじめて実った柚子だから、めでたい。

この柚子、柿生のお不動さんのだるま市に行ったとき、道ばたの植木や鉢植の草花を売る商人から買ったもの。ところが、何年たっても花は咲かない。実がならない。「この柚子、どうしたんだろう?」といっていたもの。二十年もたって、もう諦めていた。それが、今年はじめて花が咲き、実をつけたから、二人で大よろこびした。諦めていたのが実をつけた。もう一つ、この柚子について話がある。今年、なすのやにすみれ（パンジー）を届けてもらった。そのとき、なすのやは自分のうちで育てて大きくしたかりんを持って来て、庭の東南の隅の浜木綿《はまゆう》のよこに植えてくれた。前から持って来ようと思っていたんですとなすのやがいった。

なすのやは草花や植木を見ると、いま、その草花や植木が何をしてほしいか分るという人である。例えば、これは肥料を下さいといっているというふうに。そんな話をなすのやから妻は聞いたことがある。で、私たちはなすのやのことを「ドリトル先生のような人だ」といっている。ドリトル先生は動物の言葉を聞き分ける人だが、食料品の小さな店をひらいているなすのやは植物のことに詳しいドリトル先生というわけである。

なすのやが妻の頼んだすみれ（パンジー）の鉢を届けてくれるときなんか、うれしそうにして届けてくれる。もともと福相で笑顔よしのなすのやがうれしそうにしてすみれを届けてくれると、一層福々しい気持になる。いつかなすのやにすみれを届けてもらうとき、紫のすみれよ、全部むらさきにしてねと妻は頼んだ。紫のすみれの鉢を玄関の石段に並べたかったので。ところが、配達されたのを見ると、紫だけではなくて、黄もある、ワインレッドもある、黄色にえんじの混ったのもある。全部むらさきにしてねといったら、よろしい、全部むらさきですねといって引受けておきながら、いろんなすみれを届けた。そんなことがあった。

でも、

「すみれ持って来ました」

と、うれしそうにいう、福相ななすのやを見ると、妻は文句をいう気になれなくて、届けてくれたのを全部貰った。そうして、玄関の石段にすみれの鉢を並べてみると、案に相違して、黄のすみれもワインレッドのすみれもこの家に似合うことが分った。で、それからはなすのやにすみれを註文するとき、紫だけにしてとはいわないで、いろんな色のがいいわというようになった。

ところで、なすのやが自分のところで、十年かけて大きくしたかりんを持って来て、庭に植えてくれたとき、妻は、うちの柚子、植えてから二十年以上になるのに実がならないの、どうしたのかしらと話してみると、なすのやはすぐに見てくれた。なすのやがいうには、これは接木していない柚子です。実生《みしょう》の柚子ですね。柚子は接木しないと駄目なんですよ。そういうふうにいった。

それでいくら待っても花は咲かないし、実がならないわけが分った。

ところが、なすのやがこれは接木していない柚子だから駄目ですよといったその年に、この柚子に花が咲き、いくつも実がなった。

妻がいうには、柿生のだるま市でこの柚子を買ったとき、そのころは私の家からバスで行ける近いところに住んでいた長女が、上の男の子をねんねこでおぶって私たちと一緒にだるま市へ行ったのを覚えている。いま小田原に近い南足柄市に住む長女の長男は、大学を出て、横浜にあるお父さんの会社に勤めて二、三年たつ。年も二十五になる。そうすると、柿生のだるま市で買って来て庭に植えた柚子は、二十五年ぶりで実がなったということになる。植物のことをよく知っているなすのやが、「この柚子は接木していないから駄目ですよ」といったその年に、皮肉にも二十五年ぶりではじめて実がなった。だが、ドリトル先生でも判断のミスがあるときもある。そう考えれば、いい。

妻は、

「なすのやさん、これは接木してない柚子だから、実がなり難い、といったのかも知れません」

という。そうかも知れない。なすのやの名誉のために、ここは「実がなり難い、といった」と訂正しておくことにしよう。

さて、夜、私が風呂に入ってみると、柚子が三つ浮べてある。枝に残した四つを切って、一つピアノの上の父母の写真の前にお供えしたあとの三つである。豪勢なものだ。私は柚子湯につかりながら、一つをとって頭をこする。私は原稿用紙に字を書くのが仕事だから、頭がしっかりしていてくれなくては困る。十一年前のように脳内出血を起して病院へ運び込まれるようなことが二度とあってはいけない。このアタマをよろしくというつもりで、柚子で頭をこすったのである。

それから胸をこすり、腹をこすった。

翌朝、庭でとれた柚子を三つも浮べた柚子湯につかったといって、妻と二人でよろこぶ。

清水さん来る。

冬至の明くる日もいい天気。清水さんから伊予のみかんを届けますとお知らせがあり、妻は清水さん夫妻の好きなじゃがいもの丸やきを作る。ガスの天火に入れて焼き上ったところへ玄関のベルが鳴って、清水さん夫妻が見える。ご主人の車に積んで来た清水さんのお国のみかん一箱に畑のばらを添えて下さる。有難い。こちらも玄関へ出て、お礼を申し上げる。

「今年は格別お世話になりまして」

と清水さんいわれる。

身体の具合が悪くなって、清水さんは団地の四階のお宅にこもり切りで静養しておられた。地主さんから借りている畑へも出られない日が続いた。で、清水さんを元気づけようと、ときどき妻が何か料理を作って(おすしのときもあった)お届けしたのをよろこばれたのである。こうして畑へ出て、丹精したばらを切って来て下さるくらい元気になられたのだから、めでたい。

清水さんから頂いたばらの中から黄色のを一つ、妻は書斎の私の机の上に活ける。うれしい。うさぎ。

午後、妻と二人で散歩がてら家を出て、なすのやと新しく出来たパン屋のカンパーニュで買物をして帰る。昨日から預かっている「山の下」のうさぎを籠から出して、居間と六畳で走らせてやっているところへ、「山の下」の長男が子供二人連れて、うさぎを取りに来る。二子玉川の友人の家へクリスマスの家族会に一晩泊りで招かれて行くので、その間うさぎを預かっていた。

妻がこのうさぎ（ミミリーという名がついている）を可愛がっていて、一日に二回、籠から出して、好きなだけ部屋の中を走りまわらせてやる。私は、妻が汚れたうさぎの籠を洗面所で洗うときに、うさぎが逃げ出さないように居間にいて見張り役をするだけ。このうさぎを前に預かったとき、六畳の押入のふすまの下をかじったことがある。そんないたずらをさせないためにも、見張っていなくてはいけない。何でもかじりたがるうさぎだから、目が離せない。

一度、うさぎが私の足もとを十回ほどまわったことがある。ズボンの裾のところに顔をくっつけて、嗅ぐふりをした。これを見た妻は、「山の下」でいつも世話をしてくれる長男と間違えたのかも知れませんねという。あるいは、そうかも知れない。

うさぎを取りに来た長男、

「おだやかな顔をしている」

という。妻が日に二回、籠から出して運動させてやり、うさぎの好きな小松菜をたっぷり食べさせてやったから、うさぎも満足していたのだろうか。

ブルームーン。

朝、書斎へ来た妻、

「ブルームーン、ひらいて来た」

という。

妻が庭から切って来て、机の上に活けたときは、まだかたい蕾であった。このブルームーンが少しひらいて大きくなった。清水さんの黄色のばらのよこで。

なすのや。

近くの医大病院へ検査のために入院していたなすのやは、二週間の予定が長引いて、店はしめたきりだし、妻と二人で案じていた。今日、お正月のお餅の註文券をなすのやが持って来たので、よろこぶ。退院出来てよかった。で、早速、妻と二人で註文券を届けに行く。そのあと、カンパーニュでパンを買い、遠まわりして歩いて帰る。なすのやの復帰がうれしい。

松本さんのクリスマスカード。

成城住友の窓口でわれわれの担当をしてくれる松本由美子さんから手紙が来る。開封すると、可愛いクリスマスカードが出て来た。先日、妻が松本さんに届けたフルーツケーキを女子職員でおいしく頂きましたということ、私の『貝がらと海の音』（新潮社）を買って読んでいることなど書いてある。このクリスマスカードはオルゴールつきで、ひらくと「聖しこの夜」が鳴り出す。

生田へ。

来月はじめに渡す「せきれい」三の読み返しを済ませて、十時に妻と生田の駅前銀行へ。三十日にとりに来る大沢（植木屋）の植木手入れの支払いの分とお正月用の費用を出す。暮で混んでいると思ったら、時間が早くて、待たずにあっさりと片づいた。

天気がよくて暖かく、いい散歩をした。

有美ちゃん母子来る。

昨日、妻が近所の有美ちゃんにクリスマスのプレゼントを届けたら、今日、伺いますという電話が有美ちゃんのお母さんからかかる。有美ちゃんに上げたのは、妻が新宿の三越で買った猫のブローチ。有美ちゃんは猫が好きで、家で飼いたいのだけれども、お許しが出ない。

有美ちゃんのお母さんと有美ちゃんは三時に来る。妻は紅茶とアップルパイ、シュークリームを用意して、書斎でお茶にする。有美ちゃんのお母さんは大きなりんごと見事な長いも、テディベアの絵入りのさげ袋、小銭入れ、ハンカチを下さる。有美ちゃんの「これからもピアノ続けて下さい」のメッセージ入りのクリスマスカードつき。

有美ちゃんは幼稚園のころから木谷先生にピアノを教わっていた。有美ちゃんのお母さんが妻のことを木谷先生に頼んでくれたおかげで妻はピアノのおけいこを始められるようになった。このとき、有美ちゃんは小学四年生であった。つまり、有美ちゃんは妻の姉弟子であった。ところが、中学に入って帰宅が遅くなり、ピアノのおけいこに行くのが無理になって、有美ちゃんはピアノを習うのを止めた。妻は残念がっている。

有美ちゃんは、小さいころ、道で妻を見つけると走って来て、くっつく。何か話したいことがあるのかと思うと、そうでない。ただ、妻を見たら走って来てくっつく。そういう人なつこい子であった。

クリスマスの贈り物をいろいろ届けてくれた有美ちゃんのお母さんは、足の悪いお祖父さんの話をする。歩くときに、どうしてか、前につんのめりそうな歩き方になる。これは私たちもときどき、散歩中のお祖父さんを見かけるので、気にしている。このお祖父さんが、夜中に家の中を歩きまわり、よくころぶ。近ごろ、近所の道でころんで怪我をした。

有美ちゃんは、お母さんが足の悪いお祖父ちゃんのことを話すのをにこにこして聞いている。このお祖父ちゃんは長年、会社で働いて来て、定年退職して、いま家にいる方である。

妻は有美ちゃんのお母さんにシュークリームの皮に牛肉をつめたミート・シュウを作って差上げた。夜、電話がかかり、お父さんが妻のミート・シュウを食べて、「これはおいしい」といったという。よかった。

帆立貝を頂く。

夕方、暗くなって近所の藤城さんのお嬢さんが玄関へ来て、帆立貝の活きたのを届けて下さる。沢山頂いたので、よくお料理を下さるおとなりの相川さんに二つ、差上げた。

夕食にこの帆立貝を焼いてお酒と一緒に頂く。活きている帆立貝を頂くのははじめて。おいしい。

藤城さんはうらの雑木林の中に引越して来られた方である。前に私が買物のさげ袋を持って崖の坂道の途中で立ち止っていたら、下から上って来た、そのころは中学へ行っていた藤城さんの上のお嬢さんが、

「お持ちしましょうか」

と声をかけてくれたことがある。犬を散歩させている体格のいいお父さんに会うこともある。巨人軍のピッチングコーチをしている藤城さんは、犬の散歩で会って立ち話をするとき、別れがけにいつも、

「失礼します」

といわれる。気持のいいご家族である。

帆立貝を頂いた日、妻と、

「ご近所にいい方が来てくれてよかったね」

といってよろこぶ。

ハーモニカ。

「アニー・ローリー」を久しぶりに吹く。妻は、「アニー・ローリーは歌いやすい曲」という。次に「どこかで春が」。いい歌詞で、聞く度に感心する。作者の百田宗治のことはよく知らないが、この一曲で立派な詩人であったことが分る。来年四月の大阪行きにはハーモニカを持って行くつもりでいる。そのときホテルの部屋で同行の阪田寛夫に「どこかで春が」を聞かせた

い。

四十雀。

朝、四十雀が脂身へ来てつつく、かごのよこからつついて去る。別の一羽が侘助の枝で待っていて、入れかわりに脂身へ来る。あとでメジロ一羽来て、脂身をつつく。

侘助咲く（二十七日）。

この前、一つだけ咲いた侘助が今朝はいくつも咲いている。数えたら、六つ咲いていた。これから一月にかけて咲き続けるだろう。

「猫の恩返し」。

妻はラジオの深夜放送で志ん生の「猫の恩返し」というのを聞いた、よかったという。

晩年に中風になってから以後の放送を録音したものらしいが、立派なものであったという。

「犬は三日飼っても恩を忘れないと申しますが」というようなところから始まる落語。長屋にいる魚屋が、賭けごとですって、明日の商いの魚を仕入れる金も無くなり、途方に暮れているところを飼っている猫に助けられるという話。猫が夜中にどこかから小判を拾って来るのである。その「猫の恩返し」の話を妻が朝食のときに聞かせてくれた。

つぐみ来る。

つぐみが一羽来て、例の地面を滑走するような進みかたをする。水盤に来て、少し水を飲んで飛び去る。シベリアから来たつぐみ。もっと庭にいてくれればいいのに、すぐいなくなった。

長女、大掃除に来る（二十七日）。

南足柄から長女が暮の大掃除に来てくれる。ポストまで葉書を出しに行って、戻ったら来ていた。毎年、暮の大掃除に来て、すす払いをしてくれるのだが、今年は部屋でころんで足を骨折して入院した秀子叔母さんのために病院通いをしているので、とても大掃除には来てくれないだろうと思っていた。そこでいつも長女がしてくれる外まわりのすす払いの、いちばん汚れの目立つ玄関の門燈のところだけ、私がすす払いをしておいた。それが二日前のことであった。大へんなときによく来てくれた。有難い。

長女は私がすす払いをした門燈のまわりを見て、

「きれいになっている」

といって感心する。

長女は私のために見るからに着心地のよさそうなウールのオープンシャツを買って来てくれた。ほかにいつものアップルパイ、ママレードの壜、小田原のあじとかますの干物、おとなりの斎藤さんのおばあちゃんが作ってくれた指輪のかたちの小さな切干し大根も。硝子ふきをして、庭掃除もしてくれる。

お昼は、長女に穴子ご飯、有美ちゃんのお母さんがくれた長いも入りのおすましを食べさせる。おいしい、おいしいといって、長女よろこぶ。この穴子ご飯は、刻み穴子をご飯にのせて、タレをかけたもの。私の好物である。

長女の話。末っ子で小学六年の正雄に、はじめて友達と小田原へ映画を見に行かせてやった。大よろこびで出かけた。お母さんに連れて行ってもらうことはあるが、友達と行くのははじめて。映画の名前を長女はいったが、よく分らない。

次男一家の風邪ひき。

なすのやからお正月のお餅が届いた。妻はミサヲちゃんに電話をかけて、お餅分ける、持って行くか、かずや休みなら取りに来るか、どうするか、訊いてみる。ミサヲちゃんがいうには、いま家中風邪ひきで、ふみ子は四十度も熱が出て、ふらふらになっています。で、次男が車でお餅を貰いに来ることになる。

午後、次男、ミサヲちゃん、春夫と車でお餅を貰いに来る。風邪をうつすといけないといい、離れて話す。フーちゃんは四十度も熱が出て、近所の医者へ行き、解熱剤の坐薬を入れてもらった。みんなが車で出かけると、ひとりになるので心細がったという。

「早く帰って上げて」とミサヲちゃんに頼む。

お餅、みかん、いちご、川口さんのケーキなど入れた紙袋を渡す。最初、春夫がもらって来た風邪がフーちゃんにうつったらしい。

元日には全員わが家に集まってお祝いをすることになっている。フーちゃんは来られるだろうか。そのことを次男に話し、フーちゃんの様子を見て、大丈夫なようなら来ればいい、やめた方がよさそうなら止めるといいという。次男、分りましたという。フーちゃんが来られないとなると、ミサヲちゃんも家に残ってやらないといけない。二人欠けるとさびしくなるが致し方ない。

フーちゃんへのお見舞い。

はじめに次男とミサヲちゃん宛にはがき書く。風邪の熱のあと、腎臓炎になることがある。私は中学一年のとき、風邪から腎臓炎になり、こじらせて一年休学した。フーちゃんもよく気をつけて下さいと書く。フーちゃんが今度の風邪で四十度も熱を出したと聞いたときから、そのことがいちばん気がかりであったので。

そのあと、妻にかわいい便箋を一枚もらって、フーちゃんにお見舞いの手紙を書く。今年の秋、私が水疱瘡にかかったとき、フーちゃんが、お見舞いの手紙をくれた。うさぎとかめのレースの絵をかいて、表に「おじいちゃん　早く水ぼうそうなおしてね」と書いてくれた。その手紙を受取ったとき、こんなに心配をかけて申し訳ない、早く元気になってフーちゃんを安心させてやりたいと願わずにはいられなかった。そのことを思い出して、手紙を書いた。ただし、フーちゃんがかいてくれたうさぎとかめのレースの絵のようなものはかけない。

「フーちゃん、早くかぜをなおして。げんきになってね」

と書く。すぐにポストまで手紙を出しに行く。

妻がミサヲちゃんからこんな話を聞いた。

夜中に咳き込んで苦しくなったフーちゃんが、お母さんに苦しいと訴えた。ミサヲちゃんが背中をさすってやると、楽になった。次の晩、またフーちゃんは咳き込んで苦しくなり、お母さんに助けを求めた。ところが、その日は寝床の位置が入れかわっていて、お母さんはとなりに寝ていなかった。——そんな話を妻はミサヲちゃんから聞いた。どうして次の晩もミサヲちゃんはフーちゃんのとなりの寝床に寝てやらなかったのだろう。春夫も風邪をひいていたから、その晩は春夫のとなりに寝てやったのだろうか。

夕方、妻はミサヲちゃんに電話をかけて様子をきく。フーちゃんはまだ熱があり、おとなしくしていますという。心配だ。四十度も熱が出たら、解熱のための坐薬を医者が入れてくれても、一気には熱は下らないのかも知れない。

次男のはがき。

机の上を整理していたら、今年の三月に次男から貰ったはがきが出て来た。

前略　本日は春夫の入学祝いに過分な御祝いを頂き、有難うございます。何かと物要りな折、大変に有難く、大事に使わせて頂きます。(これでひとやまこえられる)

あの後、ジップと皆で雑木林の中を少し散歩しましたが、藪の中にも春の匂いが何となくしていました。もう一月もすると、文子と春夫が同じ小学校へ通うようになります。早いものです。取り急ぎ御礼まで。

いいはがきを次男はくれた。貯金を頭金にしてローンで今の家を買った次男である。きびしいローンをかかえているので、春夫の入学祝いを貰ったのが、よほどうれしかったのだろう。いくら上げたのだろう？　覚えていない。

川口さん来る。

横浜市青葉区の川口さんから、一時半ころに伺いますという電話があり、妻はよろこぶ。昨日、川口さん宛の宅急便を作って、チョコレート、白味噌、自家製の梅干、七福神のおせんべい（来年もいいことがありますようにと）を詰めて送ったところであった。で、川口さんに上げるおじゃこの佃煮を作った。

川口さんは御主人の運転する車で来た。「天狗舞《てんぐまい》」というお酒、妻のための手編みのセーター（イギリスの毛糸の）、フルーツケーキ、アーモンドのおつまみを頂く。妻が手早く作ったおじゃこの佃煮を川口さん、大へんよろこばれたという。村木の白菜、大根も上げた。

長女のアップルパイ。

大掃除に来たとき長女が届けてくれたアップルパイを頂く。おいしい。次男がお餅を貰いに来たとき、フーちゃんのお見舞いにといって二切れ、分けて上げたら、みんなでよろこんで食べたらしい。

荷物持ち。

妻は夕方、スーパーマーケットのＯＫへ買物に行く。こちらは荷物さげるためについて行く。

妻がお正月用にいっぱい買物したのをさげて帰る。「助かりました。これで一遍に片づいた」といって、妻はよろこぶ。

そのあと、清水さんへお歳暮の「初孫」（山形の酒）を届ける。丹波の黒豆、栗きんとん、静岡の読者からの頂きものの生椎茸、大阪の学校友達の村木からの葉つき大根も持って行く。ご主人がおられて、挨拶をする。

「なぐさめ」。

夜、ピアノのおさらいを終って居間へ来た妻に、

「いま、弾きにくそうに弾いていたのは、何の曲？」

と訊く。

「ブルグミュラーのなぐさめ」

ブルグミュラーの「さようなら」の次の曲という。「さようなら」には、ゆったりとした、いい旋律が出て来るが、「なぐさめ」にはないらしい。「なぐさめ」は、予習のために弾いている。先生のおけいこでは、まだ「さようなら」。

ミサヲちゃんに電話（三十日）。

フーちゃんのことが気がかりで、昼ごろ、妻がミサヲちゃんに電話をかけて様子を尋ねる。

「ふみ子はいいんですけど、今度は春夫が八度熱が出ました。ふみ子のがうつったらしいです。抗生物質を飲ませました」

どうやら四十度も熱を出したフーちゃんは落着いたらしい。今度は春夫がまた熱が出たという。フーちゃんの風邪は最初、春夫から貰ったといっていたが、それが逆にまた春夫にうつったのだろうか。この分ではフーちゃんはお正月に来られそうだが、春夫はどうだろう？　二人とも来られるといいのだが。あと一日（三十一日）あるから、春夫もよくなって来られるのではないか。そうなってほしい。

井戸神さま（元日）。

七時すぎに起き、妻と二人、いつもの通り、玄関でお日さまに向って拝礼。井戸神さまを拝み、ピアノの前で父母の写真に向って手を合せる。井戸神さまには、いつも通り、大晦日の夕方に井戸のふたの上にお供えしたコップのお酒を、東西南北と井戸のまわりにかけてから、今年も一年、いい水を頂けますようにという願いをこめて拝礼する。わが家では、台所は水道の水だが、ほかは今もこの家が建ったときに掘った井戸の水を用いているので。ここへ来たはじめのころ、一度井戸水が出なくなって、井戸屋に掘り足してもらったことがある。二十メートルくらい掘ったという記憶がある。それからは夏の日照りが続いても、井戸水が出なくなるということはない。水道が引かれるまでどのくらいたっただろう？　五、六年はかかったような気がする。その後はずっと水道に頼っているけれども、家に井戸があるというので随分心強い。井戸を大切にしないといけないという気持が、私たちにはある。大晦日の夕方にはいつもお米と塩の入った漆《うるし》塗りの盆にのせたコップのお酒を井戸のふたの上にお供えし、元日の朝に二人で手を打って拝礼するのも、井戸神さまを大事にしたいという気持からである。

新年会。

賀状のお返しを書いてポストまで出しに行く。昼までに二回、ポストへ行き、二回目にはが
き出したあと、西三田団地の外れの、以前よく歩いていた住宅のあたりを三回まわる。

午後、二回歩く。これで万歩計は二万七千歩になる。よろし。妻は家族のお祝いの会の食卓
を用意し、名前を書いた箸袋を置き、おせちの皿を並べる。毎年みんなで食べる益膳のうな重
も、昨日、註文済み。五時に配達される。

昨日、南足柄の長女に電話をかけて、読売ランド前の次男宅へ寄って、次男一家を車に積ん
で一緒に来るように妻が頼んでおいた。ミサヲちゃんたち、みんな揃って来られるらしい。よ
かった。

支度を終って、妻と二人で書斎のソファーにいる。毎年、こうして子供、孫らの到着を待つ。
この支度を全部終って、あとは二人でみんなの到着を待つだけというときがいい。私も妻も幸
いに健康に恵まれて、元気でいられるから、こうして子供、孫ら全員を迎えてやることが出来
るのである。有難いことだ。

四時半ころ、南足柄の長女夫婦が次男一家を車に乗せて到着。長男の和雄と末っ子の正雄が
一緒に来る。下宿暮しをしている次男の良雄と大学生の明雄の二人は、東京の下宿から来るこ
とになっているという（道路の渋滞で二人は遅れて着く）。ひどい風邪をひいたフーちゃんと

春夫も元気になっている。フーちゃんはときたま咳が出るが、顔色はいい。風邪から腎臓炎を起したりしなければいいがと案じていたが、顔はいつもの通りで、少しもむくんでいない。大丈夫だ。

遅れて五時前に「山の下」の長男一家が来る。これで良雄、明雄の下宿組を除いて全員揃った。書斎でみんなにお年玉を配る。長男も次男もお年玉を子供に配る。南足柄の和雄ら若い衆にはいつも妻がパジャマを贈っていたが、ビール券がいいという話が長女の方からあったので、今年はビール券を贈る。

「山の下」の最年少（二歳）の龍太は、救急車のおもちゃを貰ってよろこぶ。春夫はミニ四駆。みな、お年玉のほかに何やかや貰った。

五時すぎ、みんな席に着き、私の、

「皆さん、明けましておめでとうございます」

の声で開宴。男はビールで乾杯。おせちの皿のほかにプチトマトとブロッコリーの皿、黒豆となますの大鉢、神戸のローストビーフの大皿とパン、益膳のうな重が並ぶ。このローストビーフをパンに挟んで食べる。おいしい。毎年、ローストビーフとパンは人気があって、よく売れる。三十分ほど遅れてあやまりながら部屋に入った下宿暮しの良雄と明雄に、妻は、ローストビーフをパンに挟んで、しっかり食べさせてやる。

私はお酒に移ってから、うな重を食べる。これが新年会のたのしみ。となりの次男もおいしそうにうな重でお酒を飲んでいる。家のローンをかかえているので、家で安いお酒を飲んでいる次男は、山形の酒「初孫」が飲めるのがうれしい。

食事が終り、となりの六畳でくじ引、にぎやかに。次男一家が明二日の朝からミサヲちゃんの両親のいる栃木の氏家へ行くので、早く切上げた方がいいということで、いつもの百人一首、坊主めくりは省略して、一同居間で輪になって、手締めをして、めでたくおひらきにする。

みんな、くじ引やお年玉で貰ったものをさげて帰ったあと、掘炬燵で寝ころぶ。

「ああ、面白い、面白い。やり甲斐がある」

と妻はよろこぶ。

食べ終った子供ら、和雄（長女の長男）のあとについてみんな図書室へ行き、和雄につきまとっていた。和雄はベッドの上に立って、ベッドカバーを振りまわしていましたと妻がいう。長男がカメラを持って来て、食卓風景をとり、食べ終ったあと、壁を背にして全員の記念写真をとった。二回目は笑うところをということにして、自動シャッターの前からみんなの列へかけ込んだ長男が、おかしいことを（パンツがどうしたとか）いったので、一同ふき出した。さてどんな写真が出来るだろう？

つぐみ（二日）。

朝の日課の家歩きで書斎へ来たとき、水盤のふちにつぐみの太ったのがいて、水を飲んでいる。一週間ほど前につぐみらしいのが来たが、つぐみかな、それとも雀かなと思った。どうやらあのときのは雀であったらしい。今朝のは間違いなしにつぐみ——シベリアから海を渡って来たつぐみだ。見ていると、くちばしを水につけて二回、水を飲み、去る。「もっと飲めばいいのに」と思ったが、仕方がない。私が書斎へ来るまでに、何遍も水を飲んでいたのかも知れない。真冬に庭へ来るつぐみは、水盤から離れずに、いくらでも水を飲むのがいる。みな、よく飲む。

わが家の水盤の水は、毎朝、妻が前の日の水を捨てたあとへ、新しく汲んだ井戸水を入れてやる。四十雀もメジロも雉鳩も来て飲む。きっとおいしいのだろう。

メジロ（二日）。

侘助の枝にメジロが一羽いて、花の蜜を吸ってまわる。メジロは甘みのあるのが好きだ。みかんや柿を半分に切ったのを木の枝にさしておくと、くっついて離れない。四十雀は牛肉の脂身の方が好きだ。

新年会追加。

遅れて到着した明雄は、私のところへ来てお酒の壜を渡す。有難く頂く。良雄と二人の贈り物か。明雄の贈り物らしい。手みやげのつもりで持って来たのか。

翌朝、紙袋から出してみると、「チリのワイン」である。三男の明雄は大学生だが、いろいろアルバイトをしている。いまはどこかのイタリア料理店でコックとして働いているらしい。勤めているお店で出しているワインかも知れない。

はじめ玄関へ入って来たとき、長髪でサングラスをかけている明雄を見て、妻は、

「どこのお兄さんが来たの？」

といってから、慌てて、

「ナイスガイが来た」

といい直した。

自分で働いたお金で「チリのワイン」を買って来てくれるのだから、ナイスガイに違いない。

良雄（新年会のつづき）。

元日の会のあと、車まで送って出た妻に今はフランス系の小さな貿易会社に見習いで働いている良雄（長女の次男）が、妻に、

「何かあったら知らせて下さい。とんで来ますから」

といった。

そばで聞いていた長女が、

「そんなことというのなら、電話番号書いておきなさい」

というと、良雄は道にしゃがんで、ポケットから出した紙に自分のアパートの電話番号を書いて妻に渡した。

妻はその話をして、

「良雄、いいところある」

という。その通りだ。

フーちゃんの贈り物。

元日に来たとき、フーちゃんがくれた封筒から、小さな、光沢のある紙に私の名前、妻の名前を印刷したようなものが出て来た。私の名前の両側には本が二、三冊立ててある。妻の名前には花の絵が入っている。何だろう? ミサヲちゃんが作ったのだろうか。大きいのと小さいのとある。光沢のある、薄い紙に文字が印刷されたようになっている。どんなふうにして作ったのか。分らない。

惠子ちゃんの手紙。

書斎の机の上に元日に「山の下」の惠子ちゃんが持って来た、小さな、ピンクの封筒が置いてある。中から手紙が出て来た。

けいこより　こんちゃんとじいたんへ　かぜおひかないで。

お年玉を貰ったとき、妻にくれたものらしい。ありがとう。

妻のお年玉。

元日、妻にいつも通りお年玉を渡したら、紙箱を持って来る。中から靴が出て来る。散歩用の靴。

「手縫いの靴です」

向ヶ丘遊園のいつも妻が行く靴屋さんが自信をもって勧めてくれた靴だという。

はじめ一月四日が大安だから履きぞめして下さいといっていたが、二日、天気もいいので、履きぞめをする。

靴屋の親父さんが自信をもって勧めたというだけあって、履き心地は悪くない。新しい靴を履いているという気がしない。

一月二日は毎年、妻と二人で氏神さまの諏訪社へ初詣に行く。妻の贈り物の散歩用の靴を履いて出かける。今年もしっかり歩きたい。

ハーモニカ。

二日の夜は、新春第一回のハーモニカ。「春の小川」から始め、そのあと「朧月夜《おぼろづきよ》」「カプリ島」。

消えた脂身。

朝、ムラサキシキブの枝の脂身が無くなっている。猫の仕業か。「オナガやカラスなら、あとかたもなく無くならないから、きっと猫ね」と妻はいう。脂身を入れるとき地面に落したのまで無くなっているという。半野良の猫が家のまわりに出没する。オナガやカラスに食べられるのはまだいい。猫に持って行かれるのは口惜しい。

ずっと前のことだが、猫にかごごと脂身を持って行かれたことがある。このかごは、今は「山の下」にいる長男が、家にいたころに銅線を編んで作った。工芸品のようなかごであったから、口惜しかった。仕方がない。長男に頼んで、また新しいのを作ってもらった。どうして銅線かというと、針金だと、しまいに腐ってボロボロになるのである。

一回、猫に持って行かれてからは、かごをムラサキシキブの枝に針金で縛りつけた。それからは一度も持って行かれない。

つぐみ（四日）。

朝、つぐみが水盤に来て、水を飲む。一月二日の朝、つぐみが水盤へ来て水を飲んでいたが、今朝のはもっと大きいつぐみだ。

書斎から硝子戸ごしに見ていると、水を三回飲み、去る。私が見かけるより前から水盤に来ていたらしいから、それまでに何回も飲んでいたかも知れない。この前、見たのはもっと小さかった。

シベリアからはるばる海を越えて来たつぐみだと思えば、うれしい。もっと来てほしい。

つぐみは、地面を滑るように進む。とまって、また進む。庭へ来ても、あまり長くはいない。水盤の水を飲むと、さっさとどこかへ行ってしまうのが物足りない。せっかく来てくれたのだから、もっと長く滞在してほしい。

ハーモニカ（四日）。

クリスマスに妻が新しいハーモニカを贈ってくれた。前に吹いていたのと合せて二つになった。

「吹きぞめして」

というので、書斎から取って来る。前のと同じ「トンボ」のハーモニカ。

「久しき昔」（ロング・ロング・アゴー）を吹く。あと「カプリ島」。

妻は、「久しき昔」の歌詞がうたいよいという。少し意味のとり難いところもあるが、歌うと分ったような気持になる。近藤朔風《さくふう》の作詞。「なじかは知らねど心わびて」の「ローレライ」の近藤朔風。訳詩家であったらしい。講談社文庫から出た『日本の唱歌』上・明治篇をひらいてみたら、「ローレライ」のところにこの人の紹介が出ていた。金田一春彦・安西愛子編。一八八〇年生れ。東京外国語学校を卒業した明治の訳詩家。三十六歳で夭折した。物に感じやすい、詩人肌の人で、九段の坂に立って、東京の町に夕日の沈むのを一時間くらい見とれていたという。「ローレライ」など、名訳の名が高いと書かれている。

歌っていて、気持がいいと妻はいう。

ピアノのおさらい。

妻はブルグミュラーの「さようなら」の次の「なぐさめ」を予習している。難儀している。まだよくつかめないという。妻のおさらいをこちらで聞いていても、何だか弾きにくそうだ。

「なぐさめ」にはゆったりとした、いい旋律が出て来て、思わずひき込まれるが、「さようなら」にはそういうのが無い。

七

のどの痛み。

どうしたのか、のどが痛い。唾をのみ込み、食べ物をのみ込むとき、痛い。やっとのことで夕食を食べ終る。

妻に「のどが痛い」というと、「風邪ひきだ」と騒ぎ出し、熱を測ってという。暮にへんな咳が出て、熱を測ると三十八度あって休んだ。それでもう風邪はごめんだという気持だが、仕方なしに熱を測ってみる。

有難いことに六度五分で、熱はなかった。やれやれ。今日は三回歩いて、万歩計は二万六千歩になった。いつも通りにしていて、のどだけ痛い。どうしたのだろう？

妻は暮に虎の門の関先生が下さった抗生物質が残っているのを出してくれ、のむ。これで収まってほしい。

「ありがとうの水」。

妻は、夜、寝ているとき、もし暮のときのように咳き込んだら、すぐに少し飲んで下さいといい、小さな壜に入った「ありがとうの水」を枕もとに置く。夜中に咳き込んだとき、こちらが枕もとの壜に手を伸ばすより早く、妻が壜を取って渡してくれる。蓋をあけて少し飲む。もっとも、今度は暮のときのように咳は出なかった。助かった。

「ありがとうの水」は、南足柄の長女が送ってくれたもの。長女の親しくしている松崎さんのご主人が北海道で研究開発したもので、どこか身体の具合がよくないとき、「ありがとう」といって飲めばよくなるという重宝な水である。松崎さんから分けて頂いたのを、長女が送ってくれる。お身体の調子のよくない近所の清水さんにも差上げる。

今度のは、長女が正月に来たとき、プラスチックの壜に詰めたのを六本、届けてくれた。

ハーモニカ。

「何にする?」と訊くと、「早春賦はまだ早いですね」と妻はいう。で、犬童さんの「旅愁」を吹く。クリスマスに妻が贈ってくれた新しいハーモニカは、気のせいでなく、いい音色が出る。

長女の手紙。

南足柄の長女から手紙が来て、例によりお昼ご飯のあと、妻が声を出して読む。

昨日は本当に楽しくて温かくてにぎやかな、一年の始まりの日にふさわしい仕合せな夕べを過させて頂き、本当にどうもありがとうございます。トウさんや子供たち一人一人に心のこもったプレゼントとお年玉を頂いて、ありがとうございます。

そして茶の間には見事にセッティングされた元日の晩餐のテーブル。色どりよく盛りつけられたおせち料理、神戸牛のローストビーフの大皿、ミニトマトとブロッコリーの大皿、黒豆となますの鉢、脂ののった北海道のししゃもとなめこ椀、おいしい食パン山盛りの大皿。お漬物の小鉢、そして益膳のうな重。こんなに美しくおいしい料理を全部お母さん一人に作って盛りつけて並べてもらって、私たち十四人もどっと押しかけて、食べて騒ぐだけ！　本当にいつも申し訳ないと思っています。

トウさんも子供たちも、「こんちゃん一人で大へんだったね」といっていました。デザートの九十七粒あった苺も、十六人の手が伸びて、あっという間に無くなる物凄さ。そしてお楽しみの福引。山のような賞品は十四人の盗賊の手に渡りました。

暮から元日まで山のような準備をして頂いて本当にありがとうございます。また、わが家の下宿組、良雄と明雄の車が渋滞で四十分も遅れて到着し、気をもませて本当に申し訳ありません。

今、明雄の連れて来た猫（バッティー）とわが家のマリオが家の中で運動会をしています。今年もすばらしい幕明けで、一族みんな元気で良い一年をきっと過すことでしょう。おつかれさまでした。どうもありがとうございます。

夏子。

P.S. 桜草のプランターを持って行くつもりでいて、忘れた。椎茸も忘れてしまった。ああ悲しい。ごめんね。桜草、春までにはきっと持って行くからね。見事に咲かせて。（註・見事な桜草のプランター二つ、後日、車で、届けてくれた）

長女は長い手紙を書いてくれた。

どんど焼き（七日）。

朝、仕事していたら、妻が、「もうすぐどんど焼きしますから」と知らせる。で、玄関から突っかけをはいて庭へ出て行く。藤棚の下で妻は、お正月のしめ飾りと松を束ねて燃やす。去年のしめ飾りについていただいだいもある。これは、三年前に亡くなった兄英二から、お正月のしめ飾りのだいだいは取っておいて、寝室に飾っておくと、腰いたにならないと教わって、私のところでもそうしている。なるほど、このおまじないはよく効いて、私も妻も一度も腰いたにならない。

一年、寝室の飾りにしておいただいだいは、黒くなって乾いて、貫禄十分だ。どんど焼きで燃やすのが惜しいくらい。一年間、ありがとう。

さて、よく燃えついて煙も上るころ、このどんど焼きの煙をまたいで、とび越える。よいしよ、よいしょと三往復して、無事とび越える。これも一年の健康を守って頂くというおまじない。私がとんだあと、妻も三往復して煙をとび越える。

あらかた火が終りになったころ、「それじゃあ」といって、あとは妻に任せて書斎へ引上げる。

どんど焼きの途中で、妻は家へ入ってうちわを取って来て、うちわで火を熾《おこ》す。消えかかっていた火がまた勢いを盛り返す。しめ飾りの松もきれいに灰になった。

湯わかしポット。

妻がふと思いついて、夜中に咳が出ないように、寝室に湯わかしポットを置いて、湯気を立てることにした。この湯わかしポットは、南足柄の長女が届けてくれたもの。トウさんの会社の福引か何かで貰ったのを、これは便利だから使って下さいといって進呈してくれた。

妻の思いつきは大成功。夕食の途中で咳が出て、食事が出来なくなるほどであったのに、湯わかしポットの湯気のおかげで、夜中に一度も咳が出ない。朝になってみると、硝子戸も欄間の硝子も露でびっしょり。夜、見ていると、この湯わかしポットの蓋の間から（お箸を二本、かませてある）さかんに湯気が上る。天井まで昇ってゆくのが見える。たのもしいことこの上なし。

眼をつぶって寝床にいると、湯のわき立つ音が聞える。この音が耳ざわりになるどころか、まことにたのもしい。耳に快い。

気をよくした妻は、昼間もこの湯わかしポットを私の行く先々へ持って来る。咳が出るきっかけを与えないようにしようというのである。仕事している午前中は、書斎に置く。私の行くところ、いつも湯わかしポットがお伴をするというふうにした。おかげで全く咳が出ない。ひきかけていた風邪も、どこかへ消えてしまった。妻は活躍してくれた湯わかしポットに、「がばちょ君」という名前をつけて、その労をねぎらった。湯がわき立つときに立てる音がそんなふうに聞えるというのである。

もっとも、一日中、働き通しでは気の毒だと私がいい出し、「がばちょ君」は夜、眠る間だけ寝室に置いて湯気を立ててもらうことにした。そして、去年ひどい夏風邪をひいて、いつまでも咳が抜けなくて難儀した友人の阪田寛夫に葉書で知らせた。よく家中で風邪をひく尾山台の安岡章太郎にも知らせる。

牛の色紙。

元日から居間の床の間仕立の壁に掛けてあった佐藤春夫先生の「紅梅や」の軸を片づけて、妻は鈴木の叔父から頂いた「伏見の牛」の色紙を掛ける。「紅梅や」の掛軸は、佐藤先生が亡くなってから奥さまより分けて頂いた「紅梅や花の姉とも申さばや」の半折を表装したもの。正月にふさわしい掛軸なので、毎年、正月になると掛けることにしている。

「伏見の牛」は、郷土玩具の牛を描いた色紙。米俵を背中に担いで歩く牛である。米俵が落ちないように紅い帯でくくりつけてある。大らかで、楽しい絵。丑年の始まりに床の間を飾るのにふさわしい色紙である。

芦屋の家に夫婦二人きりで暮していた鈴木の叔父（妻の叔母の旦那さん）は、晩年になって始めた俳句と俳画を趣味にしていた人である。私が「水の都」という大阪の商家の生活を主題にした小説を書くので、ときどき妻と二人で芦屋を訪ねるようになった。鈴木の叔父は、大阪靭《うつぼ》の鰹節問屋鈴木商店の長男に生れた。私は鈴木さんから京都へ奉公に行ったころや店を任せられるようになったころの昔の思い出話を聞かせて貰った。

「水の都」のあと、神戸の学校友達と旧交を暖める話を柱にした「早春」を書くときも、妻と二人でよく叔父夫婦に話を聞きに行った。そのうち、鈴木の叔父がだるまさんを描いた色紙をくれた。それがとてもよかった。妻と二人で賞めると、気をよくした叔父は、お正月にその年の干支に因む絵をかいた色紙を送ってくれるようになった。色紙の裏には、いつも「鈴木錦里」と署名してある。「錦里」は、大阪生れの叔父の雅号であった。年月たち、鈴木さんのお正月に下さる色紙が、めでたく十二支全部揃った。

なお、「伏見の牛」の絵をかいてくれた鈴木の叔父は、先年、九十六歳で亡くなった。ついでに附加えると、叔父が米寿を迎えたのは、私が「早春」を「海」に連載している最中であった。神戸三宮の鰻屋に叔父夫婦と「早春」を書くことを思い立つきっかけとなった神戸の学校友達を招いて、米寿のお祝いをして上げた。叔父夫婦がよろこんでくれた。

ハーモニカ。

この二、三日続けて「故郷の廃家」を吹く。ヘイスの曲に「旅愁」の犬童球渓が詞をつけたもの。曲と歌詞がぴったりしていて、いつも感心する、あと「カプリ島」。妻はますます磨きがかかっていいという。

侘助。

朝、書斎へ机の上を拭きに来た妻が、

「侘助、きれいですね」

という。

仕事机から硝子戸越しの正面に見える侘助がよく咲いている。淡紅色の花が咲くと、そこが明るくなる。

梅咲く（一月十一日）。

夕方、書斎の雨戸をしめるとき、梅が咲いているのに気が附く。書斎に近い方の枝にいくつも咲いている。うれしい。

つぐみ。

朝食前の日課の「家歩き」のとき、図書室から書斎へ来ると、つぐみが水盤のふちにとまって水を飲むのが見えた。大きなつぐみ。はるばるシベリアから来たお客さんのつぐみである。どうやら多摩丘陵の一つの丘の上のこの家にはおいしい井戸水を汲んだ水盤のあることを覚えたらしい、朝食前のこの時間によく庭へ来る。水盤の水を飲むと、すぐにどこかへ行ってしまう。

何回飲むか数えてみたら、三十一回、くちばしを水につけて去る。あれだけ飲めばいいだろう。また、お出で。

水盤の氷。

朝食のあと、書斎へ来て、水盤に氷が張っているのに気が附く。メジロは二羽で来たが、水が飲めない。水盤のすみのところへくちばしをつけている。少しは飲めるのだろうか。

妻が庭へ出て、水盤の氷を放り出して、井戸水を入れてやる。

浜木綿のフレーム作り。

午前中、仕事していたら、妻は庭の東南の隅の浜木綿のために霜よけのフレームを作る。中にシュロの葉をいくつか立てて支柱にして、ビニールをかぶせる。ビニールの裾のところに瓦をのせて、風でめくれないようにする。

庭へ出て見に行くと、うまく出来ている。うまく出来たとねぎらうと、妻はよろこび、「カプリ島」という。どうしてこの浜木綿の霜よけが毎晩ハーモニカで吹く「カプリ島」と結びつくのか、分らない。今朝、水盤にはじめて氷が張ったから、霜よけを作ることを思いついたが、短い時間でうまく作ったのに感心する。

ロールキャベツ。

夕食は久しぶりのロールキャベツ。暮に阪田寛夫が送ってくれた高崎のロースハムの残りを細かく刻んだのを入れたという。トマトケチャップのかかったスープをスプーンで飲む。おいしい。

妻は、このスープはお酒とガラスープを入れた、あとはキャベツから出たものですという。ナイフとフォークが添えてある。ナイフで切って、キャベツごとくずれるところをお箸で食べる。おいしい。やわらかくて食べよいのが何より。

ハーモニカ。

三、四日続けて「故郷の廃家」を吹く。いい曲にぴったりの、いい歌詞をつけた。熊本人吉出身の犬童球渓さんの傑作。妻は歌詞を書いた紙を持って来て、「覚えてしまうの」という。

侘助。

書斎の机の上に妻は侘助の花を二つ切って来て活ける。机の上が明るくなる。一つはひらいた花、一つは蕾のまま。葉もいい。外では昨日、妻が作った浜木綿の霜よけのフレームに朝の日がさしている。

シクラメン。

書斎の硝子戸のそばに二つ並べた鉢のシクラメンが日ざしを受けながら、妻のピアノのおさらいをきいている。ブルグミュラーの「さようなら」。

四十雀。

四十雀が水盤に来て水を飲む。今朝は氷なし。

清水さん。

朝、はがきを出しにポストまで行く。郵便局の前で清水さんに会う。年が明けてからはじめてお目にかかるので、新年の挨拶を申し上げる。清水さん、

「昨年は、格別お世話になりました」

といわれる。

お身体の具合が悪くなり、ずっと家にこもっておられる清水さんに、ときどき妻が何かしらお惣菜になるものを作って（まぜずしのときもある）お届けしたことへの感謝の気持であろう。

「お元気になられて何よりです」

と申し上げる。

「風邪もひかれずに」

と訊いたら、清水さん、「はい」といわれた。元気そうで、顔色もいい。今年はずっとお元気でいてほしい。

浜木綿のフレーム。

朝食のとき、妻はごみ出しに行ったら、ごみ出し場のそばの草が霜で真白になっていましたという。「いいときに浜木綿の霜よけを作った」というと、「暮から今まで何もなしでよかったんだけど」と妻はいう。今朝も庭の水盤に氷が張っていた。

ハーモニカ。

この三、四日続けて「故郷の廃家」を吹いたので、久しぶりに「アニー・ローリー」を吹く。妻はよろこぶ。「久しき昔」（ロング・ロング・アゴー）もしばらく吹いていない。

つぐみ来る。

朝、つぐみが来る。スピードをつけて庭を滑走するように進む。いつものつぐみとは別のつぐみか。水盤へ来ない。水盤においしい井戸水が汲んであるのを知らないつぐみか。三、四回、庭を滑走してとび去る。

「水盤を知らないのか。もう一度、下りて来い」

穴八幡日和。

毎年、正月明けに早稲田の穴八幡宮へお参りして一陽来復のお札を頂いて来る。予報は一時雨であったが、天気よくなる。雨なら一日延ばそうと話していたら、好天に恵まれ、「穴八幡日和だ」とよろこび、十時に家を出る。これまで穴八幡の帰りは高田馬場のユタでホットケーキとコーヒーと決めていたが、去年の秋、上野の二科展のあと、はじめてユタでミックスサンドを食べてみたら、おいしかった。今日もミックスサンドにしましょうと、出かける前から相談はきまっていた。

穴八幡では一陽来復のお札を頂くのに、長い列が出来ている。妻が並んでいる間、こちらは拝殿の外の日のさすところに立っていた。帰りはユタに寄り、ミックスサンドとコーヒー。この店は音楽を鳴らさず、静かでいい。ミックスサンドもおいしい。

穴八幡の一陽来復のお札は、冬至から節分までの間だけ、参拝した人が頂けることになっている。頂いたお札は、節分の夜に家の中の柱に貼ることになっている。そういうきまりになっている。

メジロ。

水盤にメジロ来て、水を少し飲んで侘助の上の方の枝へ。侘助の花の蜜を吸う。メジロは甘みのあるものが好き。熟柿を木の枝に刺しておくと、メジロがくっついて離れない。空っぽにしてしまう。

今度は水盤にまた別のメジロが来て、水を飲む。妻が作った浜木綿の霜よけのフレームに日がさしている。

穴八幡の日（つづき）。

穴八幡へ行く前、清水さんのところに寄って、七福神のおせんべいを届ける。これから穴八幡へ行きます、清水さんの分もお願いして来ますと妻がいうと、清水さんよろこぶ。

で、参拝のあと、境内の店で飴《あめ》の袋を一つ買った。帰りに清水さんへ寄り、「穴八幡のおみやげ」といって届けた。清水さん、よろこばれる。家に帰って、お茶をいれて飲む。おいしい。いい天気の日に穴八幡にお参りしてお札を頂いたことをよろこぶ。

ハーモニカ。

久しぶりに「久しき昔」（ロング・ロング・アゴー）を吹く。妻は「新しいハーモニカでこれを吹くのははじめてですね」といってよろこぶ。この前、「アニー・ローリー」を吹いたとき、次は「久しき昔」だなと思っていた。「アニー・ローリー」を吹くと、「久しき昔」が吹きたくなる。同じイギリスの曲なので。

つぐみ。

朝、庭へつぐみが来る。水盤へ来て水を飲むかと思ったら、庭を滑るように進み、水盤へ来ない。そのままとび去る。どうしたのか。今朝、水盤に氷なし。

山田さんの切干大根。

近所の、よく妻にニットドレスを編んで下さる山田さんから夕方、電話かかり、切干大根と蓮根を届けて下さる。新潟のご両親から送って来たもの。切干大根は、そのまま食べて下さいといわれる。夕食に火に炙《あぶ》って頂く。切干大根はかたいものと思っていたら、山田さんの新潟の切干大根は、やわらかくておいしい。

読売ランド前へ。

朝、ミサヲちゃんに電話かける。切干大根を頂いたんだけど食べる？　と妻が訊くと、ミサヲちゃん、好きですという。で、午後、届けることにする、妻は市場の八百清で苺を買って来る。シャトレーのケーキも買う。

午後、妻とミサヲちゃん宅へ届ける山田さんの切干大根、おせんべいの袋、妻が買って来た苺、シャトレーのケーキを持って出かける。

読売ランド前の次男の家へ行く急な坂道を登り、いつものように二人、立ち止って、向いの山を眺める。うす茶に煙って見えるのは、木々が芽ぶき始めたのか。

三時ごろに着く。妻はジップに家から持って来たバタつきパンを与える。祭日（成人の日）だが、次男は出勤して、家にいなかった。フーちゃんに「かぜ、治った？」ときくと、「なおった」という。元日に来たときは、まだ少し咳が出たが、咳も出ない。顔色もよくて元気そうなので、ほっとする。

フーちゃん、台所でのし棒を持って何かしている。パンを作っているところであった。パンの中にこし餡を入れて、夕食後のデザートにみんなで食べるという。

持って来たシャトレーのケーキをフーちゃん、春夫、ミサヲちゃんに食べてもらう。ミサヲちゃん、お茶をいれてくれる。フーちゃんは、妻が持って来たおせんべいも食べる。フーちゃんは、ジップにガーリックトースト（これも持って来た）を食べさせる。

みんなで双六をする。フーちゃんがやりたがっていた双六。親になったフーちゃんは、みんなに10ドル札やら50ドル札を配る。やり方がよくのみ込めないまま、フーちゃんのいう通りにする。さいころを振って、進んだところにいろいろ書いてあり、自分の持っているお金からいくらか取られたりする。

よく分らないまま、フーちゃんにいわれる通りにした。最後にみんなが「上り」になると、自分の手もとのお札を勘定する。

この前来たとき、フーちゃんがやりたがっていた「スコットランドヤード」というゲームのことを思い出し、フーちゃんに「やったの?」と訊くと、「やった」という。フーちゃんはゲームが好きだ。

台所との間の壁にフーちゃんのお習字が貼ってある。「冬木」というのを一枚、分けてもらって帰る。いい字。

ミサヲちゃんにお正月の氏家行き(ミサヲちゃんのご両親がいる)のことを訊く。二日に行ったと思っていたら、三日に次男の会社で宇都宮に用事が出来たので、三日に行ったという。フーちゃんたちが行くと、いつも来るお兄さんの一家の修平ちゃんが丁度、高校の入学試験の前で、そこへ風邪ひきのミサヲちゃん一家が来たので、修平ちゃんに風邪をうつさないかと気をもんだという。幸い修平ちゃんは、無事に受験し、めでたく志望の高校に合格した。よかった。

黒猫。

朝、「家歩き」で書斎へ来ると、脂身のかごを括《くく》りつけてあるムラサキシキブから黒猫がゆっくりと下りて来て、立ち去る。一昨日、妻が四十雀やメジロのために詰めてやった脂身が無くなっていた。猫に食べられた。口惜しいが、仕方がない。

庭に半野良や野良の猫が来る。これは防ぎようがない。四十雀やメジロに食べさせたくて詰めた脂身をそっくり黒猫に食べられてしまっても、お前は来るなといえない。いったところで無視される。仕方がない。この黒猫も半分、飼猫らしいが、どこの家の猫か分らない。猫にやられるのは癪《しゃく》だから、脂身を詰めるのを少し見合せたらというと、妻は、四十雀が来て、かごが空っぽだと可哀そうだからという。

メジロ。

朝、「家歩き」のとき、昨日入れた脂身にメジロが来て、つついている。よろし。そのあと、ひよどりが来て、メジロ逃げ出す。ひよどりは、たちが悪い。自分が食べるだけならまだしも、どこかで見張っていて、小さな鳥が脂身へ来ると、たちまち追っぱらう。猫も困るし、ひよどりも困る。だが、防ぎようがない。自然に任せておくよりほか仕様がない。好きな四十雀やメジロだけが庭に来るのなら、気持も安らかだが、そうはゆかないから辛い。

ハーモニカ。

昨日に続いて「久しき昔」（ロング・ロング・アゴー）を吹く。あと「もう一曲」といい、「アニー・ローリー」吹く。

メジロ。

朝、ポストまではがき出しに行って戻ったら、脂身にメジロ来て、かごの下からつついている。すぐとび去る。水盤に氷なし。妻は新しく汲んだ井戸水を入れる。

ハーモニカ。

久しぶりに「故郷の廃家」を吹く。何にしようかと考えていたら、妻「犬童さん」というので。「旅愁」「故郷の廃家」の二つの名作を残した熊本人吉出身の犬童球渓に私も妻も敬意とともに親しみを抱いている。そこで、「犬童さん」といいたくなる。

豚ロースの柳川鍋。

豚のロースを使った柳川鍋を食べる。ごぼうのささがきと豚のロースと上にかけた卵の三つがうまく調和しておいしい。柳川はもう長い間、食べたことはないが、泥鰌《どじょう》の代りに豚のロースというのもいい。前に女学校のクラス会での深川の店で一度「柳川」を食べたことのある妻は、泥鰌より豚の方がおいしいかも知れないという。

四十雀。

四十雀来て、小さくなったかごの脂身をつつく。あとからメジロ来ると、侘助の枝へ行く。侘助、よく咲いている。メジロが離れると、四十雀来てつつく。マナーがいいのに感心する。猫にやられないうちにしっかり食べてくれ。

妻が新しく井戸水を入れた水盤は、木立と空を映している。いい天気がつづく。昨日は三月中旬より四月上旬の陽気になったとテレビのニュースでいっていた。おだやかな、いい日和がつづく。有難い。

小沼丹の『珈琲挽き』。

午後、書斎の日の当るソファーで、小沼の最後の随筆集となった『珈琲挽き』（みすず書房）をひろげて読む。

一昨日、本棚の前に積んだ本の中から見つけて、よろこび、読み返している。小沼独特の口調が出て来て、なつかしい。

そのうち「落し物」というのがあった。紙入れを二度ばかり落したことがあるが、幸いに二度とも出て来てよろこんだという話がある。ところが、そのあと、一度、酔って深夜に帰宅した小沼が、いたずら半分に紙入れを書斎の本棚に隠す。明くる日になって探してみたが、どこに隠したのか、見つからない。紙入れは行方不明となってしまう。しばらく日にちがたってから、本を探そうとして梯子《はしご》に上って本棚の上の方を見たら、行方不明になった紙入れが見つかったという話である。ぱたりと床に紙入れが落ちたからびっくりした、何とも大へんうれしかったという随筆で、おかしい。

酔っぱらって帰って、わざわざ本棚の高いところへ上って自分の紙入れを隠すというのが、そもそもユニークである。こんなことを考えつくのは、小沼丹しかいないのではないだろうか。前に私は小沼について「創意工夫」という題で短文を書いたことがある。小沼が奥さんにカツサンドを作らせて、夜、仕事をしていておなかが空いたら、そのカツサンドを食べるという話を小沼から聞いて、小沼は日常生活に工夫を加える、毎日同じことをしていて何ら改良を加えようとしない私から見ると、小沼は発明王エジソンみたいな人物だと感心するという話である。

発明王エジソンは、まさか酔っぱらって自分の紙入れを本棚の上に隠したりはしないだろうが。小沼が創意工夫に富む人であることは確かである。

小沼が死んだので、もうこんなユニークなことを書いた随筆にはお目にかかれないと思うと、さびしい。そんなことを考えながら、日のさし込む書斎のソファーで小沼の本を読んでいた。

つぐみ。

朝の「家歩き」のとき、書斎に来たら、水盤につぐみが来て、水を飲んでいる。十五回まで勘定したら、水盤から離れてどこかへ行った。

妻に話すと、食パンを切ってパン屑を作り、水盤の手前に撒いてやる。つぐみがまた戻って来て食べるといい。シベリア生れのつぐみはパンが好きに違いないと妻はいうのである。しっかりパン屑を食べ、水盤の井戸水を飲み、体力をつけて、春になったらまたシベリアへ帰ってほしい。

ところで、ポストへはがきを出しに行って戻ると、妻が、

「つぐみがパン屑食べていました」

という。

さっきのつぐみが戻って来て、食べたのだろうか。それなら、うれしい。妻はパン屑を食べたつぐみのことを、「よっぽどおなかを空かせていたらしい」という。

「なぐさめ」。

妻がピアノのおさらいをしている。この間から手こずっているブルグミュラーの「なぐさ

め」らしい。で、少し元気づけてやろうと思って、終ったとき、居間の掘炬燵に寝たまま、大きな声を出して、「パチパチパチ」という。

妻が居間へ来る。

「少し曲らしくなって来たよ。終りの方が」

というと、

「ほんとう?」

といって、よろこぶ。

「先生は、『なぐさめ』は気取って弾かないといけない曲ですといわれるんだけど、それがもっさりとなるの」と妻はいう。あんまり弾きにくそうにしているから、こちらは景気づけに「パチパチパチ」といったのである。ブルグミュラーの「さようなら」には、きいていて、思わず「いいなア」といいたくなるメロディーが出て来るが、「なぐさめ」にはそれがない。

メジロ。

妻が新しく補充した脂身にメジロが来て、つついている。四十雀は来なかった。

「なぐさめ」。

ピアノのおさらいをしている妻が、弾くのをやめて笑い出す。こちらは机の前から、

「笑ってちゃいけないね」

という。

「あんまり弾けないから、笑ってしまうの」

「何? 『なぐさめ』?」

「はい」

で、妻はまた気をとり直して弾き出す。

山形のりんご。

市場の八百清で近ごろ主人夫婦から店を任されたまもる君に届けてもらった箱のりんごを、はじめて一つ食べる。山形のりんご。おいしい。

去年の十月以来、三浦哲郎の送ってくれた岩手のりんごを始め、頂きもののりんごばかりずっと食べていた。やっと自前で買ったりんごの出番になる、有難いことであった。まもる君が買って来てくれたのは山形のりんご。岩手のはもう終りになったらしい。おいしいりんごでよろこぶ。

南足柄の長女の宅急便。

長女からの宅急便が届く。中から金色の紙に包んだお酒が一本、出て来る。新潟の金賞をもらったお酒。うれしい。トウさんの部下に新潟から来ている子がいて、足柄の長女の家によく呼んで上げる。その子の親がよろこんで、お酒を送ってくれたらしい。

ほかに罐詰の牛肉、やきしめじなども入っている。

長女の手紙。

長女の手紙も着く。いつものように昼食のあと、六畳の日のさし込む部屋で、妻が声に出して読む。

ハイケイ

元日の大祝宴からもう半月がたってしまいました。その後、お元気ですか。

その節は本当にありがとうございました。楽しかったね。最後の手締めが見事にきまり、「終りよければすべてよし」としたのは、さすがわが一族でしたね。

こちら全員元気にしています。早く阪田さんのご本を返さなくてはいけないのに、ごめんなさい（註・阪田寛夫『童謡の天体』）。長女が小田原中の本屋を探して見つからないというので、貸して上げた）。本当に素晴しい本でした。あれだけの資料を調べて書かれる粘り強さはすごいですね。阿倍野のお墓のことや帝塚山学院のこと、庄野のお祖父さん、庄野兄弟など知っている人のことが出て来るところが面白かったけれど、知らなかった詩人作家の話も、立派な大学の教授の講義をきいているようで面白いでした。「ノイマン爺さん」には本当に感動しました（註・阪田が子供のころに家にあった、古い燭台つきのハンブルグ製のピアノの話）。中でワタクシメがピアノの発表会でたった一回弾いた「人形の夢と目覚め」が「テコちゃんテコちゃんトンチンチン」になっているところでふき出した‼　その通りだったね。

先週末は、菊池さんの雑木林の外れに宗広さんの敷地におおいかぶさるように生えている大きなくぬぎの木二本とみずならの木二本を、椎茸としめじの菌をうえつけるために切らせてもらうことになり、トウさんと浦野さん、磯崎さんのご主人、波緒《なお》さん（註・染色工芸家）と研究生三人、そして私の計八人で初山仕事をしました。午前中、グリーンヒル（註・長女らの住む山の住宅）のどんど焼きの行事があり、男の人はお酒が入っていて、目が赤いやら、呂律《ろれつ》が変だったりで心配でしたが、仕事が始まると、皆キリリとして日頃訓練されている八人は三時間、めいっぱい働いて、四本の木を無事に倒し、見事な、短かく切りそろえた丸太にして積上げました。

木を倒す方向にくさびの切り込みを入れておいて、上の方にかけたロープを残りの人で全力で引張って、ちゃんとした方向に倒すようにするのだけれど（家の屋根や軒先をかすめると大へんなので）、倒れる瞬間はロープを引張っている人が藪の中でなぎ倒されるくらいの物凄い力がかかるの。緊張して大汗をかいて、力を合せて仕事をやり終ったあと、わが家の土間に集まり、みんなで飲んだお茶のおいしかったこと。

入院中の秀子叔母さんは、リハビリも順調に進んで、予想より早く歩けるようになって、近く退院出来そうです。

美しい富士山を見ると、お父さんの叙勲の祝賀旅行のときの富士山を思い出し、また一族全員で芦の湯の「きのくにや」に旅したいなと思ったりします。

インフルエンザが大流行のきざしです。くれぐれもお大事に。気をつけてね。

お酒は会社の若い衆の新潟の家から届いたものです。ではお元気でおすごし下さい。さようなら。

イノ子より（註・亥年生れの長女は「イノシシ娘」と自称している）

小沼の随筆。

午後、日のさし込む書斎のソファーで『珈琲挽き』のつづきを読む。「帽子の話」がいい。小沼が酒を飲んで帰宅したら、翌日、かぶっていた帽子がない。行った酒場へ夕方、電話をかけたら、「ちゃんと帽子をかぶって車にお乗りになりました」という。一日たった翌日、外から細君がマーチを口ずさみながら戻って来るから、苦々しい。ひとつたしなめてやろうと思ったら、その細君の頭に自分の帽子がのっかっているから目を疑った。

となりの空地に棒杭が立っている。そこへ小沼の帽子がかぶさっていた。おとなりの主人が見つけて、小沼さんの帽子だというので、奥さんが知らせてくれたというのである。

車からおりて、空地の棒杭を見て、ここへ帽子をかけておいて、明日取りに来るという遊びを思いついたらしいという随筆。この前紹介した「落し物」の、酔って帰宅して本棚の高いところに紙入れを隠しておいて、どこへ隠したか分らなくなる話といい、小沼は全くフシギなことを思いつく人である。「創意工夫」に富む人物である。

「帽子の話」を読んで、そういえばよく小沼は革製のチロリアンハット風の帽子をかぶっていたのを思い出す。なつかしい。糖尿がわるさをして七十八歳で亡くなった。糖尿さえなかったら、まだまだ長生きして、「落し物」や「帽子の話」のようなユニークで愉快な随筆を沢山書いてくれただろう。残念というほかない。

一度、小沼は愛用の帽子をなくして、新しいのを買った。ところが、なくしたと思った帽子が行きつけの酒場に保管してあり、また小沼の手に戻ったという話も出て来る。その店に忘れたと判っていたら、新しい帽子は買わなかった筈だが、そんなことはちっとも知らなかったのだから仕方がない。それにしても思いがけなくひょっこり出て来たのは悪くない。何だかよい気分であったと思う——と書いてある。おかしい。

小沼がいなくなってしまったから、もうこんな愉快な随筆は読めないわけで、それを思うとさびしい。

清水さん。

長女の宅急便に入っていた壜詰の「やきしめじ」を妻がガスの天火で焼いたじゃがいもと一緒に清水さんに届ける。清水さん、晩ご飯が出来ましたといって、よろこび、畑のばらを下さる。

ハーモニカ。

久しぶりに「冬の夜」を吹く。そのあと、これも久しぶりに「兎追いし」の「故郷」を吹く。「これも岡野さんですか」と妻が訊く。「どうだろう?」「春が来た」や「日の丸の旗」や「桃太郎」は岡野貞一だが、「故郷」はどうだろう？　童謡や唱歌に詳しい阪田寛夫に葉書を出して尋ねたら、岡野貞一です、「朧月夜」と同じ時に高野辰之の詩に六年生用として作曲しました（大正三年）と教えてくれた。

ピアノのおけいこ。

ピアノのおけいこから帰った妻に、

「いかがでした？」

と訊く。

「『さようなら』は、もう一回弾いてみて下さいといわれた」

机の上のばら。

書斎の机の上にばらが二つ、活けてある。赤いのと淡紅色のと。清水さんから頂いたばらの中から妻が活けた。

ハーモニカ。

何にしようと考えていたら、妻は「大寒が終ったから、『早春賦』」という。で、大方一年ぶりに「早春賦」を吹く。妻は「春と聞かねば知らでありしを」の三番まで歌い終り、

「これ歌ったら、くちばしが出て来るような気がするの」

という。

つまり、谷のうぐいすになった気持がするというのである。

「中田章さんの傑作だな」

と、二人で曲をたたえる。歌詞は吉丸一昌、作曲は中田章。中田章さんは、作曲家の中田喜直さんのお父さんである。いい歌詞にいい曲をつけてくれた。中田章はどんな人であったのだろう？「早春賦」一曲で、名を残した。

つぐみ。

朝の「家歩き」のとき、つぐみが水盤に来て、水を飲む。何回飲むかと思って勘定したら、十八回飲んで、浄水場へ飛んで行った。昨日来たつぐみと羽の色が少し違った。

八

ばらの寒肥《かんごえ》。

午後、妻と駅前の銀行へ行く。そのあと、ばらにやる肥料を買いにスズキへ。棚に沢山並んだ草花の肥料のなかから、妻は「油かすと骨粉」ともう一つ化学肥料の袋を買う。肥料の包みをさげて帰り、新しいパン屋のカンパーニュに寄り、イギリスパンを買い、市場の八百清でキャベツなど買って二人でさげて帰る。

妻は家に戻るとすぐに庭へ出て、「英二伯父ちゃんのばら」、道に面したブルームーンほか全部のばらに買ってきた「油かすと骨粉」化学肥料をやる。根のまわりを三ところ掘って埋めた。そのあと、水をかけたという。「英二伯父ちゃんのばら」は、赤い芽がいくつも出ていましたと妻はいう。あとで見に行く。なるほど「英二伯父ちゃんのばら」に赤い芽がいくつも出ている。うれしい。

三十六年前に多摩丘陵の一つの丘の上に家を建てて東京の石神井公園から引越したとき、大阪の兄が枚方のばら園のブッシュとつるばらと五種類ずつ、お祝いに送ってくれた。兄からの手紙で指示された通り、私は庭のまわりに深い穴を掘り（兄からの指示では深さ五十センチ、深ければ深い方がいいとあった）、山の落葉の下にある土を掘って来て、駅前の米屋で買ってきた魚粉（いわしを干したもの）と混ぜて底の方に入れた上に、兄から届いた十本のばらの苗木を植えたのであった。

ところが山の上の風当りの強いところに家を建てたので、何よりも先ず早く大きくなる風よけの木をまわりに植えることが大事で、植木屋に頼んで次々と庭木を植えた。で、日当りが悪くなり、せっかくの兄の贈り物のばらは、何年かたつうちに次々と消えてしまった。気が附いたときは、全部で十本あったばらが庭の隅に辛うじて残った、ひょろひょろの一本きりとなった。それが「英二伯父ちゃんのばら」である。ただし、その後、道に面したつつじの中からそれこそお箸よりも細いばらが一つ出ているのに妻が気附いて、これも兄の贈り物のばらの生き残りと分ったから、こちらは「英二伯父ちゃんのばら2号」ということになった。

庭の隅の「英二伯父ちゃんのばら」は、その手前の南天の勢いがよくて、つやつやしている。ばらに与える肥料を全部とってしまうのと妻はいうのだが。とにかく、南天の勢いがいいのには驚く。

つぐみ。

朝食前の「家歩き」のとき、つぐみが一羽、水盤に来ていたが、厚い氷が張っていて、水が飲めない。二度三度、くちばしをつけて、諦めて去る。

妻に話すと、食パンを切ってパン屑を水盤の手前へ撒いてやり、やかんの湯を持って行って水盤の氷にかける。このパン屑、あとで見たら、雀がつついていた。つぐみが食べているのかと思ったら、雀であった。

仕事を始めてから、気が附くと、つつじのかげにつぐみがパン屑をくわえて食べているのが見えた。さっき水盤にいたのが戻ってきたのだろう。よかった。

あと、ひよどりが来て、パン屑食べる。

メジロ来て、脂身つつく。入れ代って四十雀がつつく。

山田さんのかきまぜ。

近所のよく妻にニットドレスを編んで下さる山田さんから電話があって、まぜずしを届けて下さる。今日は編み物のお弟子さんの初げいこの日で、おすしを作りましたといわれる。

午後、妻と駅前の銀行へ行った帰り、市場の先で初げいこのお弟子さん六人くらいと連れ立って駅の方へ行く山田さんに会う。山田さん、うれしそうにお辞儀をされた。初げいこを終って、これから親しいお弟子さんとどこかへお茶でも飲みに行かれるところかも知れないと、妻はいう。

夕食に山田さんのまぜずしを頂く。ところが食べてみると、うちで妻が父母の命日などに作る阿波徳島風のかきまぜによく似ている。そっくりといってもいい。

山田さんの亡くなったご主人は徳島の出身で、お母さんが家に来て居られたことがある。きっとご主人のお母さんからかきまぜの作り方を教わったに違いない。おいしい。妻も結婚して間のないころに私の母がかきまぜを作るところを見せてもらって、作り方を覚えたのである。

「うちのに似ているなあ」

といってよろこぶ。

すぐに妻は山田さんに電話をかけて、「庄野が大へんよろこんで居ります」と申し上げる。うちのかきまぜを清水さんに届けると、伊予生れの清水さんのご主人がよろこばれる。次の日、お勤めから帰って、「もうおすしはないのか」といわれるという話を清水さんから妻は聞いたことがある。清水さんのご主人がよろこばれる気持が分ったと話す。はじめてよそからかきまぜを頂いた。うれしい。

水盤。

仕事を終って机の前から立ち上ったら、朝、妻が水盤から放り出した氷が、日ざしを受けて光っている。仕事を終って（八枚書けた）ほっとした目に、日ざしを受けた氷がやわらかく見える。朝、「家歩き」のとき、つぐみが来て、水盤の水を飲もうとして、氷に妨げられて困っていた。妻に話すと、やかんの湯をさげて行き、かけておいて、氷を外した。

寒波去る。

この冬一番の零下40度という寒波が来て、昨日一日、冷たい北風が吹きまくり、震え上った。

それが有難いことに夜のうちに日本の東の海上に移り、今日はおだやかな天気になる。

昨日は、お使いに行く妻が、崖の坂道でまともに北風を受けて、押し戻されましたと話していた。家の中でも暖房していない部屋のふすまを明けると、冷たい空気が流れ込んだ。いやな寒波がなくなって、ほっとする。

山田さんの女池菜。

近所の山田さんの届けてくれた新潟の女池菜を、夕食におひたしにして頂く。おいしい。

妻は清水さんに茹でたのを届けて、よろこばれた。山田さんのところへ新潟から送って来たもの。新潟には山田さんのご両親がいて、元気にしておられる。

ハーモニカ。

「故郷の廃家」「旅愁」を吹く。どちらもアメリカの曲に熊本人吉出身の犬童球渓が歌詞をつけたもの。曲とぴったり合った、いい歌。

メジロ。

朝食のとき、仏さまのお茶を持って書斎へ行った妻が戻って（ピアノの上の父母の写真に供える）、

「メジロが朝ご飯食べていました」

という。

ムラサキシキブのかごの脂身をつついていたということ。

仕事終ってノートをつけていたら、メジロ来て、脂身をつつく。メジロはおとなしく、品よく脂身をつつく。四十雀はくちばしを突き立てるようにして脂身をつつく。四十雀の方が脂身が好きらしい。

つぐみ。

朝食前の「家歩き」のとき、つぐみ来て、水盤の水を飲んでいる。妻に話すと、食パンを切って、パン屑を水盤の手前に撒いてやる。もうそのときは、さっきのつぐみはいなかった。また戻って来て、パン屑を食べてほしい。

そのうち、つぐみが戻って（望み通りに）パン屑をひとつくわえて侘助の上の方の枝へ行く。このとき、黒猫が来る。硝子戸をあけて追っぱらおうとしたけれども、逃げない。で、玄関から出て行く。黒猫は逃げて、いなかった。

つぐみ。

朝、いつもつぐみが早く庭へ来るので、つぐみの来る前にと、妻は食パンを切り、書斎の硝子戸をあけて、水盤の手前にパン屑を撒いておく。ところが、いつも朝食前の「家歩き」のときに水盤へ水を飲みに来るつぐみが来ない。

そのうち、メジロが来て、パン屑をくわえて山茶花へ。メジロならいい。家の近くをうろつく黒猫が来て食べなければいいがと気がもめる。

遅くなってつぐみ来る。ところが、やっとパン屑のそばまで進み寄ったとき、どこかで見張っていたひよどりが飛び出し、つぐみは追われて庭の外へ。仕方のないひよどりだ。

ひよどりは自分が脂身やパン屑を食べるのならまだしも、ほかの小さな鳥が来ないか、どこかで見張っていて、追い払う。そういう習性を持っている。たちが悪い。

メジロ。

仕事していたら、メジロ一羽来て、妻が今朝、補充した脂身をつつく。あとから四十雀も来て、メジロに代ってつつく。メジロは四十雀が来ると、侘助の枝へ行く。おとなしく譲る。いい鳥だ。ひよどりも少しはメジロを見習えばいい。

朝、妻が水盤の手前につぐみのために撒いてやったパン屑は一つも無くなっている。何が食べたのか？　ひよどりか。

ハーモニカ。

「アニー・ローリー」から始めて、そのあと、久しぶりに「久しき昔」（ロング・ロング・アゴー）を吹く。

雀。

仕事を終って庭を見たら、雀が一羽、水盤の手前の、残っていたパン屑を食べている。雀ならいい。

紅梅咲く。

朝、書斎へ机の上を拭きに来た妻が、

「紅梅咲いた」

という。

なるほど、侘助のよこの紅梅が花を着けている。白梅の方は、もう満開に近い。この紅梅は「紅千鳥」という名前。

スズキへ。

午後、妻と寒肥の肥料を買いに駅の近くのスズキへ行く。日曜大工のための雑貨いろいろ置いてある店。棚にいっぱい並んだ中からこの前買った「油かすと骨粉」の大きな袋一つと小さな袋一つを買う。さげて帰る。暖かい日で、いい散歩をした。

帰って、書斎で妻がお茶をいれて、飲む。

寒肥。

暖かい、いい天気。午後からわが家の園芸主任の妻は、ばらの外、山茶花、梅、椿、白木蓮、侘助など花の咲く木に、昨日買って来た「油かすと骨粉」をやる。

猫。

夕方、白と黒の猫が来て、妻が苦労して白木蓮の根のまわりを掘って埋めた油かすと骨粉を食べようとしている。

で、こらしめてやらなくちゃと、玄関から靴すべりを取って、そっと庭へ出る。肥料を食べている猫のうしろからまわって、近寄り、あともう一歩というところで猫逃げる。靴すべりで尻のあたりを叩いてやろうと思ったが、逃げられた。ざんねん。

これを書斎から妻が見物していた。

「玄関の戸をあける音がしたとき、こちらを振り向いた。それで逃げるかと思ったら、そのまま食べ続けた。あと一メートルまで近づいて、逃げられた。ああ、面白かった」

という。

猫も、まさかこの家の七十五歳になるじいさんが靴すべりを手にうしろから迫って来るとは思わなかっただろう。

ハーモニカ。

久しぶりに「早春賦」を吹く。時期としてはまだ少し早いが、気持がいい。いい歌詞にいい曲がついた。作詞吉丸一昌、作曲は中田章。

ひよどり。

朝、書斎から仏さまにお茶を供える茶碗を取って来た妻が、

「ひよが朝食中です」

という。

ムラサキシキブのかごの脂身をひよどりがつついている。

清水さん来る。

午後、玄関へ清水さん来て、九州中津のポンカンをいっぱい下さる。ご主人の車で来られた。

お身体は大分よくなったが、まだこの崖の坂道を上って来るのは無理なようだ。畑の水仙も下さる。九州中津は、梶ヶ谷のマンションにいる圭子ちゃん（お嬢さん）のご主人の淳二さんのご両親のいらっしゃるところ。そこから届いたポンカン。

ピアノのけいこ。

ピアノのおけいこから戻った妻に、「いかがでした？」と訊く。

「『さようなら』、上げて下さいました。よく弾けましたといわれた」

という。

「上げて頂くと、もう少し弾きたくなる」

ブルグミュラーの「さようなら」には、途中でゆったりとした、いい旋律が出て来る。いつも妻のおさらいを聞いて、「いいなあ」と思っていた練習曲。これで終りと聞くと、さびしい。

夜になって、

「ところで、ル・クッペの方はどうなってるの？」

と訊く。

「ル・クッペのTです。Sはもう一回聞かせて下さいといわれた」

だるま市。

毎年、正月明けに早稲田の穴八幡宮へ一陽来復のお札を頂きに行く。穴八幡のあとは、柿生のお不動さんのだるま市へ行くことになっている。

いい天気になる。「だるま日和だ」といってよろこぶ。朝、妻は一年間、寝室のたんすの上に置いてあった古いだるまを持って来て、

「お酒かけて、拭いたの」

といい、父母の写真のあるピアノの上にのせる。ありがとう、というつもりで。一年間、寝室で私たちの健康を見守っていてくれただるまさんである。

十時半ころ、その古いだるまさんをさげ袋に入れて、二人で出かける。百合ヶ丘では大谷行きのバスが出たところで、一人も並んでいない。バスの発着所のベンチに腰かけて待つ。バスがやっと来る。すぐに満員になる。窓から日がさし込み、気持がいい。終点の大谷からいつもの参道へ行く間、道ばたの植木売りから買った苗木をさげて戻って来る人に会う。だるま市には植木を買うのを楽しみにして来る人が多いのだろう。私たちも二十何年か前、だるま市で買った柚子を庭に植えた。そのころは、まだ生田の外れの田圃を背にした借家にいた長女が、上の子を背中におぶって私たちと一緒に行った。

このときの柚子が、大きくなる。ところが花も咲かず実もならない。植木のことをよく知っている食料品店のなすのやに見てもらったら、これは接木をしていないからだめですといわれた。ところが、ふしぎなことにだめですといわれたその年（去年である）にはじめてこの柚子に花が咲き、実がいくつもなった。大方、二十五年ぶりに実がなった。（というのは、長女におんぶしてもらってだるま市に行った長男は現在、二十五歳になるので）

で、去年の冬至に庭でとれた柚子を三つも浮べた「豪勢な」柚子湯に私たちがつかった話は、前に申し上げた。

お不動さんの境内で、毎年だるまを買うことにしている「大磯福田」の法被《はっぴ》を着た男の人からだるまを買う。いつもだるまを買っていた親爺さんは、去年から顔を見せない。男の人に聞くと、「交通事故に会って、外へ出られない」という。ざんねんだ。毎年、だるまはこの親爺さんから買うことに決めていた。向うも顔を覚えていて、おまけしてくれた。このじいさんの顔が見えないと、さびしい。

妻が去年のだるまを納めに行く間、待っている。古いだるまを納めるところが境内の隅にある。妻が戻って来る。だるまを抱いて行ったら、だるまの目のまわりの金粉がオーバーのえりにくっついたという。

お参りを済ませて、来た道を引返す。食べ物の店で買ったものを道ばたにしゃがんで口に入れている人がいる。じゃがいもを揚げたのややきそばなんか、おいしそうに食べている。

植木の前でのぞき込む人が多い。「二年でなるゆず」などと書いて並べている。

「うそよ。うちのは二十五年かかった」

と妻は呟《つぶや》く。

みかん、だいだいなど柑橘類に人気があるらしく、みかんをつけた苗木を持って歩く人を何人も見かけた。

妻は、

「今日はお年玉で買物かごを買いましょうと心に決めて来たの」

といい、かごを売っている小母さんの前で立ち止り、買物かごを一つ買う。正月に妻にお年玉の袋に入れてお年玉を上げる。それを持って来たのという、今、お使いに持って行くのは、前に「山の下」のあつ子ちゃんが買ってくれたもの。それより少し小さいのが欲しかったという。いいのがあった。

帰りはいつもの通り、生田で中国料理の味良《みよし》に入る。だるま市の帰りは、ここのたんめんを食べるきまりになっている。

窓ぎわの日のさし込むテーブルでたんめんを註文する。ここのたんめんを食べたくてだるま市へ行くようなものだ。キャベツ、もやし、にんじんなどたっぷり入っていて、とんこつスープが格別おいしい。れんげで掬って飲む。

「お父さん、スープ沢山飲みましたね」

と妻がいう。全部飲みたいところをガマンして、少し残したのである。

店を出て、何だか一仕事したような気がするなという。パン屋のカンパーニュでイギリスパンを買い、市場の八百清で小松菜、大根を買い、二人でさげて帰る。

家に戻って、書斎でお茶をいれて飲む。チョコレート一つ食べる。イタリアのアレグレットというチョコレート。さっぱりした味でおいしい。

夜、たんめんのことを話す。だるま市の帰りは味良でいつものたんめんを食べよう、おいしいあのたんめんをという期待があるから、それでいつもおいしいんだろうかという。そうかも知れない。が、この店のたんめんも変らない。

妻は、持って行ってお不動さんに納めた去年のだるまのことを話す。

「一年たったら、いい顔になっているの。返すのが惜しいくらい」

と妻はいう。何度も、

「いい顔になっているの」

という。

だるま市で買って来ただるまは、二、三日のうちに、夜、硯《すずり》を出して、墨をすり、目玉を入れる。支度をするのは妻で、目玉を入れるのは私と、分担はきまっている。それを寝室のたんすの上にのせて、一年間、おいたままにしてある。だるまさんは物をいわないけれども、黙って私たち二人の日常生活を眺めている。そうして、二人の健康を見守っていてくれるのだろう。ありがとう。

正月明けの穴八幡宮参拝に続いて、一月二十八日に柿生のだるま市へ行くと、大事な年中行事が無事に終ったような気がして、ほっとする。

ハーモニカ。

「春の小川」から始めて「朧月夜」を吹く。

「岡野貞一さんですね」

と妻はいう。二曲とも、鳥取生れの岡野貞一さんの作曲である。われわれの年代の者は、小さいころに歌った「桃太郎」を始め岡野貞一の残した多くの唱歌に親しんで大きくなったようなものだ。えらい人であった。

ところが当時は唱歌の作詞者、作曲者の名前を明らかにしないという文部省の方針で、義理固い岡野さんは、自分が作曲した唱歌だということを家族にも話さなかったと、岡野貞一の生涯を小説に書いたことのある阪田寛夫から聞いたことがある。


水盤。

この数日、朝、庭の水盤の水が凍っていない。暖かい日が続いている。有難い。


夜、炬燵で大島一彦さんの『ジェイン・オースティン』（中公新書）を読む。第三章まで読み終った。こちらが読み終ったら、昔からオースティンが好きな妻にまわすことになっている。

『ジェイン・オースティン』読む。

「次に読ませてね」と妻がいっている。

著者の大島さんから贈られた本。例えばオースティンの手紙の一節を紹介するようなところにも、オースティンの好もしい人柄が現れている。なかなかいい。大島さんの訳文がいい。

大島さんは亡くなった小沼丹の早稲田の英文科での教え子である。私は小沼と一緒の酒席で何度も会ったことがある。

小沼がいたら、「よく書けてるね。いいよ」といって賞めただろう。ざんねん。

第二章の終りの方に、オースティンが病気になって、だんだん弱ってゆくところが書いてある。家に一つだけある長椅子で寝ていたいのだが、自分が長椅子に寝ているところを年老いた母が見たら、母は長椅子を弱っている娘に譲って、疲れて横になりたいときでも我慢するといけないからといって長椅子が空いていても寝なかったというエピソードが出て来る。お母さんに気をつかって、自分は椅子を三つ並べた上に横になり、この方が寝心地がいいのだといって、よくそこで寝ていたという。オースティンの人柄がよく分る挿話である。

——この本については後日談がある。書き落しそうなので、ここで書いておく。私はこの本を読み終り、約束通り妻にまわし、妻も読み終ってからまだ少し日にちがたったころであるが、或る日、南足柄から来た長女が、

「いま、この本を読んでいるの。図書館で借りたの」

といって私の前にさし出したのが、何と大島さんの『ジェイン・オースティン』であった。

「お父さんの名前が出て来たので、びっくりした」

という。

長女は私が著者の大島さんを存じ上げていて、小沼も一緒にときどきお酒を飲んだ間柄だということを知らないものだから、この本は大島さんから贈ってもらって読んだ、小沼の教え子だよと話すと、驚いていた。ついでにしるすと、長女が結婚式をあげたときのお仲人さんは小

沼夫妻であった。結婚の話を持って来て下さったのは、荻窪の井伏さんであったが、仲人は小沼がしてくれた。

長女は、オースティンが好きで、よく読んだという話をした。それで、図書館でこの本を見つけて、よろこんで借り出したというのである。作中にひとところ私の名前が、井伏鱒二、小沼丹と並んで出て来る。思いがけなくて、長女は驚き、よろこんだ。そうして私に知らせようとして本を持参したのである。

クロッカス咲く（一月二十五日ころ）。

四、五日前のこと。「咲き分け椿のところにクロッカス咲きました」という。あとで見に行くつもりで、うっかり忘れていた。

一昨日（二十八日）、見に行ったら、ひらき戸の手前の咲き分け椿のよこ、石を並べて仕切りを作ったうらの通り道の花壇にむらさきのしぼりのクロッカスが一つ、咲いている。そばに花の出ていないクロッカスがいくつも顔を出している。二月に入ったら、次々と咲くだろう。

ハーモニカ。

はじめに「早春賦」。歌い終って、妻は、

「二番の中ごろまで歌ったら、くちばしが出て来る気がして、『春と聞かねば知らでありしを』の三番まで来たら、完全に谷のうぐいすの気持になるの」という。歌い終ると、両手をうしろに伸ばして、「ほーほけきょ」といったり、「ピヨピヨ」という。それだけ歌詞といい、曲といい、よく出来た、いい歌ということだろう。

昼寝。

午後の散歩から戻って、日のさし込む六畳で新聞少し読み、妻が持って来てくれた愛用のひざかけ毛布をかぶって横になる。ストーブはついているし、硝子戸越しに日はさし込み、暖かい。妻は裁縫箱を出して裁縫していた。

そのうち眠り込む。

「寝息が聞えました」

と妻がいう。妻も壁にもたれて少し眠ったらしい。

そのあと、南足柄の長女宛の宅急便を出しに二人で出掛ける。市場の米屋の前で妻と別れて、こちらはいつも歩く西三田幼稚園のうら手の公園まで行き、一まわりして帰ったら、一足おくれて妻が戻る。妻は米屋で宅急便出したあとＯＫへまわり、買物した。

「お父さんの方が早かった」

という。

成城へ。

昼を食べてから妻と成城の銀行へ。一時に家を出る。崖の坂道では強い北風が吹きつけ、前へ進めない。銀行の窓口でいつもお世話になる松本由美子さんに上げるために作ったシュークリームの包みが吹き飛ばされそうになった。寒い。

銀行のあと、石井で妻は買物する。生田から歩いて帰る。いい散歩であった。

家に戻って、炬燵でお茶をいれ、チョコレート一つ食べる。おいしい。

フィレステーキ鉄板焼き。

夕食は山形牛のフィレステーキ鉄板焼き。ガスの天火で焼いたじゃがいも三切れが入っている。肉の上にサラダオイルで焼いたにんにく。これがおいしい。フィレステーキを口にいれて、酒（初孫）を飲む。肉を一切れ残して、鉄鍋にご飯を入れ、スプーンでステーキから出たグレイビーにまぶせて食べる。おいしい。

ハーモニカ。

「アニー・ローリー」から始めて「久しき昔」（ロング・ロング・アゴー）。歌い終って妻は、

「声出して歌うと気持いい」

という。

つぐみ。

朝食のとき、書斎から来た妻、

「雉鳩とつぐみが水飲んでいます」

という。

急いでつぐみのためのパン屑を作り、撒きに行く。つぐみはパン屑を撒く前に逃げたという。硝子戸を開けたとき、逃げた。一日中、庭にいる雉鳩は、逃げない。

つぐみがパン屑を食べてくれるといいが、なかなかうまくゆかない。ひよどりがどこかで見張っていて、つぐみがパン屑のそばまで来ると、追っぱらわれることもある。

「ミカド」。

朝食のとき、妻は、昨夜、ラジオの深夜便（というのが夜中すぎにある）で「ミカド・メドレー」というのを放送した、明るくてよかったという。

サリヴァンなら「ピナフォア」や「ペンザンスの海賊」を演奏してくれたらよかったんだけど、「ミカド」がいちばん有名だから、仕方がないと二人で話す。

英国ヴィクトリア朝で、ギルバートの台本、サリヴァン作曲の喜歌劇「サヴォイ・オペラ」が人気を集めた。この「サヴォイ・オペラ」は亡くなった福原麟太郎さんがお好きで、福原さんの随筆によく出て来る。で、私は柄にもなく、「サヴォイ・オペラ」について書いてみたくなり、ギルバートの脚本集などを神田の本屋さんに頼んで取りよせてもらって読んだ。

オペラには無関心で、オペラの会場へ足を運んだことのない人間が、そんなことを始めた。「サヴォイ・オペラ」も、一回、長門美保歌劇団の、「ミカド」をききに行ったことがあるだけ。で、ギルバートの脚本を読んで、舞台を想像するほか手がない私は、レコード販売の会社に勤めている次男に頼んで、カタログの中からサヴォイ・オペラのいくつかを見つけ出して、ニューヨークに註文して、とり寄せてもらった。次男のおかげで、サヴォイ・オペラの傑作といわれる「軍艦ピナフォア」と「ペンザンスの海賊」、「ミカド」のレコードを手に入れることが出来た。

もしこの三つのレコードをきけなかったら、私の『サヴォイ・オペラ』（昭和六十一年・河出書房新社）は生れなかったかも知れない。私はこれらのレコードをかけては、きき入った。そうして、ロンドンの劇場の喜歌劇に熱狂する観客を想像した。

私がひまさえあればこれらのレコードをかけてきき入っているものだから、妻も「ピナフォア」や「ペンザンス」を親しいものと思うようになったのである。

深夜放送で妻がきいた「ミカド」から十年ほど前に私が打ち込んで書いた『サヴォイ・オペラ』の思い出話を二人で始めた。

「よくレコードきいたなァ」

「いつでもきいておられましたね」

「かずやがあのレコードをとりよせてくれなかったら、書けなかっただろうな」

「かずやのお手柄でしたね」

そんなことを二人で話した。

生田へ。

午後、妻と駅前の銀行へ。三月（日本青年館ホール）と四月（東京宝塚劇場）の宝塚の公演の座席券の代金を「星佳の会」に振込むために。帰りにカンパーニュへ寄り、イギリスパンなど買う。天気もよくて、いい散歩であった。家に戻って、炬燵でお茶をのむ。チョコレート一つ、おいしい。

メジロ。

朝食のとき、ピアノの上の父母の写真の前に供えるお茶を持って行った妻が戻り、

「メジロがお食事中です」

という。

ところが、しばらくして庭でオナガの声が聞えた。食後、書斎へ来てみると、さっきメジロがつついていた筈のムラサキシキブのかごの脂身がからっぽになっている。どうやらオナガが来て、食べてしまったらしい。

さっき庭でオナガの鳴く声が聞えたのは、

「やーい。食ったぞー」

といったのかも知れない。

朝食前の「家歩き」のとき、むくどり二羽、パン屑の大きいのをくわえていた。このごろ、むくどりがよく来るようになった。くちばしがオレンジ色で、目立つ。何羽も一遍に来て、庭をうろつく。その歩き方は落着きがない。歩き方に品がない。

あとでピアノの上に供えるお茶を持って行った妻が、

「パン屑が一つもない」

という。

「さっき、むくどりが二羽で食べていたよ。つぐみならいいんだけど。まあ、むくどりでもいいや」

するると、妻は、

「小沼さんに『椋鳥日記』がありますね。小沼さんの供養と思えばいいわ」

という。なるほど。

『椋鳥日記』は、早稲田から英国へ留学した小沼丹のロンドン滞在の記録である。これを雑誌に載せたとき、荻窪の井伏さんのお宅で小沼と一緒になった。井伏さんは『椋鳥日記』を読んで居られて、その話になった。

「むくどり、ではね」

と井伏さんが小沼にいった。その口ぶりからすると、井伏さんはどうやらむくどりをあまり快く思っておられないようであった。このときは、私はまだむくどりがどんな鳥か知らなかった、そんなことを思い出す。

ハーモニカ。

「春の小川」吹く。「いい歌だなあ」と二人でたたえる。作曲は岡野貞一さん。作詞は知らない。最初は「春の小川はさらさら流る」であったのが、新しい歌詞では「さらさらいくよ」になった。といっても、それが昭和十七年のことだから、新しい方の歌詞といっても、かなり古いものだ。妻は新しい方の歌詞で歌う。この間、南足柄の長女が楽譜を持って来てくれた。もとの歌の方は、大正に出来たのだろうか。

大らかな、いい歌。春の小川が、目高《めだか》や小ぶなに向って、「日なたに出でて　あそべあそべとささやく」——というのだから、うれしくなる。


ジョウビタキ。

仕事していたら、梅の枝にきれいな色の羽の鳥が来て、とまった。ジョウビタキ。久しぶりに来た。木山捷平さんのお国の笠岡では、この鳥を「もんつきどり」といった。いつか木山さんが書いているのを読んだことがある。「もんつきどり」とは、うまくいったものだ。

水盤におりたので、水を飲むかと思ったら、飲まずにムラサキシキブの脂身へ行く。脂身をつついているところへ、どこにいたのか、ひよどりが来てジョウビタキを追っぱらう。仕様のないひよどりだ。


つぐみ。

昼前の散歩から戻ると、つぐみが来て、道路に面したつつじの下で何か食べている。

妻に話すと、頂きもののドイツケーキのかたくなったのを砕いて撒いてやったという。

そこへむくどり二羽来て、一羽がつぐみを追っぱらおうとする。つぐみは逃げない。その間に四十雀来て、脂身をつつく。四十雀がいちばん脂身に似合う。


机の上のばら。

昨日から書斎の机の上に赤い小さなばらが活けてある。清水さんのばらではないと思った。

今朝、妻に訊くと、市場の八百清で買ったばらという。小さいが悪くない。

書斎の仕事机の上には、いつも清水さんから頂いたばらを活ける。八百清のばらは珍しい。

つぐみとむくどり。

朝、つぐみ来る。妻に知らせると、パン屑を作りにかかる。ところが、せっかく来たつぐみは、すぐにどこかへ行った。シベリア生れのつぐみにパン屑を食べさせてやりたいのに、なかなかうまくゆかない。

あとからむくどり五羽来て、パン屑にとびつく。慌てて食べる。

むくどりの動作は落着きがなく、パン屑をつつく姿は、みっともない。くちばしがオレンジ色なので、目立つ。

恵子ちゃんのプレゼント。

一週間ほど前になるが、夕方、妻が「山の下」へシュークリーム七つ届けた。恵子ちゃん出て来るなり引込み、今度はプレゼントを持って出て来た。小さな、大人の指の先くらいのざぶとんの上にハローキティちゃん（ねこ）がいるところ。これを妻に渡して、また引返し、今度はそのざぶとんの上に折紙で作った小さな花びらのかたちのものをのせて来た。

「気をつかうのね、恵子ちゃんは。いつも『山の下』に行くと、何かしら自分の作ったものをプレゼントしてくれるの」

と妻はいう。

気だてのいい子だ。

四十雀。

雨の日、四十雀が一羽、脂身に来てつつく。すぐにどこかへ行く。四十雀のあとで、メジロ来て、脂身をつつく。

雉鳩、三羽で庭を歩いている。いつも朝早く来て、妻にはとえさを撒いてもらうのは、番《つがい》の雉鳩だが、ときどき別のが来て三羽になる。だが、雉鳩は決して争わない。夜になるといなくなる。この番の雉鳩、うらの山の雑木林にねぐらがあるのだろうか？　分らない。朝早く庭へ来て、雨戸があくのを待っている。夜まで庭にいる。ときどき向いの浄水場へ飛んで行く。

長女のはがき。

十日ほど前に長女のはがきが届いた。妻が尋ねていた「カプリ島」の歌詞を知らせてくれる。

ハイケイ　七福神のおせんべいを四袋も！　そしてとび切りおいしいチョコレートと良雄、明雄のビール券（註・元旦に来たとき渡すのを忘れた）、「文學界」「歌劇」を送って頂いて、どうもありがとうございます。そして、うれしいお手紙も。でも、風邪をひいていたの、大変だったね。知らなくてごめんなさい。本当にもう大丈夫ですか？　ひいてしまったら、暖かくして休養をとること。冬ごもりのつもりで無理しないで身体を休めて下さい。

懐しい「カプリ島」の歌詞がついに判明しました。歌詞を思い出すと、低音部もしっかり歌えるので、今度行ったとき、ハーモニカに合せて高音と低音で歌いましょう。
では、くれぐれもお大切に。
なつ子。

一、思い出はるかのカプリ
緑にもえる島よ
花の香ゆたかに香る
夢のくによ　カプリ

二、はるかに続く砂浜
岸辺によせる波よ
思い出のせて寄せくる
遠き島よ　カプリ

三、花咲くあの道
鳥鳴く丘よ
楽しく歌いて　泉のほとり

四、あこがれ　今なお消えぬ
なつかし君は　いずこ
いつの日か又たずねん

　うるわし島　カプリ

　以上、元祖「カプリ島」でごじゃる。

　妻の話を聞くと、長女の中学のころに音楽の好きな先生がいて、いろいろ歌を教えてくれた。長女はコーラス部のメンバーであったという。「カプリ島」も、きっとそのときに教わったものだろう。はがきの表半分も使って、「カプリ島」の歌詞を知らせてくれた。歌詞の下の余白には、カットのように音符がかき入れてある。

　夜、お風呂に入る前にハーモニカに合せて妻が歌うのは、私たちの日課となっている。これで一日のしめくくりをつける。そのハーモニカの最後はいつも歌なしハーモニカだけの「カプリ島」になる。

　豆まき（二月三日）。

　夕食後、先に豆まきしましょうといって妻は玄関へ。いつも寒い外に立ってオニになるのは妻なので、代ろうかといったら、いや、やっぱりこの方がいいという。

　玄関で豆まきをしたあと、勝手口へ行く。

　今度は妻の方から、

「年女だから、まかせて」

という。

丑年の妻宛の手紙に南足柄の長女は、ときどき、

「うしのおっかさんへ　いのしし娘より」

と書いて来ることがある。妻は丑年の生れ、長女は亥年の生れである。

妻は勝手口に豆をまく。これで終り。

「豆をまいたのは、生れてはじめて」

といって、妻はよろこぶ。

九

だるま。

二月一日が大安なので、先日、柿生のお不動さんのだるま市で買って来ただるまに目を入れることにする。夜、いつも通り妻が硯を出して墨をすり、こちらが目を入れる。

「これでいいかな」

「いいですね」

妻は、この前、古いだるまを返すとき、だるまが本当にいい顔になって来て、返すのが惜しくなったという。家を出る前に、一年間寝室のたんすの上に置いてあった古いだるまにお酒をかけてやり、「ありがとう」といった。オーバーの胸に抱いて歩いていたら、返すのが惜しくなって来た。だるまの目のまわりの金粉がオーバーについたのと話す。

新しく目の入っただるまは、これから一年間、寝室のたんすの上でわれわれ二人の健康を見守っていてくれるだろう。

一陽来復。

節分の夜、入浴の前に先日、早稲田の穴八幡宮で頂いて来た一陽来復のお札を居間の柱の上の方に貼る。いつものように磁石を持ち出して、方角の見当をつけて、南側の書斎との境の柱の上に、恵方《えほう》に向けて貼る。お札に糊をつけて渡すまでが妻の役で、椅子の上に上って柱に貼りつけるのが私の役になっている。節分の夜の十二時に貼るのがよいというのだが、こちらはいつも入浴前の九時半ごろに済ませる。

その前に一年間、居間の柱に貼ってあった去年の一陽来復のお札をはがす。「ありがとう」といって。

四十雀。

立春の四日は、いい天気になる。暖かい。

新しく入れたムラサキシキブの枝の脂身に四十雀が来てつつく。

長女来る（四日）。

ポストへはがきを出しに行って帰ったら、間もなく南足柄から長女来る。アップルパイを焼いて届けてくれる。

書斎で妻がお茶をいれ、長女の作った夏みかんのお菓子を頂く。夏みかんの皮の裏の白いところを甘く煮た、ゼリーのようなもの。風味があって、おいしい。

神奈川トヨタに勤めている長男の和雄のこと。前々からセールスの仕事につきたがっていたが、この度、希望が叶えられて営業所の勤務になった。輸入車のセールスを担当する。店へ入って来た客と会って、いろいろ話をする。お客がまた来て、車を買ってくれるようにすれば成功。売上げの何パーセントかが自分の収入になる。

営業所の所長さんがトウさんとうまが合って、足柄の家にもよく来ていた人。それでトウさんも和雄がこの人の営業所で仕事を覚えればいいと思っていた。とてもいい人。和雄も新しい職場へ移ってよろこんでいる。そんな話を長女から聞く。

あと、こちらは歩く。長女は家の掃除をしてくれる。お昼には、長女に穴子ご飯を作り、鉄板焼きのフィレステーキ（山形牛の）、プチトマト、お味噌汁を出して食べさせる。「おいしい、おいしい」といって長女よろこぶ。

食後、ハーモニカで「カプリ島」を吹き、妻（高音）と長女（低音）の二部で歌う。歌い終って、長女、手を叩いてよろこぶ。続いて歌詞の入った古い本を持って来て、「しろがねの糸」を二人で歌う。この歌詞をめぐって、「これは奥さんの台辞だろう。自分の旦那さんに向っていう言葉だろう」などといい、笑う。「しろがねの糸」とは、髪に混った白髪のこと。つまり、髪に白いものが混るようになった奥さんの、中年の夫婦の愛情をたたえた歌なのだろう。

今度、小学校を卒業して中学に入る末っ子の正雄を連れて、中学で着るジャージーを註文しに指定の洋服店へ行った話も聞く。

あと、こちらは散歩に出る。その間、長女は便所の掃除。便器をみがき上げてくれた。よく働いた。散歩から戻ったこちらは、ストーブをつけた六畳でざぶとんを枕に昼寝。

四時前に長女帰る。三男の大学生で東京で下宿生活をしている明雄が正月に連れて来た猫のバッティーが、かわいいお嬢さん猫で、前から長女の家にいる猫のマリオがバッティーを見てうっとりしているという話も、長女から聞く。アルバイトにイタリア料理店でコックをしている明雄が、家にいる間、イタリア料理を上手に作ってくれたという話も。

つぐみ。

朝食前の「家歩き」のとき、つぐみが庭の水盤に来て水を飲んでいた。朝食の卓でその話をすると、シベリアから海を越えて来るのは大へんでしょうね、命がけねと妻はいう。くたびれて、もう飛ぶ力が無くなったころに、丁度下に船がいれば、マストにとまって休めるけど、船が一隻もいなければどうなるのでしょうという。また、日本で冬を越してシベリアへ帰るときは、どこかの海岸に集合するらしいが、出発の前はどんな気持でしょうねという。

つぐみの話から私の師の伊東静雄に、南の国から海を渡ってこの国に到着した最初の燕が鳴くという詩があったねという話になる。

「あれはどこから来た燕というのだったかな？　ニューギニアの、という言葉があったよ。そんな遠くの空から来た最初の燕が、門の外のひかりまぶしき高きところにありて鳴く、という詩だった」

あとで書斎の本棚から『詩集夏花』をとり出してみる。この詩集の巻頭に出ている「燕」を読み返してみた。

——汝　遠くモルッカの　ニュウギニヤの　なほ遥かなる　彼方の空より　来りしもの

とある。随分遠くの空から来たものだと感心する。わが家の庭へ来るシベリアのつぐみよりまだはるかな国から飛んで来る燕である。もっともこの南の国の燕は、途中の島でつばさを休めながら来るのだろうか。

ポストまではがきを出しに行き、戻って机の前でノートをつけていると、つぐみが水盤へ来て、水を飲む。つぐみがとび立ったあと、例の黒猫（この間、ムラサキシキブから脂身のかごを空っぽにして悠々と下りて来た猫）が庭を歩いて行くのが見えた。

四十雀。

朝、四十雀来て、脂身をつつく。そのあと、メジロが来てつつく。ムラサキシキブのかごの脂身には、四十雀とメジロが似合う。朝食前の「家歩き」のとき、オナガとひよどりが脂身を食べていた。これはよくない。

アップルパイ。

長女が焼いて届けてくれたアップルパイを頂く。これは立春の翌日の五日のこと。おいしい。食べ終るのが惜しい気がするくらい、おいしい。パイの皮の中のりんごの甘みが何ともいえない。

買物。

午後の二回目の散歩のとき、妻が一緒にパン屋さんへ行きましょうという。で、午後の一回目の散歩をして、六畳で新聞を見たあと、三時すぎに一緒に出かける。はじめ藤屋ベーカリーでクロワッサンを買う。ここのクロワッサンが私たちは気に入っている。夕方近いので売切れていないか心配したが、残っていた。よかった。

次になすのやへ。お米（新潟のこしひかり）の配達を頼んでおいて、新しいパン屋のカンパニーニュへ。この店、正式にはドゥミ・カンパーニュというのだが、長ったらしいので、私たちは「カンパーニュ」。イギリスパンとフィッセルと胚芽パンを買い、あと少し遠まわりして（いつも歩く住宅の方へ）歩いて帰る。妻はこのごろ、なるべく用事をこしらえて、努めて歩くようにしている。崖の坂道を一回でも多く上り下りするようにしている。で、今日はパン屋さんのはしごをしたわけ。藤屋ベーカリーもカンパーニュも、どちらも店の奥で職人（あるいは家の人）が仕事をしているのが見える。いいパン屋さん。

ハーディー・エイミスのスーツ（七日）。

昨日は三越からハーディー・エイミスのスーツが届かないかと、妻は心待ちしていたが、来なかった。裾を延してもらった。五日に出来ると聞いていた。早ければ昨日届くといっていたが、来なかった。

午前中、仕事していたら、庭へ男の人が入って来た。水色の包装紙の箱を抱えているので、三越の配達と分った。書斎の硝子戸を開いて、受取る。妻は認め印を持って玄関に行きかけたが、慌てて書斎へ来る。

この三越の箱を妻が開けると、出て来たのは、白と黒の千鳥格子のスーツ。妻はいつもの店の人が勧めてくれたので買うことにしたが、似合うかどうか、ためらいがあったという。派手じゃないかと心配していた。

「いいよ」

というと、

「本当?」

「ヴェリイ・グッド」

というと、よろこぶ。

いつもスーツを選んでくれる女の店員が強く勧めてくれるので買ったものの、似合うかどうか心配していた。

「やわらかい。やわらかくてシックだ」

というと、合格したといってよろこぶ。そのあと、

「ありがとうございます」

といって何度も最敬礼する。

妻はスーツの上着を両手で持って、ピアノの上の父母の写真に見て頂く。めでたし、めでたし。四月のお墓参りの大阪行きに着ぞめをすればよい。

「バラード」。

妻のピアノのおさらいは、ブルグミュラーの「バラード」になる。「バラードって何ですか?」と訊かれて、こちらもはっきり答えられない。「詩の形式だ」といってから、辞書で調べてごらんという。妻は辞書を持って来て、読むが、よく分らない。西洋の詩の形式であることは確かで、繰返し(リフレイン)があるらしいことも分った。民謡という意味もあるらしい。ピアノの曲の方は難しい。

アップルパイ。

立春の日に南足柄の長女が届けてくれたアップルパイを、毎晩たのしみに食べていたが、今日でおしまい。名残惜しい。

ハーモニカ。

「早春賦」を吹く。曲が終ると、妻はいつものようにうしろに両手をつき出して、ホーホケキョという。この歌を「春と聞かねば知らでありしを」の三番まで歌うと、谷のうぐいすの気持になるのと妻はいう。歌詞(吉丸一昌)も曲(中田章)もぴったりしていて、すばらしい。

合同の誕生日の会。

次男と私と同じ誕生日なので、一緒にお祝いの会をすることにして、妻は午前中に支度をする。十二時にシャトレーのケーキが届く。これを居間の食卓の真中に置くと、気分が出る。

一時にまず南足柄の長女夫婦が末っ子の正雄を連れて到着。長女は元日に届けるつもりで忘れ、残念がっていた桜草のプランターを二つと、木の樽に植えた寄せ植えの花を車に積んで来てくれた。この寄せ植えの樽は漆が入っていたもので、ローマ字でヨコハマと書いてある。玄関にすえる。淡紅色のエリカという花を中心にデイジー、パンジー、すみれあり、見事なもの。妻はよろこぶ。

ほかに堆肥の大きな袋入りのを三つも積んで来て、長女は重いのを担いで家の裏へ運び込んでくれた。今度、中学に入学した正雄は、担げなくて、やっと玄関わきへ運び上げる。

そこへ読売ランド前の次男一家が車で到着。フーちゃん、

「おじいちゃん、お誕生日おめでとう」

といって、紙袋を渡してくれる。あけてみると、ハッピーバースデイの英語入りのカードが出て来る。


おたんじょう日おめでとうございます。かぜひかないで。元気でね。

きのう多摩美公園のやぶをたんけんしました。けわしかったです。

FUMIKO

紙袋の中に、何やら工作らしいものが入っている。ボール紙（これがかいじゅうになってい
る。クレオンでかいた黄とグリーンの縞の入ったかいじゅう）に細い棒を通してあって、ゴム
のついたこの棒をまわすと、中の人形がくるくるまわる仕掛になっている。かいじゅうの入っ
ているのは、ジョニイ・ウオーカーの黒の箱。フーちゃんはこつこつと工作をするのが好きな
子だが、ミサヲちゃんにヒントを貰ったのだろうか。ありがとう。
「山の下」も来る。恵子ちゃんがくれた小さな青い封筒には、
「じいたん、おたんじょうびおめでとう」
と恵子ちゃんの字で書いてある。中に女の子の絵が入っていた。うれしい。
一時すぎにみんな居間の食卓につき、シャトレーのケーキに立てたローソクに火をつけ、み
んなでハッピーバースデイ　トゥーユーをうたう。次男と一しょにローソクの火を吹き消す。
コーヒーの人と紅茶の人とそれぞれ註文のものを、妻がいれて出す。コーヒーを頼んだのは、
次男ひとり。シャトレーのケーキを切ってみんなに分ける。
妻は用意してあった内祝いを配る。次男には「初孫」一本上げる。次男も私の愛用している
山形の酒の「初孫」が好きで、ときどき私たちのとりつけの酒屋へ来て買っているらしい。
子供一同からのお祝いとして部屋に湯気を立てる加湿器が贈られた。私たちが寝室に湯わか
しポットを置いて湯気を立てて、咳が出ないようにしていることを知った「山の下」のあつ子
ちゃんのアイデアらしい。湯わかしポットではやけどすると危いからということらしい。あり

がたい。早速、長男が組立てて湯気が出るようにしてくれる。ただし、「湯わかしポット」の「がばちょ君」のように盛大に湯気は出ない。ささやかに湯気を立てる。今夜からこれにしましょうと妻がいう。

ケーキのほかに藤屋のコロッケ入りのパン、妻の作ったシュークリーム。苺。ケーキはみんなで食べ、シュークリーム、せんべいはおみやげに持たせて帰す。

子供ら、食べ終って図書室へみんな行き、廊下を走りまわって遊ぶ。にぎやかに次男と私の合同の誕生日の会は終り。二時半ころ散会。みんな帰り、妻は、

「ああ、いい会だった」

といい、よろこぶ。あと、散歩する。

清水さん。

午前中に清水さん、御主人の車でお祝いのお赤飯とバーバリのセーターを届けて下さる。私の誕生日には毎年、何かしら身につけるものを下さる。これまでにカーディガンやセーターを何度も頂いている。ありがたい。妻が用意していた宇治茶をさし上げる。

長女のお祝いの手紙。

長女は会に来た日、例により、「親分さん江」と封筒の表に書いた手紙を渡してくれる。書き出しは、

「生田の山の親分さん江
おかみさん江」

これが私の誕生日にくれる手紙のきまりとなっている。末尾は、「金時のお夏」。金時が産湯をつかったという「夕日の滝」が近いので。

今年も梅の花のほころび始めたこのよき日におめでたい七十六歳のお誕生日を元気に迎えられましたこと、心からお喜び申し上げやす。

毎日、時間を決めて机に向ってせっせせっせと仕事をし、暑くても寒くても外にとび出し、すたこらすたこら歩き、三度の食事をおいしく召上り、お酒も機嫌よくたしなまれ、余暇にはお上さんと音楽の演奏を楽しまれるという。いやー、まったく今どきの若《わけ》えもんのお手本にしてえような、勤勉な日々の生活を感心して眺めさせていただいている次第でやす。

先日はご一緒に昼どきの演奏会にて「カプリ島」なんどを気持よく歌わせていただきやして、無上のよろこびでござんした。そんじょそこいらの店の芸より上等でござんす。オッヒョヒョ。さらにのどを磨いて、またいつの日か歌わせていただくのを楽しみにしておりやす。

では、くれぐれもお身体を大事になさって、ますますの大活躍を心よりお祈りしておりやす。

「お誕生日、ばんざーい!」

金時のお夏。

二月吉日

樽入り寄せ植え。

朝、妻は長女が届けてくれた玄関の樽の寄せ植えの花を見て、家へ入り、「泣くほどうれしい」という。

寄せ植えを見ていたら、泪《なみだ》が出て来るという。

私の誕生日の長女の贈り物がよほどうれしかったらしい。

冨沢さんの桜草のプランターは、はじめ石段のすみれの鉢の下に置いたが、おとなりの相川さんとの境の、ひらき戸のよこの大谷石の上に移した。この方が引き立つ。

ピアノのけいこ。

ピアノのおけいこから帰った妻に、

「いかがでした？」

と訊く。

「それが、落着いて弾けましたと賞められたの」

「それなら、いつもは落着いて弾いていないのか？」

「そうなの。先生に、つなげて、つなげてといわれるの。一つの指で押えたのを離さないうちに次のを弾くの」

で、「ル・クッペ」のSはもう一回弾くことになった。Sが残っていた。

アイチ金物屋。

月に一回の虎の門病院梶ヶ谷分院での診察を受けたあと、向ヶ丘遊園で、アイチ金物屋に寄り、妻は湯たんぽを二つ買って帰る。この前、買いに来たら、生憎、定休日であった。

「前に7リッター入りの大やかんを買ったから、主人は顔を覚えてくれたらしいの。今日もよろこんでいた」

と妻はいう。

7リッター入りの大やかんは、10リッター入りのと二つ、店の壁にかかっていた。妻は、「あれ、下さい」といって出してもらった。そんな大きなやかんを買う人は珍しいから、それで顔を覚えていてくれたのかも知れないと妻はいう。この金物屋は品物をよく揃えている。いい店だ。

生田へ。

午後、妻と生田の判こを売る店へ行く。確定申告の書類に捺《お》す小さな訂正判が要るので。駅の向う側、生田小学校の下の通り、たしかこの辺に判こを売る店があったと妻がいい、歩いて行くと、あった。ついでに認め印も一つ、買う。これまで宅配便などの受取りに使っていたものが古くなったので。

帰りにカンパーニュでイギリスパンを買い、市場の八百清で伊予柑などいろいろ買って、二人でさげて帰る。家に戻って、お茶をいれる。チョコレートひとつ食べる。おいしい。

ハーモニカ。

「春の小川」を吹く。「いいなあ」と、二人でこの歌詞をたたえる。「蝦や日高や小ぶなの群れに」というあとのところがいい。「今日も一日日なたにいでて、あそべあそべとささやくごとく」というところがいい。いったい誰がこんな大らかな、たのしい歌を作ったのだろう?

ピアノのけいこ。

ピアノのおけいこから帰った妻に、

「いかがでした?」

と訊く。

「ル・クッペのSを上げていただきました」

よかった。この前からもたついていたの、やっと上げて下さったのと妻はいう。

生田へ。

昼ご飯のあと、そのまま暖かい日のさし込む六畳でざぶとん枕に寝ころんで、昼寝少し。二時すぎに起きて——いい寝息が聞えて、声をかけるのをためらったと妻はいう——妻と駅前銀行へ。崖の坂道ではまともに吹きつける風が寒かった。

ところが銀行の帰りは、風がなく、暖かな春の日ざしを受けて歩く。いつもの西三田団地へ入る手前の道ばたの浜木綿の茂みに新しい、勢いのいい葉が出ている。うちの浜木綿もこんなふうになってくれるといいのにと、通る度に話す。むかし、このあたりの家の人が植えて、そのままになっているのだろうか。毎年、夏になると花がいっぱい咲く。

私のところのは、もとは大阪帝塚山の父母の家のうらの畑にあった。母の病いが重くて東京から見舞いに帰ったとき、亡くなった兄にすすめられて、株分けしたのをさげて帰った。石神井公園の庭にいったん根づいたのを、生田へ引越すときに、トラックにのせて運び、はじめは一本も木の無かった庭に植えた。

年月たち、まわりの木の勢いに押されて元気が無かったのを、このままでは消えてしまうと心配していたら、南足柄の長女が来て、庭の東南の日当りのいい場所へ移し植えてくれた。もとは南紀白浜の海岸に自生していたものを、草花が好きな兄が持ち帰って、帝塚山の庭に移し植えた。紀州育ちの浜木綿である。何とか元気になってほしい。

シラー。

朝、

「シラー出て来た」

と妻がいう。あとで、ポストへはがきを出しに行った帰りにうらへ入ってみると、ひらき戸の手前のクロッカスが出ているあたりにシラーの青いのが出ている。勢いのいい青い葉が出ている。このシラーは、清水さんから分けて頂いたもの。「山の下」の長男から来たのもある。四月の末ごろに水色の花が咲き出す。

つぐみ。

朝、つぐみ来て、氷の張った水盤で苦労して水を飲んでいる。氷の端、水盤のふちのところへくちばしをつける。

妻に知らせると、庭へ出て行き、水盤の氷を外そうとするが、うまく外れない。で、やかんの湯をかける。つぐみはいったん庭の外へ逃げた。妻は水盤のそばにパン屑を撒いてやる。また、戻ってくれるかと思ったが、戻って来ない。

この日、風冷たく、寒くなる。

成城へ。

午後、妻と成城住友へ行く。窓口でいつもお世話になる松本由美子さんにフルーツケーキを焼いて来て差上げる。あと、石井で買物する。生田から歩いて帰る。向ヶ丘からのバスの優待パスを二人とも持っているが、生田から歩くことにしている。途中、OKで買物して帰り、家でお茶を飲む。

ハーモニカ。

久しぶりに「赤蜻蛉」吹く。四月の大阪行きでは、グランドの部屋で阪田寛夫にハーモニカを聞かせる約束をしている。曲目は、阪田のリクエストの「カプリ島」のほか何にするか、まだ決めていない。「赤蜻蛉」なんか、いいかも知れない。毎年、作者の三木露風の生れた兵庫県の龍野市で、三木露風賞の発表会があり、これが童謡のお祭りのようなもので、このとき、

「赤蜻蛉」の大合唱があるらしい。阪田からそんな話を聞いたことがある。

つぐみ。

朝、つぐみ来る前に妻はパン屑を水盤の近くに撒いてやる。ひよどりやメジロ来て、パン屑をつつく。大分遅れてやっとつぐみ来て、パン屑をくわえて侘助の枝へ。四十雀も来て、パン屑つつく。

朝食のとき、ピアノの上へお茶を持って行った妻が戻り、

「むくがパン屑くわえて走りまわっている」

という。にぎやか。

水盤の氷。

つぐみが来た日。朝食後、妻は水盤の氷を外しに庭へ出る。ところが、この冬いちばんの厚い氷で、外した氷を手に持って書斎の私に見せる。その氷、ブルームーンの根元に置いてやる。

庭から戻った妻、

「浜木綿覗いてみたら、中から青い芽が出ていた」

という。うれしい。霜よけのビニールの外から覗いてみた。

浅草オペラの話。

朝食のとき、妻はラジオの深夜放送でオペレッタの話をしていたという。今年が浅草オペラの八十年になる。浅草オペラでの田谷力三の人気は大したものであったという。

のやへ。

「恋はやさし野辺の花よ」

の歌が田谷力三の十八番であったが、本当は、

「恋はやさしい野辺の花よ」

というのが、「恋はやさし」になってしまったという。

生田へ越して来る前、練馬の石神井公園にいたころ、或る日、田谷力三の歌を妻と二人できに行ったことがある。まだ小学校低学年の長女に留守番をたのんで、夕食を食べてから家を出て行った。このとき、留守番をした長女が、心細い思いをしたその晩のことを学校で作文に書いた。寝床で寝ていたら、ごとんと音がする度にドロボーが来たのではないかと思って、ひやりとする。そのうち眠った。

そこまではよいが、最後はちとまずいことになる。

「目がさめたら、となりの部屋でお酒をのんでいるお父さんとお母さんの話し声がきこえました。ほっとしました」

というようなことが書いてあった。作文を読んだ先生はどう思われただろう。田谷力三の浅草オペラをききに、小さい子に留守をさせて、夕方から出かけて行ったのだから、相当なものであった。二人とも若かった。

なすのやへ。

午後、宅急便を二つ作った妻が出しに行くのに荷物を一つ持って一緒に行く。妻がさげたの

は市場の米屋へ出し、こちらはなすのやまで。米屋で一つ出した妻となすのやの手前で会う。なすのやでかぶの糠漬など買い、あと、私がいつも行く団地の外れの、車の滅多に来ない住宅のなかの道を三回まわり、ＯＫへ寄る。妻がＯＫで買物する間、こちらはバスの停留所の腰かけで待っている。荷物さげて一緒に帰り、六畳で昼寝。

昨日は北風が吹きまくり、冷えたが、今日は穏かな、暖かい一日。上空の寒気は東の海上に去った。有難い。

ハーモニカ。

「春の小川」吹く。歌い終って、「いい歌ですね」と妻はいう。

「バラード」。

ピアノの夜のおさらいを掘炬燵で寝たままきく。

「ああ、いいなあ」

と思うのがある。

おさらいを終って居間へ来た妻に、

「いま、最後のは歌だったな」

「大中恩《めぐみ》さんです」

大中恩は「椰子の実」の大中寅二の子息で、「サッちゃん」の作曲をした方、阪田寛夫の従兄。

「その大中さんの歌の前に弾いたのは何？　ちょっとよかったよ」

「バラードです」

よかったというと、妻はよろこぶ。この間から弾いているが、難儀していたので。「バラード弾けない、バラードじゃなくて、バラ、バラ」といっていた。ブルグミュラーの練習曲。

メジロ。

脂身へメジロ来てつつく。すぐにいなくなる。さっきはむくどりがつついていた。

このごろ、庭へよくむくどりが来る。何羽も連れ立って来て、庭を歩きまわるのだが、歩きかたに落着きがない。それでも妻は、虫を食べてくれるからいいという。私がむくどりのことをあまりよくいわないものだから、むくの肩を持つ。

三越へ。

妻はちょっとテレビの上に置けるようなひな人形を買いたいといい、午後、二人で新宿三越へ行く。

ところが、三越の地下二階の隅のひな人形売場に来てみると、欲しいような人形は無い。あっさり諦めて、溝口の西村家具店にあるかも知れないから、別の日に行きましょうということになる。別館でフーちゃんに上げる粘土細工用の粘土を買って帰る。

人混みを歩いたのでくたびれて、帰りの小田急は各駅停車に乗る。二人ともぐっすり眠り込む。眠り込む私の姿を妻はあとで、「オーバーに首がめり込んだようになって眠り込んでいた」という。幸いに向ヶ丘遊園で目をさまし、乗越しはしなかった。生田から歩いて帰り、途中、カンパーニュと市場の八百清で買物する。

クロッカス。

夕方、妻が「洗濯干しの下にクロッカスの黄色が一つ咲いています」という。見に行く。ひらき戸の手前にクロッカスの紫がいくつも咲いていたが、今年は黄色がまだ咲いていなかったので、よろこぶ。クロッカスの黄色が咲くと、そこが明るくなって、春は近いという気持になる。

ハーモニカ。

「朧月夜」を吹く。「これ、岡野貞一さんでしたね」と妻がいう。その通り。

クロッカス。

「洗濯干しの下にクロッカスの黄色が咲きました」と妻がいう。見に行く。二つ咲いている。うれしい。

ハーモニカ。

「早春賦」を吹く。三番まで歌い終ると、妻は両手をうしろへ突き出して、ホーホケキョという。谷のうぐいすになった気持という。「カプリ島」を吹くと、今度は波打ち際を走るやどかりとなり、両手の指先で炬燵の板を打ちながら突進してみせる。白い波がうちよせて来るのが見えるのという。

うらの四つ目垣。

夕方、妻は、うらの四つ目垣がボロボロになったから、やりかえましょうという。ボロボロになったのを妻がスズキで買ったしゅろなわで修理したのだが、今度、藤棚の柱をやりかえてもらうときに、うらの四つ目垣も大沢にやりかえてもらいましょうという。

こちらは散歩に出るとき、いつも玄関から出て行くから、うらの四つ目垣は目に入らない。で、ボロボロになっているのもつい気がつかずにいる。妻のいう通りで、やりかえた方がいいかもしれない。藤棚の柱がいたんで、ボロボロになっているのはよく分っている。藤棚と四つ目垣の両方ともやりかえるとなると物要りだが、仕方がない。

夕食後、妻は大沢に電話をかける。仕事から帰ったところであった。今は忙しいらしい。手のあいたときに見に来てくれるように頼んでおく。藤棚は、葉が出ないうちにやってもらった方がよい。

『ピアノの音』。

午後、講談社の高柳信子さん、『ピアノの音』の校正刷を取りに来る。生田へ来る前に寄った装幀の野崎麻理さん(小田急沿線在住)のところで受取った『ピアノの音』の装幀プランを見せてくれる。三岸好太郎の「花と蝶」の絵。いい本になりそうで、よろこぶ。

三岸好太郎は、去年の四月に新潮社から出た『貝がらと海の音』ではじめて表紙を飾ってもらった画家である。窓の向うに海に浮ぶヨットの見える絵で、本の中身にぴったり合った、いい絵で、評判がよかった。もう大分前に若くて亡くなった方だが、知らなかった。それで今度の『ピアノの音』も三岸好太郎さんの絵で表紙を飾ることにしたらどうでしょうと、高柳さんに話したら、いい絵を見つけてくれた。花瓶に活けた花の上に蝶が飛んでいる絵。なかなかいい。本は、四月二十日ごろに出る。

「英二伯父ちゃんのばら」。

この間から庭の隅の「英二伯父ちゃんのばら」に赤い、いい芽がいくつも出ている。庭のすみへ見に行くのがたのしみ。ひろがりかけた芽が四つある。数えると、全部で八つ、芽が出ている。元気のいい葉を茂らせてほしい。

君子蘭。

朝、妻は書斎の硝子戸のそばに置いた君子蘭の鉢を見て、

「また一つ、蕾が出た」

という。

この君子蘭は、南足柄の長女がまだ生田の外れの餅井坂《もちいさか》にいたころに、小さな鉢に植えたのを持って来てくれた。それが大きな鉢に植えかえる度にだんだんと大きく育った。最初に持って来てくれたときから、もう二十年を越した。

「水をやるだけ。あとは日当りのいいところに置いておくの。放ったらかしにしてあったのに、こんなに大きくなってくれたの」

と妻はいう。冬の間は書斎の硝子戸のそばに置き、春になると庭へ出す。肥料は何も上げないで、水をやるだけ。それでこんなに茂ってくれた。ありがたい。

メジロ。

朝、妻は居間に来て、

「脂身のかごにメジロが来てつついていたら、そこへむくどりが来て、メジロは逃げた」

という。ざんねん。

「仕様のない鳥だな」というと、

「でも、むくどりは虫を食べてくれるからいい」

と、妻はいい、むくどりをかばう。むくの歩き方はよくないが、愛敬がある。

生田へ。

午後、妻と駅前の銀行へ行く。暖かい日。銀行のあと、藤屋ベーカリーとOKへ寄り、買物する。妻がOKへ入っている間、こちらはバスの停留所の腰かけで待つ。

うぐいす。

朝、妻が庭の落葉を入れた箱をごみ出し場へ持って行くと、うぐいすが啼いた。どこにいるのかとあたりを見まわしていたら、浄水場の木立のなかで続けて二回啼いたという。

もう春だ。うれしい。

溝口行き（三月一日）。

ひな人形を買いに妻と溝口の西村家具店へ行く。南足柄の長女がまだ生田の外れの餅井坂にいたころ、はじめて男の子が生れたとき、お祝いの鯉のぼりを買って送ってやったのが始まり。その後、長女のところに男の子が生れる度に西村家具店から鯉のぼりを送った。長男と次男が長沢の借家で世帯を持ったときは、小さな書きもの机を送ってやった。また、次男のところのフーちゃんが小学校に入学したときは、この店で学習机を買って送ってやった。西村とは馴染が深い。で、今度も妻がテレビの上か居間の隅に置けるようなひな人形がほしいといい出したとき、一度は新宿三越へ行ったものの、いいのが無かったので、「西村へ行ってみよう」と思いついたのである。

お昼を食べていたら、空が真暗になり、これは溝口はムリだな、やめにしようと話していたら、食べ終るころに日がさして来た。

「これなら行けるよ」といい、傘を持って出かける。登戸へ来たら、すぐに南武線の川崎行きが来て、乗る。たちまち溝口に着いた。もっと先かなと思っていたら、早く着いた。

ところが、西村の店のあるところへ来てみると、大きなビルが建っていて、西村の移転先の位置をしるしたものが立っている。それを眺めていたら、交通整理のじいさんが、案内の人が戻って来るよと知らせてくれる。

見当をつけて歩き出したところへ、案内の若い人が戻って来て、途中まで連れて行ってくれる。大きな道路に沿って行くと、向いの駐車場の金網に「西村の家具」という貼り札があるのが目にとまった。やれやれ。

その先の大きな建物の一階に「西村」が入っている。入口で女の店員に妻が訊くと、気の毒そうに、ひな人形はスペースがないので、置いていませんという。駅前の新しいビルの中の店は十月に開店しますという。

仕方がない。諦めて引返す。途中、木立の多い、大きなマンションの前で、ひと休みしようといい、庭のベンチに二人、腰かける。「パークシティ溝口」という名前の、庭がいくつもあるマンションのかたまりであった。駅に着くと、南武線の電車がすぐに来て、早く家に帰り着いた。長女がこの前、届けてくれた夏みかんの皮のうち側を砂糖で煮たお菓子といっしょにお茶を飲む。

「ひな人形には行き会えなかったけど、いい溝口散歩だった」という。

今年の十月、新しいビルの中の西村家具店は開店という。ひな人形を売出すのは、もっと先、来年の春のことだろう。それまで待つか、どうするか。

四十雀。

仕事していると、四十雀来て脂身をつつく。別の一羽は水盤にいて、水をのむ。そのあと、メジロ来て、脂身つつく。

おひなさま。

朝、妻が「おひなさま、飾った」という。居間のすみの板の間に場所を作った。うしろに小さな屏風をめぐらし、折紙で作ったひな人形を二つ、並べる。溝口の西村家具店にひな人形が置いてなかったので、どうするかと思っていたら、妻は自分で折紙のひな人形を作って飾ることにした。

妻はそばに花瓶の桃の花を置く。それからフーちゃんが名前をつけたお人形のゆき子ちゃん（これは妻の友人の横浜市青葉区の川口さんが贈ってくれたもの）と前からあるリリーちゃんと大きな人形を二つ並べる。これでおひなさまの気分が出た。なるほど。

リリーちゃんは、次男のところのフーちゃんがまだ長沢の借家にいて、ミサヲちゃんに連れられて「山の上」へ来たころ、よくこの人形で遊んだ。フーちゃんのために妻が玉川の髙島屋で買ったものだが、はじめのころは、人形を起すと目をぱっちりひらくのを怖がって、なじむまでに時間がかかった。「リリーちゃん」という名前は、フーちゃんがつけた。

リリーちゃんを買うまでは、フーちゃんは手作りの小さなぬいぐるみのねこで遊んでいた。このねこが気に入っていた。

やっとのことで、目のぱっちりひらくリリーちゃんを怖がらなくなったフーちゃんは、「山の上」へ来る度にリリーちゃんを出して来て遊んだ。「顔がちょっと汚れているでしょう。フーちゃんが気に入って、抱きまわって、よく遊んだから」と、妻はいう。

十

読売ランド前へ。

妻は清水さんに上げるかきまぜ作る。毎年、ひな祭に銀座空也のさくら餅と草餅を届けて下さる。今年も下さるというので、「頂きに行きます」という。かきまぜを届けて、空也のさくら餅と草餅を頂いて来る。

これを次男のところへ分けてやることにする。妻の学校友達の伊藤さんから送って頂いた紀州の太刀魚のみりん干もある。午後、何度も電話をかけてやっとつながり、三時に日曜で家にいる次男が読売ランド前の駅へ来て、渡すことになる。井伏さんの全集の新しく配本になった巻も持って行く。この前、三越でフーちゃんに買って上げた粘土細工用の粘土もさげ袋に入れて行く。

早く着いたので、フォームの腰かけで時間待ちする。次男はフーちゃん、春夫と一緒にジップ連れて来る。

井伏さんの全集渡し、

「『丹下氏邸』が面白いよ」

というと、「読みました」と次男いう、どの本で読んだのだろう？　私がはじめて井伏さんの作品を読んだのは、学校にいたころ。本屋で新潮名作選集の一冊の『丹下氏邸』を見つけて、井伏鱒二がどんな作家なのか知らないままに買って読んだ。口絵に井伏さんが清水町のお宅の近くの野原に坐っている写真が出ている。草の影が井伏さんの羽織に映っていた。『丹下氏邸』という書名と井伏鱒二という名前と、この口絵の写真に何となく惹かれるものがあって、本を買ったのかも知れない。そんなことを思い出す。

帰りの電車の切符を次男に買ってもらって、別れる。次男は、フーちゃんたちと手を振る。紀州の太刀魚のみりん干のこと。「お酒においしいよ」と話しておく。次男はよろこんでいた。

「英二伯父ちゃんのばら」。

庭の隅の「英二伯父ちゃんのばら」の赤い芽が三つ、目ざましく伸びている。今日は、もう芽というより葉になりかけている。庭の隅へ見に行くのがたのしみ。

クロッカス。

「洗面所の外を見て下さい」

と妻がいう。

井戸のよこ、うらの通り道の花壇の外れにプランターが一つ置いてある。そこにクロッカスの黄色が三つ、咲いていた。三葉を植えてあったプランター。

南足柄へ。

妻は横浜市青葉区の川口さんと二人、南足柄の長女のところへ行く。おひなさまに呼ばれていて、妻も川口さんもそれぞれお人形を持って行く。

夕方、五時半ごろ帰宅。「最高のメンバーだった。いいおひなさまの会だった」といってよろこぶ。

長女は太巻を作って（夕食のために）、おみやげに持たせてくれた。庭でとれた椎茸と飼っているちゃぼの卵も。

妻は前に川口さんから頂いたお人形の「ゆき子ちゃん」を持って行き、川口さんもお人形を持って来て、長女の飾ったおひなさまの前に並べて置き、その部屋でご馳走になった。太巻、赤出し、海老とわかさぎの天ぷら、菜の花の入ったウーメン。食後にお汁粉が出て、みんなおいしかった。あとで妻と川口さんは籠を持って、庭へ椎茸をとりに出た。この椎茸、長女が二人のおみやげに渡してくれた。「たのしかった。たのしかった」といって、妻は大よろこび。川口さんと二人、それぞれお人形を持って行って、おひなさまの前に並べるという趣向が大成功であったらしい。めでたし。

ハーモニカ。

「春の小川」吹く。南足柄へ行ったとき、長女が渡してくれた「春の小川」の歌詞を見て、妻は歌う。長女は「春の小川」の歌詞を図書館で見つけてコピーをとってくれた。古い方の歌詞とあとから直した方の新しい歌詞と二通りある。新しいといっても、昭和十七年に改訂されたものだから、年月はたっている。われわれには古い方の歌詞がなじみよいが、改訂されたのもわるくない。ハーモニカを吹くときは妻は新しい方の歌詞をうたうことにする。

四十雀。

水盤へ四十雀来て、水浴びする。あとからメジロ来て、交替する。マナーがいい。

クロッカス。

庭の洗濯干しの先に、クロッカスのむらさきが二つ、むらさきのしぼりが二つ咲く。

玄関わきのもっこくの下にも、むらさきのしぼり二つ咲く。井戸のよこのプランターには黄色が三つ咲いている。妻は、「ばらばらになっている。一つにまとめようか」というが、

「いや、このままがいい。ばらばらの方がたのしい」

という。

玄関のつばき。

玄関のつばき、いっぱい赤い花を咲かせている。いっぺんに咲いて、咲いたのから散る。根のまわりに落ちている、ひらき戸の手前の咲き分けつばきも、下の方から咲き出した。これは白。

侘助。

侘助の咲いた花が根のまわりに散らばっている。よく咲いた。もうこれで最後かも知れない。

庭の隅へ「英二伯父ちゃんのばら」を見に行く。勢いよく出た赤い芽のかたまりから葉が分れて伸びている。これはもう芽というより葉といった方がいい。

うばめがしのかげのばらも、先から芽を出している。道路側の大きなブルームーンは、先からいい芽をいくつも出している。うれしい。

ハーモニカ。

「春の小川」吹く。南足柄の長女がコピーをとってくれた歌詞の新しい方のを妻が歌う。「ささやきながら」で終る歌。(古い方のは、「ささやくごとく」)

「新しい方といっても、昭和十七年に改訂になった歌詞だからね、戦前のものだよ」

という。

改訂になった新しい方の「春の小川」も、なかなかよく出来ている。

青年館ホールの公演。

宝塚月組の久世さんの「NON STOP‼」の公演を見に、妻と千駄ヶ谷の日本青年館ホールへ行く。東京体育館のよこを抜けて青年館ホールに近づくころ、強い風が吹きつける。前へ進めないくらいの強い風。

青年館ホールへ一時すぎに着く。風が吹き込まない場所を見つけるのに一苦労する。

入口手前で「星佳の会」の相沢さんから切符を受取る。いつもお世話になる相沢さんに妻は「これは皆さんでどうぞ」といって、おせんべいの袋を、「これはたきこみご飯。相沢さん食べて下さい」といって渡す。相沢さんよろこぶ。「星佳の会」の相沢さんは、いつ会っても気持のいい方だ。久世さんの退団が決まったので、こうして切符を頂くのも四月の東京公演のあと一回きりとなった。

阪田寛夫来る。席は前から二列目のいい席。そこへ阪田と三人、並んで坐る。久世さんのお母さんが見つけて挨拶に来られる。久世さんのお母さんは、阪田と私が戦後に大阪中之島の朝日放送でラジオの仕事をしていたときの、アナウンサーの同僚の「服部さん」。

あるとき、阪田が宝塚ホテルのグリルで食事をしているところへ、「服部さん」が今度、宝塚音楽学校に入学しましたというお嬢さんと一緒に現れて、阪田にお嬢さんを引合せて、どうぞよろしくお願いしますといった。

その話を阪田から聞いて、私たちも久世星佳さんを陰ながら応援するようになったのである。久世さんはよく精進して月組のトップになりながら、早くに退団することになった。惜しい。

「NON STOP‼」は、宝塚の演出家として藤井大介さんのはじめての作品。俳優志望の若者が劇団に採用される。この芝居小屋にいる精霊に気に入られて、劇団の看板スターにのし上るという話。久世星佳さんがこの若者をのびのびと演じて、みずみずしい作品となる。となりの席の阪田と、「いいですなぁ」といい合ってよろこぶ。殊に劇団の試験を受けて採用されところから始まる第一部がよかった。

マネージャー役の未沙のえると久世さんとのやりとり、二人で踊るダンスの場面がよかった。

幕間に毎日新聞学芸部の小玉祥子さんが来て挨拶される。昨年の秋、脳梗塞で倒れた洋画家のお父さんの様子を尋ねると、病院でリハビリテーションを始めていますという。「僕も左半身がシビレて歩けなかったのが、こんなに元気になりました。お父さんもきっと元気になりますよ」といって励ます。小玉祥子さんは生田の私の家へ何度もインタビューの記事をとりに来てくれた方である。お父さんから案内を頂いて、二科展へ行って、作品を見せて頂いたことが何度もある。最近は歌舞伎の舞台の役者のスケッチのシリーズを続けて居られた。宝塚の大劇場の前と客席と舞台を描いた大作「花の道」が印象に残っている。是非、回復して頂きたい。

日本青年館ホールは二階席まで満員で、カーテンコールの拍手も盛大であった。

帰り、前に一度入ったことのある千駄ヶ谷駅前の「ユーハイム」に入り、阪田と三人でコーヒーを飲む。おいしいコーヒー。ここは阪田にご馳走になる。妻は夕食のための炊きこみご飯を作って来て、阪田と奥さんの分と二人前、持って帰ってもらった。

帰宅して、夕食。炊きこみご飯おいしい。

神田の読者。

神田の、去年も甘酒やら納豆やら送ってくれた読者の落合さんから宅急便が届く。宮城のお酒「浦霞」、甘酒たくさん、納豆（わらに入ったの）などいろいろ詰めてある。手紙が入っている。「ピアノの音」に続いて「せきれい」を読んでいます。「ピアノの音」がいつ本になるか、「群像」に問合せの手紙を出しました、去年『散歩道から』の読者カードを送ったら、思いがけず返事を頂いてよろこんだと書いてある。「うちの店の品を詰めました」とあるから、神田の酒屋さんか食料品店のご主人らしい。有難い。

桃の花。

なすのやまで宅急便を出しに行くのに、妻と二人で出かける。なすのやのあと、少し遠まわりして、団地の外れの、よく歩く住宅の中の道へ行く。道に面した家の庭の木にいっぱい花が咲いている。近づいて行きながら、

「桃、かしら?」

と妻がいう。

そばまで来て、

「桃ですね」

桃が二本、花は満開。立ち止って、

「きれいだなあ」

「きれいですね」

と二人でいう。妻は、「さくらより桃が好き」という。

明石のいかなご釘煮《くぎに》。

明石の読者の高雄伊左さんから宅急便の「いかなご釘煮」が届いた。去年も送って下さった。朝、明石の浜で揚ったいかなごを醤油と砂糖とお酒で煮たものらしい。去年、頂いてよろこんでお礼のはがきを差上げた。忘れずに今年も送って下さった。有難い。

夕食に小鉢に入れたのをお酒と一緒に頂く。酒によし、ご飯にのせてよし。おいしい。

白木蓮。

白木蓮の蕾が大きくふくらんでいる。上の方の枝でも下の枝でも。もうすぐ咲く。

次男一家来る。

午前中に妻はミサヲちゃんに電話をかけて、頂きものの高知の文旦を分けるから、次男が休みならみんなでいらっしゃいという。次男休みで、三時に行きますという。

三時にみんなで来る。六畳でお茶にする。それまでにスーパーマーケットのＯＫでさくら餅を買って来てと妻に頼まれたが、さくら餅が無くて、小さなおはぎを二パック買って来た。これがおいしい。

フーちゃんと春夫、ジャンケンして遊ぶ。勝った方が、「あっち向いて」というと、負けた方は、いわれなかった方へ顔を向けなくてはいけない。

ミサヲちゃん、「ふみ子はこのごろ、夜、何かノートに書いています」という。フーちゃんに何を書いてるのと訊くと、「書いていない」という。はずかしがりのフーちゃんは、自分がノートに何か書いていても、そのことにふれてほしくないのである。何か物語を考えて書こうとしているのだろうか。

トランプの「七ならべ」をする。春夫、もう一回とせがみ、二回する。次男に土佐の文旦、神田明神の納豆など分ける。文旦は小樽の戸田圓三郎から毎年この季節に送ってくれるもの。戸田圓三郎は私が戦後、大阪の今宮高校で教えていたときの生徒。どういうつながりがあるのか、いつも土佐から文旦の箱を届けてくれる。夏には小樽から夕張メロンを送ってくれる。

次男は来るなり、「みりん干おいしい」と顔を輝かせていった。この前、分けて上げた紀州の太刀魚のみりん干で、妻は、残っていたのをまた分けてやる。

りんご。

朝食のトーストとコーヒーのあと、いつもりんごを食べてお茶を飲む。市場の八百清で近ごろ主人夫婦から八百屋の店を任せられた岩手出身のまもる君に、箱で買ってもらったりんご。この前まで食べていたのは山形のりんご。今度のはどこのりんごだろう？「ふじ」だということは分っているけど、どこのりんごか、まもる君に聞かなかったと妻はいう。

「甘みが出て来ましたね」

「おいしいなあ」

朝食にりんごをお茶と一緒に食べるのがたのしみ。

次男一家来る（つづき）。

次男一家が来た日のこと、帰りがけ、フーちゃんは玄関の椎の木に登る。この椎の木は、枝が登りよいように出ている。フーちゃん、らくらくと登る。ただし、登りよい途中まででやめて、下りて来る。

あとで、

「この椎の木、恵子ちゃんも登る。正雄も登った」

と妻はいう。子供らがみんな登りたくなる木らしい。登りたくなる枝ぶりなのだ。

「英二伯父ちゃんのばら」。

この間から庭の隅の「英二伯父ちゃんのばら」を毎日のように見に行く。

赤い芽が大きくひろがり、今朝なんかはもう芽とはいえない、はっきり葉といえるのが三枚出ている。三枚葉が出た。うれしい。道路に面したブルームーンの芽も大きくなった。

君子蘭。

朝、妻は書斎の硝子戸のそばのシクラメンの鉢に水をやったあと、君子蘭の葉をふきんで拭く。

前にいった通り、まだそのころは生田の外れの餅井坂の借家にいた長女が、小さいのを一つ、鉢に入れて持って来てくれた。それを少しずつ大きい鉢に植えかえるうちに、大きくなり、ふえた。

「水をやるだけ。あとはお日さまに当るようにしているだけで、肥料なんかちっともやらないのに大きくなった。優秀な君子蘭なの」

と妻はいう。

「ホテルの酒場に置いても似合うような君子蘭になった」

と妻はよろこぶ。

メジロ。

朝の「家歩き」のとき、水盤にメジロ来て、とび込み、水浴びする。すぐにいなくなる。二、三日前には、雀が四羽、水盤のふちにとまって水を飲んでいた。雀が水盤へ来るのは珍しい。四十雀やメジロにばかり気をとられがちだが、雀も水を飲んでいるに違いない。

白木蓮。

白木蓮がよく咲いた。上の方の枝のも下の方の枝のも、萼《がく》がめくれて、花びらが現れた。

長女の手紙。

南足柄の長女から手紙来る。昼ご飯のとき、妻がいつもの通り声に出して読む。

ハイケイ
やよいの足柄山からこんにちは。先日は本当に本当に素晴しいおひな祭をすることができ、お内裏さまはじめ一同のもの、ずいーっとお客さまに来てくれたお母さんと川口さんに心より感謝し、お礼を申し上げげます。色どりの美しい着物を着せてもらって赤いもうせんにお澄しして坐っているゆう子ちゃん（註・川口さんの持って来た人形）ゆき子ちゃん（註・妻が持って行った人形）桃子ちゃん（註・長女のところの人形）の上品で可愛らしかったこと！

外は静かでお天気もよく、しみじみと和かに楽しい一日でした。皆さんが帰られたあと、一つ一つ、お心のこもったおみやげをひろげて、余韻に浸っていました。そして翌日、「また来年会いましょう」と、おひなさまを一つ一つ箱に詰め、二時間かかって片づけました。来年もきっときっと是非是非来てね。でも、お父さんはお留守番ですみませんでした。今度、お花を見に来て下さい。

そして正雄の中学入学のお祝いをいただき、ありがとうございます。今日は夜、六年生全員でお別れの「星の観測会」があるの。学校の屋上に夜、集まって、星を見てトン汁を食べるそうです。和雄のときは、わが家にクラス中のお父さんお母さんが集まったことを思い出します。今朝は杉の花粉が飛んで、車もベランダも黄緑になっています。では、次の水曜日には「山の上」へ行きます。どうかよろしくお願いします。それまでお元気で。

なつ子。


長女来る。

長女の手紙をたのしく読んだその翌日。虎の門行き。関先生の診察、血圧よろしい。帰宅したのが十一時ごろ。玄関で長女を迎える。

「どうだった？」と訊かれて、「血圧、安定していた」というと、長女よろこぶ。

アップルパイの大きいのを焼いて来てくれた。新しいプッシュホンの電話機を買って来て、とりつけてくれる。今度、一年間、見習いとして働いていたフランス系の小さな貿易会社に正式に入社した次男の良雄が買って来て、組立ててくれたという。番号の数字のところが蛍光塗料でよく見えるようになっている。長年、使って来た旧式の電話機と違って、軽快なもの。深夜に電話がかかって来ても鳴らないようにする装置もついているという。電話機の代金いくらと訊いて、長女に渡す。ありがとう。

長女は書斎の硝子戸ふき。こちらは昼前の散歩に出る。昼は、長女に山形牛フィレステーキの鉄板焼きときつねうどん、いかなごの釘煮をのせたご飯を食べさせる。おいしい、おいしいといって食べる。

関先生から高知の石川先生が今夜八時にテレビに出られると聞いたので、長女に知らせる。十二年前、脳内出血を起した私が梶ヶ谷の虎の門病院分院に入院していたとき、主治医としてお世話して下さった石川先生は、その後、高知へ行って、脳卒中の人たちのためのリハビリテーション専門の病院を始められた。

左半身の自由が利かなくなった私を立ち直らせて下さった。ご恩のある先生である。

私が梶ヶ谷の虎の門病院に入院していた二カ月ほどの間、長女はまだ乳呑子の末っ子の正雄をおぶって、小田原に近い南足柄から毎日、川崎市梶ヶ谷の病院まで通って、妻の片腕となって沈みがちな私を励まし、元気づけてくれた。私が少し口をつけただけで残した病院の食事は、そっくりそのまま、帰りの小田急線で末っ子の正雄に食べさせた。いい離乳食になった。

この正雄が、長女の背中からいつもベッドにいる私を、

「この人、何だかモタついてるよ」

というように見下していたのを思い出す。

石川先生のテレビ出演の話を聞いて、長女は、私が救急車で運び込まれた溝口の病院から梶ヶ谷の虎の門病院分院へ移った最初の日の出来事を話す。お昼ご飯の時間になった。前の病院では、食事は全部、家族が食べさせていた。虎の門では、自分でひとりで食べなくてはいけない。「家族の方がいると、甘えて食べないから出て下さい」と看護婦さんにいわれて、妻も長女も部屋を出た。

長女は気がかりなので、そっと戸を開けて覗いていた。御飯を前にした私は、一人で食べなくてはいけない。やがて、そっと箸をとって、食べ始めた。もっとも、食べ出すまでに大分時間がかかった。

長女は廊下にいる妻のところへ行って、私が最後にやっと箸を取ってゆっくり食べ出したことを知らせた。妻は泣き出した。

十二年前のそんな話を長女が昼ご飯のあとでした。

はじめて私を歩かせてくれたのも、石川先生である。先生は、私がリハビリテーションを受けている部屋をよく覗きに来られた。で、私が手すりに手をかけてそろそろと歩く練習をして

いるところをご覧になっていたらしい。或る日、病室へ来られた石川先生は、廊下へ出て歩く練習をしてみましょうといわれた。となりのベッドの患者さんの六角になった太い杖を借りて、その杖を持って歩いて下さいといわれる。

先生は廊下の向うに立ち、

「ひだり、みぎ」

と声をかける。

その声に合せて六角の太い杖を持った私は足をふみ出す。びくびくものであったが、歩けた。石川先生の声に合せて、足をふみ出す。何歩でも歩ける。その日から私は車椅子の厄介にならずに、自分の力でいくらでも歩けるようになった。私を歩かせてくれたのも、石川先生であった。そんなことを思い出す。

長女は、午後、門の戸のこわれかかっていたところを直してくれた。「これは金具さえとりかえれば元通りになる」という。その金具を外して持って帰る。うらの四つ目垣も、足柄の自分の家の庭の四つ目垣を（こんなに長くはないが）直したので、大沢さんに頼まなくても、トウさんと二人で家で竹を組み合せて作って持って来て、やりますという。おとなりの相川さんとの間の出入り口の戸がボロボロになっている。これは長女がよく買物に行くビーバトザンという、日曜大工の用具を揃えた店に出来あいのがあるから買って来るという。ありがたい。

昼ご飯のあと、妻がハーモニカを持って来て、「春の小川」「赤蜻蛉」「カプリ島」を吹く。

長女よろこぶ。

午後、妻は長女のみやげにする鮭のこうじ漬をOKで買って来る。こちらは散歩に行く。戻って、六畳で昼寝。四時すぎに長女帰る。妻はバスの停留所まで送って行く。

石川先生のテレビ。

夜、八時四十五分からNHK教育テレビで高知の石川誠先生の放送をきく。アナウンサーの質問に答えるかたちで「在宅看護」について話された。石川先生は「近藤リハビリテーション病院長」というふうに紹介された。何でも高知は全国でもいちばん脳卒中で倒れる人が多い県でありながら、脳卒中の患者のための医療の設備が少ないところといわれていたらしい。そこで、この状態を何とかしなくてはと起ち上った有志の人たちがいて、川崎の虎の門病院にいる石川先生に白羽の矢を立て、是非力になって頂きたいと頼みに来た。石川先生が脳卒中の人たちのための病院の中心になって働くことになった。そういうふうに私は聞いている。いままでいた虎の門病院をやめて高知へ行くのは、石川先生としても大きな決心を要したことと思われる。えらい方だ。

久しぶりに見る石川先生は、髪こそ大分白くなってはいたものの、身体はがっちりとしていて、お顔も昔と変っていなかった。何といってもお元気そうであった。妻と二人で、

「ちっとも変っていらっしゃらない」

といってよろこぶ。

クロッカス。

洗濯干しの先にクロッカスが咲いている。むらさきのしぼりのが終り、白が二つ残っている。

ハーモニカ。

久しぶりに「故郷の廃家」を吹く。あと、いつもの通り、歌はなしの「カプリ島」。「カプリ島」が終ると、よろこんだ妻は炬燵の板の上を両手の指先で打ちながら、「やどかりの突進」をやってみせる。「カプリ島」を聞くと、波打際を白いやどかりが並んで走るところが目に浮ぶという。

フィレステーキ鉄板焼き。

夕食に山形牛のフィレステーキの鉄板焼きが出る。うれしい。肉のよこにガスの天火で焼いたにんにく、オイルでいためたじゃがいもが三切れ。このじゃがいもがおいしい。ステーキの上にのせたにんにくもおいしい。

このにんにく、一度フライパンで焼いたものを、ステーキを焼くときに出るグレイビーでもう一度いためる。これがじゃがいもにまけないくらいおいしい。

おいしさの順番としては、山形牛フィレ肉には悪いが、一、じゃがいも。二、にんにく。三、ステーキ、といってもいいくらい。

酒と一緒に鉄鍋の中のものを食べ、ステーキを一切れだけ残して、ご飯をスプーンで鉄鍋に入れ、ステーキのグレイビーを塗りつけるようにして食べる。途中で残したステーキをグレイビーなしの白ご飯で食べる。

白木蓮。

白木蓮は満開。早く終った花は地面に散っている。

「英二伯父ちゃんのばら」。

庭の隅へ「英二伯父ちゃんのばら」の芽のひろがりを見に行くのがたのしみ。もう芽とはいえない。三枚葉になっている。三枚よりも多い葉もある。妻が夕方、水をやる。日に日に勢いがよくなる。

いまは赤い葉。これがいつ緑になるのか。

うばめがしのかげのばらも、つつじの中から出ている細いつるばらも芽を出している。道に面したブルームーンは、しっかりとした芽を出している。

山田さん。

夕方、近所のいつも妻のニットドレスを編んで下さる山田さんから電話がかかり、妻が頼んであったミサヲちゃんに上げるセーターが出来ましたという知らせ。前に「山の下」のあつ子ちゃんに上げるセーターを編んでもらった。今度はミサヲちゃんの番で色は何がいいと妻が訊いたら、白といった、その白の手編みのセーターが出来た。妻はすぐに山田さんの家へ行き、セーターを頂いて来る。ミサヲちゃん、よろこぶだろう。

読売ランド前へ。

午前中にミサヲちゃんに電話をかけておいて、山田さんの編んでくれたセーターを届ける相談をする。二時に読売ランド前の駅で会うことになる。

昼食後、妻と二人で出かける。読売ランド前に一時四十分に着き、フォームのベンチで時間待ちする。二時前にミサヲちゃん、走って来る。セーターの包みを渡す。ミサヲちゃん、うれしそうにお礼をいう。

「フーちゃん、春夫、元気?」

と訊くと、

「元気です」

帰り、生田でスズキへしゅろ縄を買いに行く。二十七日に南足柄から長女がトウさんと二人でうらの四つ目垣を作りに来てくれるので。竹を縛るためのしゅろ縄。

茶色のしゅろ縄三つ買って、市場の八百清に寄り、卵など買う。まもる君に、

「この前、買ってくれたりんご、おいしかったよ」

という。

「山の下」のあつ子ちゃんに会い、妻は苺を買ってあつ子ちゃんに上げる。

家に戻り、書斎でお茶をいれて飲む。生田まで往復したあとで飲むお茶は、格別おいしい。

ハーモニカ。

「早春賦」を吹く。「春ときかねば」の三番まで歌い終った妻は、うしろへ両手を出して、ホ

ーホケキョという。「早春賦」を歌うと、いつも谷のうぐいすの気持になるのという。それほどこの歌がよく出来ているということだろう。吉丸一昌作詞、中田章作曲の「早春賦」。

「カプリ島」を吹き終ると、妻はいつものように波打際のやどかりとなって、指先で炬燵の板を打って突進してみせる。

白木蓮。

満開の白木蓮の花が朝の日を浴びている。下に散った花も少しある。

椿。

玄関の椿は上から下まで紅い花がいっぱい。こんなに咲いていいのかと思うほどよく咲いた。根元に花が落ちている。

恵子ちゃんのかぜひき。

朝、ポストまではがきを出しに行って戻ると、台所の卓に妻のメモがある。

「恵子ちゃんが熱を出して医者へ連れて行くので、龍太ちゃんを頼まれました」

仕事のあと、昼前の散歩に出かける。帰ると、妻は戻っていた。恵子ちゃんはかぜひいて熱が出たらしく、赤い顔をしていた。龍太ちゃんもかぜひいているとあつ子ちゃんはいったが、留守の間、妻がおうまに乗せてやると、よろこんだという。あつ子ちゃんと恵子ちゃんがお医者さんから帰ると、とたんに自分の寝床へ入り込んだ。お母さんから、寝ているのよといわれていたらしい。

四十雀。

ムラサキシキブの脂身の入っていない、からっぽのかごに四十雀が来て、針金にこびりついた脂身をつついている。

たんぽぽ。

来月の大阪行き（四月十六日）の新幹線の切符を買いに、午後、妻と登戸へ。生田の近くで道ばたの家の垣根にたんぽぽが顔を出しているのに気がついてよろこぶ。いくつも咲いていた。登戸へ行く前に、駅前の銀行で旅費を出す。登戸駅では新しく出来たみどりの窓口（ひろい）で切符を買う。

帰り、カンパーニュでパンを買う。この店のレジにいる女の人は、徳島の出身だという。で、この前、妻が私たちの父母も徳島ですと話した。そのとき、母は徳島市内ですが、父は田舎の方で神山というところですといったら、今日、「名西郡《みようざい》ですね」と女の人がいった。神山を地図で探してくれたのである。うれしい。

「ひとことといっただけなのに、覚えていて、すぐに地図で探してくれたんですね」

と妻はいう。

徳島から出ているバスに何時間も乗って行った先の山奥の町である。

姿見。

登戸へ新幹線の切符を買いに行った日、カンパーニュでパンを買ったあと、となりの鏡屋へ入って、大きな姿見を買った。前から欲しくて目をつけていたものという。店の前を通る度に「まだある。まだ売れていない」と思って見ていたのと妻はいう。配達してもらった。洗面所の壁に立てかける。固定した方がいいが、とりあえず立てかけておく。「三年前から目をつけていたの。やっと買えた」といってよろこぶ。いい姿見。

白木蓮。

満開の白木蓮、散り始める。早く咲いた下の枝から散る。

この白木蓮は、石神井公園から生田へ引越すときに、トラックに積んで来た。引越しの前にしばらく借家に入るために庭の木は全部、近所の植木屋に預けた。大阪から持って来た浜木綿とナンキンハゼと、はじめて石神井の家を訪ねてくれた兄英二が苗木をさげて来て庭に植えてくれたライラックも預けた。

ところが、引越しのとき、植木屋が持って来た白木蓮が、どうも前より大きい木とすり替っていたらしいと妻はいう。で、そのまま、庭に植えた。このうち、帝塚山から持って来たナンキンハゼが、長い間かかって枯れた。浜木綿はどうにか残っている。

「柿と桃をどうして持って来なかったんだろう」と私たちが悔むのは、生田へ引越してから大分たったころであった。引越しのときに植えていれば、三十年もたった今は、ずいぶん大きくなっていただろう。残念。

春蘭。

一週間ほど前から梅の下の春蘭、咲き出す。妻に話すと、梅にやる肥料を吸い取ってよく育つのという。

君子蘭咲く。

書斎の硝子戸のそばの君子蘭の花が咲き出す。この君子蘭、冬の間、書斎の日の当るところに置いて、春になると庭に出す。水を上げるだけ。肥料を与えたことはないのに、大きくなった。手がかからないと妻はいう。

ブルームーン。

道路に面したブルームーンから赤い芽が勢いよく、いくつも伸びている。

ハーモニカ。

「春の小川」吹く。「さらさらいくよ」の新しい方の歌詞。私の好みとしては、もとの歌詞の「さらさらながる」の方がいいが、改訂した歌詞も悪くない。

水仙咲く。

浜木綿の先の石垣の上に水仙が咲いていると妻がいう。二日たってから見に行く。庭の端、大谷石の石垣の上の目立たないところに水仙が咲いている。ありがとう。

スイートピー。

登戸へ新幹線の切符を買いに行った日、生田からの帰り、カンパーニュでパンを買ったあと、市場の八百清へ寄り、妻はお彼岸の花を買う、何がいいかと見まわしたら、スイートピーがある。仏さまの花らしくなくて、スイートピーは明るくていい。帰って、早速、ピアノの上の父母の写真の前に活ける。明るくなったといって、よろこぶ。

お彼岸のおはぎ。

妻は朝からお彼岸のおはぎを作る。最初に出来たのをピアノの上にお供えするとき、二人並んで父母の写真に手を合せる。ミサヲちゃんに電話をかけて、次男に取りに来てもらう。妻は午前中に清水さんと市場の八百清の小母さんにおはぎを届ける。「山の下」にもとりに来てもらうように電話をかける。

午後、三時前ころ、春分の日で休みの次男来る。ピアノの前で長い間、手を合せていた。四月に講談社から出る『ピアノの音』のこと話す。次男はレコード販売の会社で新しく力を入れるようになった書籍販売の仕事をしている。去年、『貝がらと海の音』が出たときも、版元の新潮社から直接仕入れて、よく売ってくれた。で、重版三刷がきまったとき、次男に内祝いとして「初孫」二本分のお金を進呈した。

フーちゃんがはじめて俳句を作った話をする。

あんずの木つぼみもいつか花になる

学校の教室の窓からあんずの木が見える。そのあんずの花から思いついた句らしい。次男は花粉症でハナが出るというので、妻は、「特効薬を上げる」といって、神田の食料品店か酒屋をしている読者から届いた「浦霞」を渡した。次男、よろこぶ。

清水さんの水仙とヒヤシンス。

清水さんのご主人が来て、畑の水仙とヒヤシンスを下さる。ピアノのよこの棚に妻が活ける。書斎の机の上にはヒヤシンス。

「英二伯父ちゃんのばら」。

夕方、庭の隅へ「英二伯父ちゃんのばら」を見に行く。赤い芽がひろがって葉の茂みになっている。三枚葉のや何枚とも数え切れないのがある。うれしい。

道路に面したブルームーンも、勢いのいい芽がいっぱい出ている。

ハーモニカ。

久しぶりに「アニー・ローリー」。これを歌うと気持いいの、思い切り声を出せるからと妻はいう。

君子蘭。

君子蘭の花がひろがってゆく。はじめに咲き出したのと別のところから咲き出す。花でいっぱいになる。

誕生会。

三月生れのミサヲちゃん、春夫、龍太の三人の誕生日のお祝いをすることにして、妻は昨日から準備にかかる。シュークリーム十四、作る。午前中に食卓の用意をする。シャトレーに註文したケーキ二つ、一時に届く。シャトレーのハムをはさんだパンも買った。これもおいしい。

二時半、「山の下」、続いて次男一家来る。みんな席に着き、「ハッピーバースデイ」を歌い（ミサヲちゃん、春夫ちゃん、龍太ちゃんと三人の名前を入れて）、ローソクの火を吹き消す。「山の下」の龍太はまだ三歳だが、自分の誕生日のお祝いをしてくれているというのは、ちゃんと分っているらしい。うれしそうな顔をしている。

そのあと、妻が用意したお祝いを渡す。ミサヲちゃんには百合の花と紺の革の札入れ。春夫はグラブとバット。少年スポーツ用品を売る店で買った本物のグラブ。龍太にはこれも本人の希望の品で、「ミニカーのパーキング・エリア」。ミニカーをいっぱい駐車させるものらしい。

紅茶をいれる。あと、ケーキを切り分けて食べる。ほかにおせんべいや乳酸飲料。

子供ら、食べ終ると図書室へ。そこで「山の下」の長男が子供らを遊ばせてやる。

さんざん大騒ぎしたあと、長男は、この前、買って来て、そのまま洗面所の壁に立てかけてあった姿見を吊して、下の方を固定してくれた。うまくやってくれた。

十一

四十雀とメジロ。

朝、四十雀来て、水盤で水浴びする。ムラサキシキブの脂身にはひよどりがいたが、ひよが飛び立ったあとへメジロ来て、脂身つつく。

水盤に四十雀、脂身にはメジロ。心休まる眺め。

ハーモニカ。

「早春賦」を吹く。歌い終った妻、うしろへ両手をつき出して、「ホーホケキョ。ピヨピヨ」という。「春と聞かねば」の三番まで歌ったら、完全に谷のうぐいすの気持になるのという。

「カプリ島」を吹くと、今度はやどかりになる。波打際を走るところといい、指先で炬燵の板を叩いて突進してみせる。うぐいすになったり、やどかりになったり、忙しい。

うらの四つ目垣。

一週間ほど前のこと。妻はうらの古くなった四つ目垣を片づけた。南足柄の長女夫婦がもうすぐ四つ目垣を作りに来てくれるので。昼前の散歩から戻ると、外した四つ目垣の竹を足で踏みつけて割っていた。竹の割れる、いい音がする。割った竹を段ボール四つに詰める。古い四つ目垣をとっ払ったあとへ、しゅろ縄を四本張った。二十七日に長女が来てくれることになっている。これで準備が出来た。

長女は近所の農家の菊池さんの竹を貰って来て、家で四つ目垣を組立てて、車で運んでくれる。おとなりの相川さんとの間の出入り口は、長女が好きでよく行く「ビーバトザン」で出来るあいの戸を買って来てくれる。このうらの四つ目垣のやりかえ工事は、毎年植木の手入れに来る大沢に、藤棚と一しょにやってもらうつもりでいたら、その話を聞いた長女が、「四つ目垣はうちでも作ったことがあるから、やります」といった。それで任せることにしたのである。

かりん。

なすのやが持って来て浜木綿のうしろに植えてくれたかりんが、白い花を一つ、つけている。葉も出て来た。

海棠《かいどう》。

山もみじのよこの海棠に小さな花芽がいっぱい出て来た。小さい葉も出て来た。この海棠の花が咲くころは、春本番。

長女夫婦来る（二十七日）。

うらの四つ目垣を作りに南足柄から長女夫婦が来てくれる日だが、朝から生憎の小雨。昼前、長女夫婦、家で組立てた青竹の四つ目垣を車に積み込んで到着。長女もトウさんも仕事着で乗り込む。先ず腹ごしらえのお昼を食べてもらう。おとなりとの間の出入り口の戸も、「ビーバトザン」で手ごろなのを見つけて、車に積んで来た。玄関のよこに置いた書斎のエア・コンディショナーの容器のための目かくしにする小さな袖垣も、「ビーバトザン」で買って来てくれた。

二人が仕事にかかるころから、いい具合に雨も上り、うす日がさして来る。最初、おとなりとの境のフェンスのよこに杭を打とうとしたら、地面の中にコンクリのかたまりが入っていて、杭が入らない。で、コンクリを掘り出して杭を打つという予期しない出来事があったが、そのあとは順調に仕事は進んだ。

四時ごろ、二人に玄関の腰かけでコーヒーを飲んでもらう。「ビーバトザン」で買って来てくれた焼き杉杭など全部の材料費を渡し、別に「ごくろうさま」と書いた封筒に手間賃と謝礼を合せたものを入れて、トウさんに渡す。五時すぎに長女夫婦、引き上げる。ありがとう。

青竹の色もあざやかに、長女夫婦のおかげでうらの四つ目垣は見事に出来上った。

『デイヴィド・コパフィールド』。

四、五日前から妻は、岩波文庫のディケンズ『デイヴィド・コパフィールド』を全巻出して来て、読み始める。読んでいると、むかし『陽気なクラウン・オフィス・ロウ』（文藝春秋）を書くためにロンドンへ行った折に泊ったホテルのあるストランドの通りを始め、ドルアリーレーンの劇場が出て来るのに感激したという。テムズの岸の倉庫で徒弟奉公をやらされているデイヴィドが、はじめてパブに入って、エールを註文する場面がある。はじめ店の主人におずおずといくらですかと尋ねる。テーブルで生れてはじめてエールを飲む。自分のお誕生日を自分で祝うつもりであった。

みすぼらしい身なりをした子供がエールを買うのを主人夫婦は見つめている。で、可哀そうに思ったおかみさんは、デイヴィドが帰ろうとしたら、店の裏でエールのお金をデイヴィドに返してくれる。そんな話を妻がする。

君子蘭。

書斎の硝子戸のそばの君子蘭の花が全部咲いた。

「きれいに咲いた」

といって、妻はよろこぶ。

「お水やるだけなのに、咲いてくれる」

なすのや。

なすのや、お米を配達して、玄関に入る前に自分の植えたかりんを庭へ見に行く。かりんの花が咲いているところを見届けてから家に入る。妻はなすのやにコーヒーを飲んでもらう。

中西さん夫妻。

近所のご夫婦でよく二人で散歩をする中西さんが枡形山《ますがたやま》まで行って来た。門の前を掃除して

いた妻は、中西さん夫妻に、

「ちょっと四つ目垣、見て下さい。長女が作ってくれたの」

といって、うらの通り道へ案内する。

中西さんの御主人は目をまるくして驚き、青竹の四つ目垣を手でさわってみた。

その話をした妻は、中西さんの御主人が、

「目をこんなにして、びっくりしていた」

という。

ハーモニカ。

「春の小川」のあと、「赤蜻蛉」「アニー・ローリー」「カプリ島」吹く。四月の大阪のお墓参りに、グランドの部屋で阪田寛夫にハーモニカを吹いて聞かせる約束をしている。この四曲に、もう一つ、犬童さんの「故郷の廃家」を加えたらどうだろう？　熊本人吉の生れの犬童球渓の生涯を小説に書いたことのある阪田のために。そうすると、五曲になる。

川口さん夫妻。

昼寝していたら、横浜市青葉区のよく手作りのケーキを届けて下さる川口さんから電話かかる。妻は買物に行っていて留守。あとどのくらいで帰りますというと、そのころに伺いますという。

こちらが午後の散歩から戻ったら、川口さん夫妻、書斎にいる。挨拶する。

「お酒を頂きました」

と妻がいう。「窓乃梅」というお酒。九州のお酒です、といわれたのだろうか。

末っ子の正芳君が今度、志望していた大阪大学理学部に入った話を聞く。先に慶応に受かっていたのだが、本人がどうしても阪大へ入ってバイオの勉強をやりたいというので、阪大の入学試験を受けることにしたという話は、南足柄の長女のところのおひなさまの会に妻が川口さんと一緒に呼ばれた日に聞いていた。川口さんもほっとなさったことだろう。

ただし、こちらは「バイオ」というのがいったいどんなことをするものやら知らない。

大阪には川口さんのお姉さんの家がある。下宿が見つかるまでお姉さんのところに厄介になるということであった。

おひなの会の写真。

川口さんからこの前の長女のところでのおひなさまの写真入りの手紙が届いた。

ひな壇の前に川口さんと妻が持って来た人形の「ゆう子ちゃん」と「ゆき子ちゃん」を並べ、長女の人形の「桃子ちゃん」を置いたところを写したのがある。「ゆき子ちゃん」だけを花瓶の前に置いたのもある。

「楽しかったの」

と妻は写真を見せながらいう。

恵子ちゃん。

妻は「山の下」の今度、幼稚園に入る龍太ちゃんが入園式につける蝶ネクタイを作っていたが、出来上ったので、夕方、「山の下」へ。その前、ネクタイの寸法を合せに行ったとき、あつ子ちゃんから、惠子ちゃんがこのごろお裁縫をしていることを聞いた。古いハンカチにあつ子ちゃんがかいた花の絵の上を惠子ちゃんが赤い糸で縫ったのを見せてくれた。上手に縫ってあるので、感心した。

そこで、龍太ちゃんのネクタイを届けるついでに、小さな裁縫箱を持って行って、惠子ちゃんに上げた。針も糸も鋏も全部入っている。前から妻が持っていて、一度も使ったことがなかった、かわいい裁縫箱。これを惠子ちゃんに上げた。

惠子ちゃんよろこぶ。

「こんちゃん、ありがとう」

と何遍もいう。すぐに二階へ上って、かわいいおはじきを一個取って来て、妻に渡す。

帰ってその話をした妻は、

「何かしらくれようとするのね、惠子ちゃんは。気だてのいい子ですね」

という。

井伏さんの木瓜《ぼけ》。

前に井伏さんの奥さまから盆栽で頂いて庭に下した木瓜に紅い花が咲いている。一週間ほど前に気が附いた。

どこかの園芸店から送って頂いたのを、盆栽でしばらく楽しんでから、庭の東南のすみの、浜木綿の近くに下したのである。

ピアノのおさらい。

夜、ピアノのおさらいをしている。ブルグミュラーでもなく、ル・クッペでもないが、何か耳に覚えのある曲。居間へ来た妻に、

「いま、最後に弾いていたのは何の曲?」

と訊く。

「インドネシアの民謡。『かわいいあの子』というの。連弾用の曲です」

おけいこでときどき先生と連弾をする。難しい方を先生が弾いて、こちらはやさしい方を弾く。「かわいいあの子」も、その連弾用に先生が下さった楽譜だという。

すみれ。

ひらき戸のよこのおとなりとの境の大谷石の上にのせた鉢のすみれの黄色がよく咲いている。散歩に出て行くとき、見送ってくれる。散歩から帰るときは、

「お帰りなさい」

というふうに迎えてくれる、なすのやが届けてくれたすみれ。

「小さな嘆き」。

夜、ピアノのおさらいを終って居間へ来た妻に、

「いま、最後に弾いていたのは何？」

と訊く。

「『小さな嘆き』。ブルグミュラーです。予習で弾いてみているの」

「きれいな曲だね」

「きれいだけど、むずかしいの」

生田へ。

午後、妻と駅前の銀行へ行く。月末で混んでいる。帰り、坂道のよこの小公園に連翹《れんぎょう》の黄色い花が咲いている。「いいな」といいながらそばを通り過ぎる。帰って六畳で昼寝。

ばら。

庭の隅へ「英二伯父ちゃんのばら」を見に行く。はじめは赤い芽であったのがひろがって葉になり、もうこれ以上大きくなれないくらい大きな葉になっている。うばめがしのかげのばらに小さな蕾が一つついている。道路に面したブルームーンもよく芽がひろがった。書斎の硝子戸越しに見えるくらい大きい葉になっている。

『デイヴィド・コパフィールド』。

妻は今読んでいる『デイヴィド・コパフィールド』の話をする。悪い継父に家を乗っ取られて、十歳で奉公に出されたデイヴィドが、ただ一人の身寄りの伯母を頼って、ロンドンからドーバーまで行くところを話す。

デイヴィドは、旅費を作るために古着屋へ行く。ところが、この古着屋、なかなか買ってくれない。それを粘って、先ず上着を、次にチョッキをやっとのことで買ってもらう。古着屋が買ってくれるまでデイヴィドは動かないのである。

シャツ一枚になったデイヴィドは、やっと手に入れた半ギニイを手にドーバー行きの馬車に乗る。ところが、この馬車屋が悪者でデイヴィドが口の中に隠していた、なけなしの半ギニイを奪われてしまう。そんな話を妻はする。

ドーバーの伯母の家にやっとデイヴィドが辿り着いたときは、泥んこになっている。伯母の家の二階に変り者のディックさんがいて、伯母はこのディックさんにどうしよう？　と相談する。

「僕ならお湯に入れてやるね」

とディックさんはいう。先ず湯に入れて、その泥んこを何とかしてやらなくちゃという。伯母はこのディックさんを尊敬していて、何でもこの人に相談するのである。

ミサヲちゃん宅へ。

午後、二人で読売ランド前のミサヲちゃんのところへ。小樽の戸田圓三郎（今宮高校での教え子）からの贈り物の土佐文旦を届けに行く。ジップ、よろこぶ。妻は持って来たバターつきパンを与える。

ミサヲちゃん、春休みに入るとすぐに氏家へ行きますという。氏家にはミサヲちゃんのご両親、お姉さんの郁子ちゃんがいる。

お兄さんの上の子の修平ちゃんは、宇都宮北高に入学した。この前、一月にミサヲちゃんたちが氏家へ行ったとき、修平ちゃんは丁度、入学試験を受けるところであった。そこへ家中みんな風邪ひきのミサヲちゃん一家が行ったので、受験前の修平ちゃんに風邪をうつさないかとみんなで気をもんだ。ミサヲちゃんがフーちゃんや春夫を連れて氏家へ行くと、いつもお兄さんの文隆さんが二人の子供を連れて来るので。

小学一年の春夫は自分の写生帖を持ち出して、妻に見せる。それからポケットモンスターの絵を見せ、これは何で、これは何と説明する。こういうモンスターの絵が、子供の間で人気があるらしい。

ミサヲちゃんは、フーちゃんが四年生の間にかいた図画を綴《と》じたものを見せてくれる。西生田小学校の通用門のそばにある水車を写生したものがある。丁寧にかいてあって、よかった。

あと、トランプをみんなでする。「七ならべ」という春夫と「名さし」というフーちゃんとジャンケンして、春夫勝ち、「七ならべ」。そのあと、「名さし」も一回する。

フーちゃんのお習字が台所の壁に貼ってある。「写生」を一枚、貰って帰る。ミサヲちゃんは、はじめ冷たいおしぼりを出してくれ、あとでお茶をいれてくれる。フーちゃんは、妻が持って来たおせんべいを食べる。袋に入ったままのをこぶしで打って、割ったのを食べる。氏家のおじいちゃんがする通り真似るのだそうだ。

海棠。

朝、妻は書斎で、

「海棠、きれい」

といい、鋏を持って庭へ出て、満開の海棠の花を切って来る。書斎の机の上に活ける。

『デイヴィド・コパフィールド』。

朝食のとき、妻は今読んでいる『デイヴィド・コパフィールド』の話をする。ドーバーの伯母は、学校を卒業したデイヴィドに弁護士になりなさいという。デイヴィドはロンドンへ出て法学院のあるテムプルで法律事務所に入る。

テムプルは先年、『陽気なクラウン・オフィス・ロウ』を書くためにロンドンへ行ったとき、妻と二人で何度も訪れたところである。『エリア随筆』のチャールズ・ラムの生れた家のあとがある。私が本の題名にしたクラウン・オフィス・ロウというのは、その生家のあとの建物なのである。

ラムを偲んで二人でテムプルの静かな中庭をよく歩いたので、なつかしかったと妻はいう。法学院テムプルは、ロンドンで私たちが十日間泊ったストランド・パレス・ホテルから歩いて十分くらいで行けるところにあった。

お花見弁当。

ご近所の藤城さんからお昼前に電話がかかり、「もうお昼はお済みになりましたか」と訊いてから、お花見弁当を作りましたのでといい、お嬢さんと二人で届けて下さる。たっぷりあるので、夕食に半分頂く。ヒレカツ、海老フライなど、おいしそうなものばかり入っていて、お酒を飲みながら半分頂く。妻が「おいしく頂きました」とお礼の電話をかける。藤城さんの御主人は、巨人軍のピッチングコーチをしている方で、奥さまから二人のお嬢さんまで、皆さん、気持のいいご家族である。よく地方の珍しいお酒や奥さまの手料理を届けて下さる。うらの雑木林の中の四軒のなかの一軒にいる。

きさらぎ漬。

尾山台の安岡から京都のきさらぎ漬が届いた。どっさり頂いたので、南足柄の長女と読売ランド前の次男のところへ送る宅急便を作る。「山の下」には電話をかける。休みで家にいた長男が夕方貰いに行きますという。

午後、雨の中を妻と二人で宅急便の包みをさげてなすのやへ。行きがけ、清水さんに電話をかけておいて、団地の一階入口の郵便受けにきさらぎ漬の包みを入れておく。なすのやで宅急便二つ出して、遠まわりして歩いて帰る。

夕方、雨の中、「山の下」の長男、恵子、龍太の二人を連れて、きさらぎ漬を貰いに来る。こちらは散歩から戻って六畳でざぶとんを枕に昼寝していたら、恵子ちゃん、心配そうに、

「じいたん、どうして寝ているの？」

と訊く。やさしい子だ。

長男は、洗面所の姿見を固定してくれたり、以前、おとなりにいた川澄さんに頼まれてとりつけた非常ベルの配線が残っていたのを外してくれたりした。妻は恵子ちゃんと図書室のベッドへ行き、窓のカーテンをしめて、「新幹線ごっこ」をして遊んでやる。ベッドを寝台車ということにして、座布団やら毛布やら運び込んで、そこで寝る。朝になったら、「さあ、朝ごはんだよ」といって、おせんべいを食べさせる。恵子ちゃん、大よろこび。

長男の話。今日は成城大サッカー部OBの試合があり、あとで久しぶりに集まったみんなでお酒を飲むことになっていた。たのしみで、三週間前からトレーニングのために走っていた。お天気を心配していたら、生憎の雨で、サッカーは中止になった。「本当にがっかりした、残念だった」という。

四十六歳の長男は、OB会のメンバーの中でも年長の方だろう。この日に備えて毎日、家の近くを走っていたらしい。

山もみじ。

山もみじに小さな芽が出ていると思ったら、それがみな、葉のかたちになってひろがっている。うれしい。

ルソーのピアノ曲。

夜、ピアノのおさらいを終って居間へ来た妻に、

「いま、弾き難そうに弾いていたのは、何？」

と訊く。

「ジャン＝ジャック・ルソーの『三つの音による歌』というの」

ジャン＝ジャック・ルソーの曲、と楽譜に出ているという。

「ジャン＝ジャック・ルソーといえば、文学者じゃないか。『懺悔録』を書いた人」

といったものの、こちらもあやふやで、妻に書斎から『新潮世界文学小辞典』を持って来させ、「ルソー」をひいて、走りよみして、ピアノ曲と結びつきそうなところを探してみる。若いころ、「文学や音楽の創作に手を染め」というところがある。また、「写譜によって生計をささえながら創作活動を続ける」というところもある。

どうやら妻のおさらいに出て来る「三つの音による歌」の作者は、『懺悔録』のジャン＝ジャック・ルソーと同じ人物であるらしいことが分った。

ところがルソーの生涯を読むうちに、意外なことが分った。ルソーは、下宿先の女中と結婚し、一生連れ添ったが、生れた五人の子供をみな捨てた。そのことで後年物議をかもし、またはげしい後悔の種となったというふうに書かれている。

「おどろいたなあ」

と私はいった。

「捨子のおっちゃんだな。ジャン＝ジャック・ルソーという人は」

ピアノの作曲から離れて、そんな発見に私も妻も驚かないわけにゆかなかった。

この話には後日談がある。四月にお墓参りに大阪へ行ったとき、グランドの部屋でハーモニカを吹いたあと、同行の阪田寛夫にルソーのピアノ曲「三つの音による歌」のことを話すと、阪田は、

「『むすんでひらいて』の曲も、最近までルソーの作曲と思われていました」

といった。どうやらフランスの思想家、文学者であるジャン＝ジャック・ルソーは、いろいろピアノの曲を作っているらしいことが分った。それも子供の演奏がよく似合う、いい曲である。

また私の見た小辞典では、ルソーは『告白』を書いたと出ている。これが『懺悔録』のことだろう。そうして、おそらくその中にルソーは連れ添った女中との間に生れた五人の子供をみな捨てたことを書いているのだろう。

「捨てたと書いてあるけど、どうしたんだろう？　孤児院のようなところへ入れたのだろうか？　まさか山の中へ捨てたのではないだろうな」

私と妻はそんなことも話した。

侘助終る。

十二月の末ころからよく咲き続けた侘助が、いよいよ終りになった。二、三日前に一つだけ咲いたが、多分、それが今年最後の侘助であったのだろう。今朝、見ると、もう一つも花は無い。

よく咲いてくれた。ありがとう。

山もみじ。

山もみじの小さな芽がみんな葉のかたちになってゆく。目ざましい勢いで葉になる。

「英二伯父ちゃんのばら」。

妻は、「英二伯父ちゃんのばら」の日当りが悪くなるので、近くの木の枝を切りましたという。この前から出て来た芽が全部葉のかたちにひろがって、三枚葉も五枚葉も出て来た。

ブルームーン。

道路に面したブルームーンにいっぱい芽が出ていたが、みんな大きくひろがった。まだ蕾は出ていない。

「英二伯父ちゃんのばら」。

夕方、庭の隅へ「英二伯父ちゃんのばら」を見に行く。妻が竹の棒を支えに立ててくれたので、よく日が当るようになった。

ハーモニカ。

「故郷の廃家」吹く。大阪のグランドで阪田に聞いてもらうのは、「春の小川」「赤蜻蛉」「故郷の廃家」「カプリ島」の四曲と決める。「赤蜻蛉」は三木露風と山田耕筰による。「故郷の廃家」は熊本人吉の出身で、阪田がその生涯を小説に書いたことのある犬童球渓に敬意を表すために。

わすれなぐさ。

書斎の机の上のチューリップがおじぎをしているので、妻はうらの通り道に咲いたわすれなぐさを切って来て活ける。清水さんから頂いたのかと思っていたら、近所の庭のだいだいをよく届けてくれる宮原さんが下さったのを植えたという。

長女のはがき。

南足柄の長女からはがき来る。昼食のあと、いつもの通り、妻が声を出して読む。

ハイケイ　春らんまんの素敵な季節になりました。お元気でおすごしでしょうか？　四つ目垣の青竹はまだ青いですか？　先日はおいしいおいしいきさらぎ漬を沢山送っていただいて、どうもありがとうございます。ぬくぬくのお昼ご飯を炊いて待っていたら到着！　いろいろあるので迷った末、かぶを刻んだのと御飯と小女子の絶妙のとり合せで、もうほっぺが落ちそうでした。明雄が帰って来て、しゃれたイタリア料理を作ってくれて、「人に作ってもらった料理はおいしいなあ」とよろこんでいますが、やっぱり瑞穂の国のきさらぎ漬ご飯にはかなわない。（でも、お風呂に入っていると、プーンと台所からいい匂いがして来るのも極楽です）正雄も無事入学式を終え、ピカピカの中学生誕生。入学式では名前を呼ばれて一人一人返事をするのですが、もう声変りしておっさんのような子もいる中で、正雄は可愛い小学生のような「はい」でした。

マリオと明雄が下宿から連れて帰ったバッティーが、花芽の出始めたえびね畑の中をじゃれながら追いかけっこしています。ちゃぼは十個卵を生み、ジェリーは寝ごとをいいながらお昼寝。足柄山はのどかです。では、十三日にお会いしましょう。

なつ子。

長女は、いいはがきをくれた。十三日の日曜日はみんなで宝塚月組の公演を見に行く。久世星佳のサヨナラ公演。

ハーモニカ。

大阪のグランドで阪田にハーモニカをきいてもらうことになっている。その練習をする。

君子蘭。

書斎の硝子戸の前の君子蘭の葉の中から新しい蕾が出て来た。

「英二伯父ちゃんのばら」。

妻は、

「『英二伯父ちゃんのばら』の先に蕾がついた」

という、見に行く。

この前、妻が支えの竹の棒を立てて日当りがよくなるようにした効果があったらしく、先に小さな、やっと見えるくらいの蕾がついた。うれしい。

宝塚の一日。

打合せの通り、九時ごろに家を出て生田へ。改札口で九時半に「山の下」のあつ子ちゃん、恵子ちゃん連れて来る。読売ランド前からミサヲちゃん、フーちゃんが乗って来た電車に乗り込む。代々木上原で地下鉄千代田線に乗りかえ、フーちゃん、手帖を出して絵をかく。

東京宝塚劇場の前に阪田が来ていた。「星佳の会」の相沢さんから座席券を受取り、

「お世話になりました」

とお礼を申し上げる。相沢さんの顔を見るのも今日が最後だろう。いつも切符のお世話をして下さった。気持のいい方であった。「星佳の会」が解散したら、どうするのかしら？

南足柄から長女、かけつけて、メンバーは揃った。二列目のロの席に、妻、長女、阪田と並んで坐る。うしろにあつ子ちゃん、ミサヲちゃんたち。始まる前にみなアイスクリーム食べる。こちらは、妻の分を少し分けてもらう。

久世さんの最後のステージは、「バロンの末裔」と「グランド・ベル・フォリー」（レビュー）。あとのレビュー（酒井澄夫作・演出）がよかった。ラインダンスが二回もある。「モン・パリ」の曲に乗って踊るのが特によかった。「モン・パリ」は、亡くなった小沼の好きな歌であった。

幕間に例のごとくサンドイッチとコーヒーを配る。ミサヲちゃんとあつ子ちゃんが運んでくれた。フーちゃんも手伝う。ここのサンドイッチはおいしい。いつも楽しみにしている。

久世星佳さんの舞台を見るのもこれが最後。或る日、宝塚ホテルのグリルで阪田寛夫が食事していた。そこへ「服部さん」が宝塚音楽学校の制服を着たお嬢さんを連れて来た。「服部さん」というのは、私と阪田が戦後、大阪中之島の朝日放送でラジオの仕事をしていたときの同僚のアナウンサーであった。この「服部さん」が結婚して、久世星佳さんのお母さんとなった。服部さんは阪田に会って、

「今度、娘が宝塚音楽学校に入学しました」

といい、どうぞよろしくと挨拶した。そのころ、阪田の次女のなつめちゃんは、既に宝塚の中堅スターの大浦みずきとして活躍していた。

この話を聞いて私も妻も阪田と一緒に久世星佳さんを陰ながら応援するようになったというわけである。これきり久世さんの舞台が見られなくなるのは、さびしい。

レビューのなかで久世さんがショパンの曲を演奏する場面があった。このショパンの曲は羽田健太郎のかげの演奏による。久世さんはピアノを弾くふりをする。

ところが、妻はラジオの深夜放送でよくこの羽田健太郎のピアノをきいていて、「いい、いい」といっていた。「子供が弾くみたいに弾く」と妻はいって感心していた。

その羽田健太郎のピアノがレビューの中できけるというのが分って、妻も私もたのしみにしていた。

宝塚のあと、いつものようにみんなで銀座立田野へ行く。少し待って、二階の窓際の席に二

組に分れて坐った。私たち年長組はいつもの「豆かん」。

そのあと、安岡治子ちゃんがいつもフーちゃんたちに「キラキラするもの」（シール）を沢山買って送って下さるクロサワへ行く。安岡夫人がはがきでそのクロサワの場所を図入りで知らせてくれた。前に上野の帰りに一度来たことがある。

妻はクロサワで、「キラキラするもの」の並んでいる棚の前へ行って、フーちゃんと恵子ちゃんに「好きなのを三つ、とりなさい」という。フーちゃんも恵子ちゃんも大よろこび。好きなシールを選んで、買ってもらった。

店を出ると、あつ子ちゃんと長女は、福袋を買ったといって、これも満足そうな顔をしている。

三越の伝統工芸展を見に行きますというミサヲちゃん（南足柄の、以前、研究生としてお世話になっていた染色工芸家の宗広波緒さんが出品していて、案内を預いたので）と別れて、私たちは阪急マリオンへ。妻は宇治茶を買う。

それから阪田と長女と私たちの四人は、大久保の「くろがね」へ。日曜日なのに私たちのために店をあけてくれた。「五時ごろ」といったが、早く来すぎたので、大久保駅から線路沿いに歩く。通りへ出て、しばらく（二十分くらい？）歩いて、「くろがね」に着く。

「伯母ちゃん」「信子ちゃん」、うれしそうに迎えてくれる。

いつもの料理、おいしい。最初に、「久世さんのラストステージを祝って」といい、ビールで乾盃する（男だけで）。

久世さんがいなくなったあと、月組の公演の切符はどうしたものかと案じていたら、阪田が大浦みずき事務所の、もとタカラジェンヌの篠原さんに相談して、月組の次のトップの真琴つばささんに頼んでくれ、真琴つばささんのファンクラブに私たちは入会することになっている。なつめちゃん（大浦みずき）が花組にいたころ、下級生に真琴つばさ、愛華みれがいて、下級生ながら活躍していた。それで、なつめちゃんも頼んでくれたのである。で、久世さんがいなくなったあと、われわれは今まで通り月組の公演を安心して見られるようになった。ありがたい。

長女は、知合いの農家から大きなこぶしの木を一本分けてもらって、庭に植えた話をする。うらの四つ目垣を作ってくれたお礼の「ごくろうさま」のお金のなかから、そのこぶしの（植込みを含めての）代金なにがしを払ったそうだ。

中学に入った末っ子の正雄がクラブを陸上にするか、サッカーにするか迷っているという。意見を聞かれて、陸上がいいんじゃないかと話す。これから先どんなスポーツをやるにせよ、基礎になるからという。

長男の手紙。

「山の下」の長男から封書の手紙が来る。

拝啓　先日は龍太の誕生日のお祝い、そして入園のお祝いを頂き、有難うございます。早速、トミカパーキング（註・妻が龍太の希望の品を訊いて買って上げた。ミニカーを駐車させるおもちゃ）にミニカーをのせて、上げたり下ろしたりして遊んでいます。入園祝いは栗橋（註・あつ子ちゃんのご両親）から頂いたものと一緒に龍太の貯金に入れておきます。三歳になったばかりでもう幼稚園というのは少し早いと思われるかも知れませんが、本人はすっかり行く気になって、幼稚園のバッグをさげて、「ヨーチエン、ヨーチエン」とはしゃいでいます。

私のいちばんはっきりしている最初の記憶は、石神井公園の松田幼稚園に入園の時、お母さんのスカートにしがみついて離れなかったことです。龍太は、その心配はなさそうです。少し遅れてやって来た子育てでしたが、二人とも幼稚園に行くようになり、敦子ともども、まずは一息というところです。

恵子の手紙、同封します。

三月三十日　　　　　　　　　　　　　　龍也。

同封の恵子ちゃんの手紙。

こんちゃん（あと三字不明）またあそんでね。けいこよりこんちゃんへ。

（下に「こんちゃん」のえ入り）

長男は、いい手紙をくれた。恵子ちゃんのは封筒のうらに花のかたちのシールが貼ってある。「こんちゃん」にもらったものか。

シラー。

うらの通り道のシラーがいっぱい咲き出した。清水さんが分けてくれたシラー。「山の下」の長男がくれたのもある。

みやこわすれの蕾がひらきかけている。

ピアノのおさらい。

ピアノのおさらいをしていた妻、弾き終って笑い出す。

「やっと弾けました」

「何の曲？」

「捨子のおっちゃん」

「捨子のおっちゃん」とは、ジャン＝ジャック・ルソーのこと。下宿先の女中と結婚し、一生連れ添ったが、生れた五人の子供をみな捨てたと文学辞典に出ているので、ルソーは「捨子のおっちゃん」となる。ル・クッペのおしまいのXのところにこの人の「三つの音による歌」が出て来る。楽譜では「ジャン＝ジャック・ルッソー作曲」となっているらしい。

ハーモニカ。

大阪のグランドで阪田寛夫にきいてもらうハーモニカのリハーサルをする。「春の小川」「故郷の廃家」「赤蜻蛉」「カプリ島」の四曲。「春の小川」の出だしのところ、私のハーモニカが、「は、る、の」となっていたのを、妻が直す。やわらかく、「はァるの」と吹くように気をつける。

ピアノのけいこ。

ピアノのおけいこから帰った妻、

「上げていただきました」

という。

「何の曲？」

「『三つの音による歌』ジャン＝ジャック・ルソーです」

よかった。

シラーとみやこわすれ。

朝、妻はうらの通り道のみやこわすれとシラーの咲いたのを切って来て、ピアノの上に活ける。うらの通り道の両側にみやこわすれがいっぱい蕾をつけている。これからずっと咲き続けてくれる。

「みやこわすれが咲き出すと、仏さまの花を切らさない」

と、最初にこの花を分けて下さった生田の植木老先生がいったのを思い出す。私の、自分の歯と全く変りのない、いい義歯を作ってくれた先生である。ご冥福を祈る。

藤棚の藤の花。

夕方、居間の雨戸をしめるとき、藤棚を見上げたら、藤の花が咲きかけている。二、三日前に妻が、「今日あたり藤が咲きそう」といったのを思い出す。書斎寄りの藤の花が先に咲き出した。そのよこの梅の枝に、青い、小さな実がいくつもついている。

海棠。

海棠がこの前から咲き出した。地面に花びらがいっぱい散っている。よく咲いた。

フーちゃんからの電話。

夕食前、読売ランド前のフーちゃんから電話がかかる。妻が出ると、「ふみ子です」という。フーちゃんが電話をかけて来るとは珍しい。はじめてではないだろうか。

「家庭科の宿題。子供のころ、何かおうちの手伝いをしましたか？　どんなお手伝いをしましたか？」

とフーちゃんが訊く。妻は、

「そうねえ、あまりお手伝いはしなかったけど」

と口ごもってから、

「朝、ほとけさまにご飯を上げたの。それだけ。ほかにお手伝いは、こんちゃん、なんにもし

「おじいちゃんは？」ときくので、仕方がない。

なかったわ」

と話す。今度は、「おじいちゃんは？」ときくので、仕方がない。

「おじいちゃんも、あまりお手伝いをしなかったけど」

といってから、

「夏の夕方に、お父さんがビール飲むでしょう。そのビールを近くの井戸のある家へまとめて預けておいて、井戸で冷してもらうの。毎日、夕方になると、その家へ行って、冷したビールを一本もらって来るの。そんなことくらいしかしなかったね」

と話す。

はかばかしい返事は出来なかったけれども、その通りだから仕方がない。フーちゃんの家庭科の宿題の役に立っただろうか。

『ピアノの音』。

午後、講談社の高柳信子さんが、今度、社の役員をやめて野間教育研究所の専務になる徳島高義さんと二人で、『ピアノの音』を届けてくれる。「ピアノの音」は昨年一年間、「群像」に連載した小説。表紙は、三岸好太郎の花瓶の花の上に蝶がとんでいるところをかいた絵。きれいな、品のいい本になった。装幀は野崎麻理。妻と二人でよろこぶ。

徳島さんはむかし、「群像」の編集部にずっといて、私の担当をしてくれた方である。私がのちに「静物」になる作品にとりかかり、なかなか仕事が進まなくて難儀していた時期に、根気よく、石神井公園の私の家へ通ってくれた。まだ小さかった私の子供らも、「グンゾーのトクシマさん」といっていた。「静物」が書き上げられたのは、「トクシマさん」のおかげであった。そんな思い出話をする。

徳島さんは、明日から奥さんとバリ島へ行くという。いいご旅行を。

十二

大阪行き（四月十六日）。

楽しみにしていた春のお墓参りの日が来る。妻はサンドイッチを作るために五時起き。こちらは七時半に起きる。行きがけに清水さんにサンドイッチ一人前届ける。前日に妻がこのこと電話で知らせておいたので、団地の建物の前に出て、待っていて下さる。妻がサンドイッチを渡すと、手を振って送ってくれる。こちらが新幹線の車中でサンドイッチを食べるその時刻に清水さんもお宅で食べてくれることになっている。

新幹線のフォームへ早く着き、階段の下の便所へ行ったら、一緒に大阪へ行く阪田寛夫と会う。十一時三分発のひかりで出発。

十二時前に妻がいつも通りコーヒーを買って来て、サンドイッチの箱をひろげる。果物（びわと苺）も食べる。おいしい。あとうたた寝。早起きの妻は、ぐっすり眠ったという。

新大阪着。地下鉄で淀屋橋へ。地下鉄を出ると、いつものように橋の上から土佐堀川に向っ

て、

「来ましたよ」

と声をかける。

春と秋にお墓参りに大阪へ行くのが、私たち夫婦の晩年の大きな楽しみとなっている。淀屋橋の橋の上から下を流れる土佐堀川にアイサツするのも、その楽しみのうちの一つである。父も母も早くに亡くなり、二人の兄もいなくなったが、こうして大阪へお墓参りに帰って来るのが何よりうれしい。

大阪グランドホテルの部屋は、葉書を出して頼んでおいた通り、堂島川に面した九階の部屋をとってくれてあった。前に一度、十二階の部屋になったことがあるが、そこは新しく出来た部屋で落着かない。やはり、ずっと泊り馴れたこの九階の部屋が、寛いで、いい。

すぐに阪田も一緒に帝塚山の兄の家へ。兄の長女で富田林《とんだばやし》にいる小林晴子ちゃんが迎えてくれる。先ず仏壇にお参りする。

義姉はいちごの入ったタルトのほか、三通りのタルトを焼いて、紅茶と一緒に出してくれる。去年、入院して白内障の手術をしたという義姉は、すっかり元気になっていた。

帰りは、兄の家を出て、おなかを空かせるために少し歩きましょうと、高野線の帝塚山の駅を通り過ぎて、帝塚山のまわりを三人で散歩する。小学生のころにはよく帝塚山の丘の上に登って小帝塚の方へ下りて行った。この前方後円式の古墳あとである帝塚山は、子供らのいい遊び場であった。妻もよく小帝塚のあたりで遊んだといっている。何十年ぶりかで来た帝塚山は小さくなり、まわりを小住宅にかこまれていて、昔の面影は無くなっていた。

散歩のあと、高野線で難波へ出て、地下鉄で淀屋橋へ。部屋でゆっくりして、六時半に予約してあった二階の東京竹葉亭へ。大阪へ来る楽しみの一つは、長年の馴染のこの店での夕食である。いつものうなぎ会席Aというのをおいしく食べる。ビールで乾盃して、あとはお酒。竹葉を出るとき、送りに来た女マネージャーに、「明日も来ます」という。

竹葉では、うなぎの蒲焼の大皿が来ると、先ず尾っぽの方をとって、御飯の上にのせ（タレをかけておいた上へ）お椀のふたをして、「うな丼」を作る。残った蒲焼で酒を飲み、それが終るとうな丼へ移るというのが、われわれ三人のいつもの手順である。

部屋に戻って、持参のウイスキーを飲んだあと、去年からの約束通り、ハーモニカを吹いて阪田に聞いてもらうことにする。最初は、岡野貞一さんに敬意を表して「春の小川」を吹く。阪田は鳥取生れのこの作曲家のことを小説に書いたことがあるので。次は犬童球渓さんに敬意を表して「故郷の廃家」を吹く。「旅愁」と同じようにこれはアメリカの曲に犬童さんが歌詞をつけたもの。名作。阪田は、熊本人吉出身のこの犬童さんの生涯を小説にしたことがある。「春の小川」は、阪田も一緒に歌った。三曲目は、阪田のリクエストで歌なしの「カプリ島」。あと、アンコールとして三木露風さんと山田耕筰さんに敬意を表して「赤蜻蛉」を（ハーモニカなしで）三人で低唱する。これで一年前からの阪田との約束を果して、ほっとする。

宝塚行き（十七日）。

前の晩の打合せ通り、八時半にロビーに集合して出発。宝塚へ。早く宝塚南口に着いたので、サンドイッチを買いに宝塚ホテルへ入る。女の子に妻が訊くと、コーヒーショップでお持ち帰り用のサンドイッチが買えますという。前にコーヒーを飲みに来たことのあるコーヒーショップへ。ここは籐の椅子が置いてあり、落着いた雰囲気の店。サンドイッチを頼んでおいて、コーヒーを飲む。お代りしてくれる。

時間があれば宝塚ホテルでコーヒーをと前の晩話していたが、南口へ九時半に着いたおかげで、サンドイッチを買えたし、コーヒーも楽しむことが出来た。

大橋を渡って大劇場へ。劇場前のロビーで阪田は、大浦みずき事務所の篠原さんが切符を頼んでくれた高嶺会の人から座席券を受取ることになっている。阪田は人待ち顔に立っているが、なかなか会えない。そのうちに同じ高嶺会の人を待つらしい女の客がそのあたりにたまった。高嶺会とは、雪組トップの高嶺ふぶきさんのファンクラブである。

やっと高嶺会の人が現れ、阪田は無事に三人分の座席券を頂いた。席は三列目の真中のいい席。

雪組の公演は、柴田侑宏作・演出の「仮面のロマネスク」と三木章雄作・演出のレビュー「ゴールデン・デイズ」。「仮面のロマネスク」では娘役の花總まりがきれいで、際立っていた。

レビューでは、初舞台生の恒例のラインダンスがよかった。

はじめに初舞台生四十名の「口上」がある。舞台に一列に並んだ羽織袴の初舞台生の前に三人出て、口上をいう。それに合せて二年間の音楽学校の生活を終った初舞台生が、「どうか、よろしく」という。毎年、四月の大劇場の公演につきものの「口上」は、見る度、きく度に胸がいっぱいになる。

その初舞台生のラインダンスは、はじめて憧れの宝塚の舞台に立ったよろこびに溢《あふ》れ輝いている。これを見るだけで、東京からやって来た甲斐があるというものだ。

グランドに戻り、部屋でゆっくり昼寝、六時半に竹葉の前で阪田と会い、予約した窓際の席へ。二晩目も三人でうなぎ会席をおいしく食べる。帰りがけ、エレベーターの扉がしまろうとするところへ、馴染の男マネージャーが飛んで来て、お辞儀をする。

部屋に戻って、ふだんは見たことのないテレビをつけて、八時からのコメディー「お江戸でござる」を見物。私と妻は前から伊東四朗が座頭の毎週木曜の夜のこのコメディーをたのしみにしていた。ところが、何かの折に阪田もこの番組をひいきにしていることが分り、旅先の大阪で見ることになった。主役を務める伊東四朗がいいし、わき役のレギュラーにいい俳優が揃っていて、たのしい。

阿倍野行き（十八日）。

朝、八時にロビーに集合。阿倍野のお墓参りに三人で出かける。私の父母のお墓のすぐ近くの、となり組といってもいいところに阪田家の墓がある。

阪田はこのあと、神戸三宮の親しい歯科医のところへ行き、歯の治療をしてもらう。晩は、大中寅二さんのオルガンのお弟子さんの会が大阪であって、阪田は話をするように頼まれている。「椰子の実」の作曲者として知られている大中寅二は、また数多くのオルガンの曲を残している。その方のお弟子さんの会があって、こんなふうにときたま演奏会が開かれる。

阿倍野ではいつもお花を買うことにしている岩崎花店がしまっているので、となりの開路舎でお花を買い、線香をもらって、庄野家、阪田家とお参りする。阪田も私たちの父母の墓の前に手を合せてくれる。

グランドに戻り、阪田の部屋の前で、

「ありがとう。お気をつけて」

といって別れる。そのあと、部屋で寛ぐ。ホテルの封筒と便箋で帝塚山の義姉にお礼の手紙を書く。

十一時五十分ころ支払いをしてグランドを出る。新大阪ではいつもの通り待合室で時間待ちする。去年の秋に来たときは、待合室にフーちゃんによく似た女の子の姉妹がいて、目が離せなかったことを思い出す。妻は水了軒の八角弁当を買う。夕食のために。

一時四分発のひかりで出発。四時、東京着。まだ明るいうちに五時半に帰宅。「たのしかったね」と何度もいう。「山の下」へ電話をかけて、留守中、郵便物、新聞をとり込みに長男が来てくれたお礼をいう。

「文學界」の校正刷が無事届いていた。出発前から気になっていた。で、八角弁当の夕食のあと、妻がピアノのおさらいをしている間に校正刷を読み終り、速達の封筒をポストまで出しに行く。気になっていたことを済ませて、ほっとする。

留守中に次男が来てくれた。フーちゃんの手紙を届けてくれた。

おじいちゃんこんちゃん。

こんにちは。宝塚につれていってくれてありがとうございます。文子はおどりのサンバがたのしかったです。お話はむずかしかった。クリームソーダがおいしかったです。今度あそびにいきます。

おじいちゃんたちも来てね。　　文子。

フーちゃんの手紙は、赤インキのボールペンで書いてあった。旅行に出かけた翌日の十七日に次男が来てくれた。私に読んでほしい、会社の読者の人からの手紙を持って来た。

みやこわすれ。

大阪から帰ると、うらの通り道のみやこわすれがいっぱい咲いていた。妻は、二週間早く咲き出したという。暖かかったせいか。シラーもよく咲いている。

山もみじ。

大阪へ行く前に芽のかたちにひろがりかけていた庭の山もみじの若葉がすっかり茂って、空が見えないくらいになっている。

ばら。

「英二伯父ちゃんのばら」の先に蕾が一つついている。うばめがしのかげのばらには大きな蕾がついていて、赤いのが見える。いつの間にこんなに大きくなったのか。

道に面したブルームーンの蕾が鳥に食べられたと妻はいう。ひよどりの仕業か。

「英二伯父ちゃんのばら」はよく茂っているが、蕾は小さいのが一つだけ、さびしい。

次男一家来る（二十日）。

一日おくれの母のお命日のためのかきまぜ（徳島風まぜずし）を妻が作る。ピアノの上にお供えして、二人で手を合せる。ミサヲちゃんに電話をかけると、次男が休みで、かきまぜを頂きに行きますという。二時ごろ、電話かかり、

「いま、竹の子掘りから帰りました。これから行きます」

という。

次男一家、車で来る。ピアノの前にみんなで並んで父母の写真に手を合せる。「山の下」の長男一家が私たちと入れかわりに栗橋（あつ子ちゃんの両親のいる）へ行くので、その間、預かっているうさぎのミミリーを見て、春夫がしきりにさわりたがる。かごの中のミミリーをさ

わりたい、さわりたいという。六畳でお茶にする。フーちゃんと春夫にはアイスクリームを上げる。『ピアノの音』に次男一家の四人の名前を書き、署名したものを次男に上げる。みんな作中に登場してくれるので。会社で書籍販売の仕事を担当している次男は、「平積みにして売ります」という。大阪の話する。

「竹の子、どこへ掘りに行ったの？」

と訊くと、多摩美二丁目の次男の家から坂を下りたところにある山の中の小公園の藪という。大勢の人が掘りに来て、殆ど掘り尽したあとで、小さいのをいくつか掘りましたという。その掘った竹の子を持って来てくれた。これは夕食に若竹汁にして頂く。おいしい。

春夫がミミリーにさわりたいとせがむので、かごから出して部屋の中を走らせた。春夫、こわごわ、ちょっとさわり、それで満足する。大阪のおみやげ渡す。宇治茶。フーちゃんには、宝塚の大劇場の売店で妻が買った硝子細工の人魚姫。春夫にはポロシャツ（これは行く前にこちらで買ったもの）。なお、大阪から帰った翌日、「山の下」の恵子ちゃんには、ポケットモンスター（箱入り）を、龍太にはミニカーを上げた。ほかに小林晴子ちゃんからことづかったレターセットをフーちゃんに、貯金箱を春夫に上げる。貯金箱をわたすとき、財布から百円玉を三つ出して入れてやる。春夫、

「おじいちゃん、お金持だね」

といってよろこぶ。

ミミリー。

次男一家が帰ったあとのこと。書斎のソファーで昼寝していたら、居間の縁側でいきなり物音が聞えた。かごの中のミミリーが暴れた。どうしたのかと思ったら、花に水をやりに庭へ出た妻が、いつもミミリーがかごの中から庭の景色を眺めている硝子戸の前を通ったら、ミミリーが不意に現れた人影に脅えて暴れ出したのだと分った。そんなところを人が通ると思っていないので、脅えて騒いだらしい。これから気をつけないといけないと妻はいう。

藤城さん。

夕方、近所の藤城さんが来て、「七福神」というお酒と手焼きのクッキーを下さる。夕食のデザートに頂く。そのクッキーを藤城さんは「本を見て、焼きました」といわれる。ありがたい。

長女のプレゼント。

昼前に宅急便二つ届く。一つは帝塚山の弟からの、『ピアノの音』出版のお祝いの黒豆甘露煮ほかの壜詰。弟にはいつも私の本が出ると、送る。一つは南足柄の長女のプレゼントのグリーティングカード十一枚入りの封筒。

長女の手紙。

ハイケイ

先日はすばらしい宝塚月組観劇と銀ブラと「くろがねさん」のうれしい一日を楽しませてもらって、本当に本当にありがとうございます。

まん前のお席（註・二列目の「ロ」の席）で、久世さんの輝く美しさ、タカラジェンヌチッドを浴びながら、仕合せを満喫しました。「くろがねさん」のお食事は本当に心のこもったおいしいお味で、おなかに吸い込まれるようにいくらでも入るのが不思議です。あの日、銀座の、安岡治子ちゃんが教えてくれた「クロサワ」で買った福袋は、最高のお買い得でした。色とりどりのカードが三十五枚も入っていたの！　もっと買えばよかったと残念です。（註・こちらが惠子ちゃんとフーちゃんに「どれでも好きなシールを三つ選びなさい。買って上げる」といって二人をよろこばせている間に、店の表では長女とあつ子ちゃんの二人が福袋を買っていた。「そんなもの、買って。どうせロクなものは入っていないのに」と私たちは笑っていた）

久しぶりにお目にかかった阪田さんもご一緒にゆっくりとおしゃべりをして、本当に楽しいでした。

大阪はよかったですか？　こちらも今週はトウさんのお客さま二組と私の青山のお友達「仲よし四人」のクラス会があったり、大忙しの、楽しい一週間でした。長野ののりちゃんも来て泊って行ったの。竹の子やタラの芽、小田原の海の幸をいっぱい出して、もてなしました。また、「青山」と書いたアップルパイを焼いて出しました。

今は花みずきが一面に咲いています。
では、また。お元気でおすごし下さい。

なつ子。

青山学院のクラス会というのは、どこであったのだろう？　あとで長女に確かめたら、南足柄の長女の家に短大のときの仲よし四人組が集まり、長野から来た、いちばん仲よしののりちゃん（旧姓山際さん）だけが、長女の家に泊ったということである。長野ののりちゃんのところへは、ときどき長女も会いに行っているらしい。御主人はお医者さん。

山田さんのかに。

山田さんから電話があり、新潟のかにを届けて下さる。前に頂いたのは小ぶりのかにであったが、今度のは大きいかに。うす茶の、いい色をしている。妻は前回山田さんに教わった通り、水から茹でる。夕食に頂く。かにを食べて酒を飲む。おいしい。

フーちゃん。

次男一家が来た日。帰りにフーちゃん、玄関の椎の木に登る。危くない高さのところで止めた。「何が見えた？」と訊くと、「浄水場」とフーちゃんいう。春夫も登りたがり、少しだけ登らせてやる。

つつじ。

大阪から帰ったら、庭のつつじが咲いている。書斎のすぐ前のは白、侘助のよこのは紅。浜木綿のよこのは白。

長男来る（二十一日）。

午後、「山の下」の長男、うさぎのミミリーを取りに来る。あつ子ちゃんの両親のいる栗橋へ行き、二泊して帰った。その間、ミミリーをかごと預かっていた。

長男は一緒に来た恵子ちゃんに、

「じいたんとこんちゃんにピアノ聞かせて上げなさい」

という。恵子ちゃんはピアノのおけいこに行っている。書斎へ行って、ソファーに腰かけてきく。恵子ちゃん、しっかりといい音を出して弾いた。妻と二人で拍手する。

ピアノのおけいこ。

ピアノのおけいこから帰った妻に、「いかがでした？」と訊く。ブルグミュラーの「バラード」とル・クッペのVは、もう一回聞かせて下さいといわれたと妻はいう。

ピアノのおさらい。

夜、ピアノのおさらいで妻はジャン＝ジャック・ルソーの「三つの音による歌」を弾く。居間へ来たとき、「いいなあ」という。

大阪のグランドホテルの九階の部屋でルソーの練習曲を習っていることを阪田寛夫に話すと、「むすんでひらいて」の曲は、最近までジャン＝ジャック・ルソーの作と思われていましたといった。そういえば、「むすんでひらいて」には、「三つの音による歌」と似たところがある。

それを聞いて、妻と、「もう捨子のおっちゃんなんて、いわないようにしようね」と話した。

ピアノの木谷先生は、「三つの音による歌」の作者についてバッハに似ているといったそうだ。「捨子のおっちゃん」のルソーは、今や株が上った。尊敬すべき作曲家である。

鉄板焼きステーキ。

夕食に山形牛の鉄板焼きフィレステーキが出る。はじめガスの天火で焼き、次にステーキのグレイビーでいためたじゃがいもが三切れ、入っている。にんにくもある。このじゃがいもとにんにくがおいしい。酒によし。

ハーモニカ。

「鯉のぼり」と「若葉」を吹く。妻がピアノのおけいこのあとで先生と一緒に歌う。先生が歌を選んで、いつも楽譜を下さる。今月はこの二つ。「若葉」というのもいい。

山田さん。

夕方、妻は家の前で山田さんに会い、この前頂いた新潟のかにのお礼をいう。前に新潟のかにを頂いた日のことを書いた「文學界」を山田さんにさし上げたら、新潟のご両親に送った。お母さんが大へんよろこばれたという。お父さんは、今年八十七歳。かぞえの米寿である。前に飼犬にとびつかれた拍子に倒れて足を骨折したお母さんは、すっかり元気になられたという。よかった。

阪田の受賞。

阪田寛夫から速達の手紙が来た。今度、モービル児童文化賞を受賞した。六月十七日五時半からホテルオークラで贈呈式がある。出席してもらえますかという手紙。うれしい。阪田から電話がかかったので、おめでとうございます、よろこんで出席しますと申し上げる。阪田は私が病後、上野の芸術院の総会に行くのにいつも妻に附添ってもらうのを承知していて、当日は奥さまとご一緒にお出で下さい、オークラに部屋を予約しておきますからといってくれる。有難い。

なお、モービル児童文化賞の受賞者は、自分の費用で当日の余興のプログラムを用意することになっている。で、「サッちゃん」の作曲者で阪田の従兄の大中恩と相談して、阪田寛夫の作った童謡をいくつか大中恩のコーラスで歌ってもらうつもりでいる——と阪田は話した。これも楽しみ。

モービル児童文化賞というのは、児童文化に功績のあった人に贈られるもので、阪田自身、長年、選考委員をしていたと聞いている。日本中の子供に親しまれている「サッちゃん」のほかに、子供の歌のいいのをいっぱい作って来た阪田は、十分に受賞の資格がある。以前、阪田の作った子供の歌がレコードになったとき、阪田が贈ってくれた。これがよかった。歌い手は東京少年少女合唱団。このレコードをもらったころは、子供がまだ三人とも家にいた。夜、レコードプレーヤーのある書斎に集まって、みんなでこのレコードをきいた。どれもいい。きいていて、思わずふき出してしまう歌もあった。私は中でもブルース調の「くじらの子守歌」

（湯山昭作曲）が好きであった。

てっせん。

玄関の鉢植のてっせんに一つ蕾がついて、大きくなってゆく。あと、四、五日で咲きそうだ。たのしみ。

「カプリ島」。

ハーモニカ。「鯉のぼり」「若葉」のあと、歌なしの「カプリ島」。これをきくと妻はよろこび、

「やどかりがスカートはいて出て来るの」

とへんなことをいい出し、スカートを両手で持つふりをする。そんなやどかりが波打際を並んで走る姿が目に浮ぶのだという。

藤棚のやりかえ。

夜、植木屋の大沢から電話がかかり、「明日、行きます」。先日、藤棚を新しくやりかえる工事の見積りを持って来た。その折、「なるべく早く来ます」と話していた。

大沢来る。

朝、居間の縁側から見ると、藤棚の梅の木寄りの方に藤の花がいくつも咲いている。この花をいためないうちに藤棚のやりかえ工事が出来て、よかった。

妻は、「玄関の前を掃いていたら、丸太をのせた大沢さんのトラックが坂を上って来た」と

いう。「防腐剤を塗った、茶色の柱。迫力があるの」

その丸太を竹と一緒に下の駐車場から庭へ入れる。大沢と大沢の息子と亡くなった兄さんの息子と年輩の人と四人、来る。妻はお昼に出すさつま汁の材料を買いにＯＫへ行く。

こちらはポストへはがきを出しに行く前に庭へ出て、大沢に、

「ご苦労さま。よろしく」

と声をかける。大沢は、

「いい天気になった」

とうれしそうにいう。植木屋さんに来てもらうときは、何よりも天気が気がかりなものだが、今日は快晴。有難い。

ピアノのおさらい。

夜、ピアノのおさらいを終って居間へ来た妻に、

「最後に弾いていたのは何？」

と訊く。

「インドネシアの民謡の『かわいいあの子』。連弾用に下さった曲です」

ピアノのおけいこでは、ときどき先生と一緒に連弾をする。その連弾のための曲。

ハーモニカ。

「故郷の廃家」のあと、「カプリ島」。妻は「カプリ島」をきくと、波打際をスカートをはいた

やどかりが走り出すのが見えるのという。

藤の花。

新しく柱を組立ててくれた藤棚の上で、最後の仕上げにうまく藤の花を垂らしてくれた大沢が、うっかり花を一つ切ってしまって、「ごめん、ごめん」という。その藤の花をもらって、妻は居間の備前の花生けに活けた。房が長いので、藤の花の下半分が畳の上に垂れている。これもいい。

仕事を終って帰る大沢に、

「うまい具合にやってくれて、ありがとう。ご苦労さま」

とお礼をいう。

きれいに藤棚は出来上った。上に組んだ新しい青竹がきれいだ。黒のしゅろ縄で括ってある。

長女のはがき。

南足柄の長女からはがきが来る。『ピアノの音』の署名本を受取ったお礼。昼ご飯のあと、いつものように妻が声を出して読む。

ハイケイ　きれいなきれいなご本の出版おめでとうございます。先ず八百よろずの神様に、「売れて売れて売れまくりますように」とお願いしてから、ゆっくりと本をひらきました。とても美しい装幀で品もよくて、メンデルスゾーンの「春の歌」が聞えて来そうです。大成功ですね‼　そして頁を開けると、なんと家族全員の名前を書いたよこに署名をして頂いて、うれしいです。感激しました。楽しみに今晩から読ませて頂きます。ワーイ！　大阪の旅、楽しくてよかったですね。おいしそうな宇治茶とザボンの砂糖煮のお茶受け、うれしいです。（註・宇治茶は大阪のおみやげ。ザボンの砂糖煮は近所の山田さんから頂いたもののお裾分け）どうもありがとうございます。

先日、お友達が来た日は、庭にさんさんと陽がさしていたのに、あっという間に葉が茂り、緑蔭の庭になってしまいました。洗濯を干しに出たら、ついしゃがみ込んで、たちまちお昼になってしまうの。花が咲くときの配色を想像して、来年はここを紫と白で彩り、あそこはピンクとブルーをちらちらと……とかね。来年はこぶしの木も見事に白い花をつける予定です。（註・うらの四つ目垣を作ってくれたお礼に長女に上げた「ごくろうさま」のお金で近所の農家から手に入れたこぶしのこと）花みずきのピンクが新緑をバックにとてもきれいです。三十日から一日までの都合のよい日にどうかお花見に来て下さい。

明雄が下宿生活をやめて帰って来たので、食事の支度にパワーアップしています。正雄もつられてよく食べるようになり、背もぐんとのびて来ました。大ニュース。けさ、グレーのうさぎがうちの前の坂をぴょんぴょんとかけて行って、右折して消えました。ピョン！

なつ子。

（註・下に耳を立てたうさぎの絵が入っている）

上野行き。

入江観《いりえかん》さんから春陽展の案内を頂いたので、妻と上野へ。芦屋の悦郎さんから家を新築した内祝いに頂いた仕立券つきのワイシャツ生地を大丸で仕立ててもらう用件もある。私が大阪の商家の生活を主題にした『水の都』（河出書房新社）を書くとき、いろいろ話を聞かせてくれた妻の従弟の悦郎さんの芦屋の自宅が阪神大震災で全壊した。このほどそのあとへ家を新築したので、お祝いを贈ったのである。

上野公園は日曜日の好天気で人出が多い。足もとにむらがる鳩をよけて通るつもりで大きな木の下を歩いたら、運わるく木の枝にとまった鳩が落した糞がハンチングに命中した。これまで鳥の糞を帽子に落されたことは一度もなかったので、がっかりする。妻が美術館の洗面所できれいに帽子を洗ってくれた。

春陽展の会場で入江さんの絵が見つからなくて、事務所で訊いて入り直した。入江さんのは「プロヴァンスの山」。ほかのは半抽象のが多くて、感心しなかったが、入江さんの静かな絵を見て、ほっとする。

あと、東京へ出て、八重洲口大丸でワイシャツの仕立てを頼む。時間をかけて丁寧に寸法どりをしてくれた。

大丸のあと日本橋丸善へ。講談社から出たばかりの『ピアノの音』がどんな具合に置いてあるかを見るため。一階の新刊書売場のいちばん目立つ場所に平積みにしてあった。妻は一冊買う。広島の姉に贈るためという。

家に戻って、書斎でお茶をいれて、アイスクリームを食べる。お茶のあと、ソファーで昼寝。

夕食のとき、妻は、「帰ったらアイスクリーム食べようと心に決めてたの」という。

四十雀。

朝の「家歩き」のとき、四十雀が水盤に来て水浴びしていた。水浴びして、水を飲み、侘助の枝へ行く。

ハーモニカ。

「鯉のぼり」を吹く。二番まで吹いたら、歌っていた妻は、指を一本出して、

「もう一つ。三番まで」

と合図する。

で、いわれた通り吹き続けると、妻は持って来た楽譜(ピアノの先生が下さったもの)を見て、三番を歌った。

ところで、この「鯉のぼり」は、楽譜に「文部省唱歌」とあるだけで、作詞が誰で作曲が誰か分らない。小学唱歌が生れたころ、文部省は、作詞者、作曲者の名前を明かにしなかった。

「桃太郎」や「日の丸の旗」の作曲をした鳥取生れの岡野貞一さんは、これらの歌の作曲者であることを家族にさえ知らせなかったという話を、童謡に詳しい阪田寛夫から聞いたことがあ

る。

藤城さん。

朝、妻が家の前を掃いていたら、犬のゴンちゃんを連れて散歩に行く藤城さんに会った。藤城さんは巨人軍のピッチングコーチをしている。気持のいいご家族なので、私たちも巨人が勝ってくれるとよろこぶ。負けると、がっかりする。

昨日は巨人がサヨナラ勝ちをした。で、妻は藤城さんに、「よかったですね。はらはらしました」と申し上げると、「まだまだはらはらしますよ」と藤城さんはいったそうだ。

ハーモニカ。

歌詞を忘れてしまうので「久しき昔」をという妻のリクエストで、久しぶりに「久しき昔」(ロング・ロング・アゴー)を吹く。それまでは「若葉」と「鯉のぼり」であった。

まもる君のりんご。

朝、食後にりんごをお茶と一緒に食べる。

「おいしいですねえ」

「おいしいなあ」

と、二人でたたえる。

今年になって主人夫婦から市場の八百清の店を任せられた岩手出身の働き者のまもる君に頼むと、りんごを箱で買って来てくれる。これが無くなると、次のをまた頼むというふうにして来たが、暑くなったので、最近ではまもる君が買って来たりんごを箱のまま八百清の冷蔵庫に預かってもらい、妻は家のがなくなると、まもる君から四つくらいずつ貰って来る。「まもる銀行にりんごを預けてあるの」と妻はいっている。

りんごを貰いに行くとき、ついでに野菜やらほかのものも買うので、まもる君にしても商売になるから有難いだろう。うちにはりんごの箱が入るような大きな冷蔵庫はないから、助かる。いつまでもおいしいりんごを食べられるのは有難い。

シラー。

うらの通り道のシラーが咲き出した。妻は切って来て、書斎の机の上に活ける。

「きれいですね、シラー」

という。

はじめはずっと水色の花が咲いたが、このごろになってライラック色のが咲くようになった。これもいい。うらの通り道のみやこわすれはその後も咲き続けている。

弘前みやげ。

夜、八時ごろ、市場の八百清のまもる君が車で来て、八百清の小母さんが積立旅行で弘前へさくら見物に出かけたことを話し、弘前みやげのりんごジュース二本と、まもる君の店のグレープフルーツとプリンスメロンを届けてくれる。さくらは咲いていなかったそうだ。八百清の小母さんは、積立旅行の会に入っていて、ときどきこうして旅行に出かける。

まもる君のりんご。

午後、妻とカンパーニュへパンを買いに行く前に市場の八百清に寄って、トマト、大根など買う。まもる君に「この前買ってくれたのはどこのりんご?」と訊く。

「青森」

「おいしいよ」というと、「ありがとうございます」とまもる君いう。

まもる君に買って来てもらったりんごは、箱ごと店の奥の大きな冷蔵庫に入れてもらって、家のが無くなるころに来て、四個出してもらうようにしている。

ハーモニカ。

「何にしようか」といったら、妻は、『ピアノの音』を読んでいたら、こんな歌、うたっていたのかと思うのがあるのといい、「月なきみ空に」という。これは「星の界《よ》」。これを吹き、二番は「ははぎみにまさる」(讃美歌)をうたう。

「カプリ島」を吹き終ると、妻は両手でスカートを持って踊り出すふりをする。波打際を走るやどかりがうれしくなって踊り出すというのである。はじめのころは、白いやどかりが一列になって波打際を走っていたのである。そのやどかりがこのところスカートをはいていて踊り出すというから、驚く。

ピアノのけいこ。

ピアノのおけいこから帰った妻に、「いかがでした?」と訊くと、ブルグミュラーの「バラード」もル・クッぺのVも、もう一回きかせて下さいといわれたのという。ところが、ジャン＝ジャック・ルソーの「三つの音による歌」は上げていただいたといい、よろこぶ。「もう捨子のおっちゃんなどといわないことにします」という。

四十雀。

夕方、書斎のソファーで昼寝していたら、うす暗くなった庭へ四十雀一羽来て、ムラサキシキブの枝のかごの脂身をつつく。いなくなり、しばらくしてまた脂身に戻り、つつく。四十雀は久しぶり。冬の間はよく庭へ来たが、夏が近くなると、あまり見かけなくなる。久しぶりで、うれしい。

駅前へ。

午後、妻と駅前の銀行へ。行く前に庭に干してあったふとん、洗濯物をとり込む。雨になるといけないので。銀行は混んではいなかった。早く戻って、書斎でお茶をいれて飲む。おいしい。

えびね咲く。

山もみじの先、椎の木の下にえびねが二つ咲いている。山茶花の近くにも三つ。南足柄の長女が持って来て植えてくれたもの。長女の家の庭には、山から移し植えたえびねの群落がある。六百本とかいっていた。よくそれだけ数えたと感心したことがある。

てっせん咲く。

玄関のてっせんの蕾が大きくなり、いつ咲くかと思っていたら、行方が分らなくなった。「てっせんの蕾、見えなくなった」といったら、「ありますよ」と妻がいう。葉の中にからまって隠れていた。それが一昨日のこと。

その一時、行方を見失ったてっせんの蕾が葉の茂みのなかで咲いた。めでたし。

ハーモニカ。

はじめに「夏休み」を吹く。妻が学校のころに教わった歌。ニュージーランドの歌ということであった。オハイオ州ガンビアにいたとき、学校が夏休みに入って、寮にいる学生がみんな家へ帰って、学校は空っぽになった。そのころ、妻がよくこの歌をうたったのを思い出す。

「学び舎《や》とざして　真昼静か」

というところが、私たちの気持にぴったりであったから。

「カプリ島」をきくと、妻は白い波がよせて来るところが目に浮ぶのという。

成城へ。

午後、妻と成城の銀行へ。チーズケーキを焼いて、窓口でいつもお世話になる松本由美子さんに『ピアノの音』の署名本と一しょにさし上げる。松本さんは友達と海外旅行に行くと、よくおみやげを下さる。気持のいい方。

帰って、書斎でお茶をいれて、アイスクリームを妻と半分わけにして食べる。おいしい。

新茶買う。

午後、妻は新宿へ行き、今度、久世星佳（宝塚月組）の引退により解散になる「星佳の会」の相沢真智子さんに静岡の新茶を三越から送る。いつも切符を取って下さったお礼に。

帽子の行方。

朝、妻は昨日、三越で買って来た夏の日よけの帽子をどこにしまったのか分らなくなり、少し慌てたが、なんと図書室の入口の台の上のぬいぐるみの犬のあたまにかぶせてありましたという。

小沼の随筆集『珈琲挽き』のなかに、酒を飲んで夜中に帰宅した小沼が、紙入れを書斎の本棚のどこかに隠す。ところが、翌日になってその紙入れを探したら、見つからない。日にちがたって、本を探すために梯子に上ったら、前に酔っぱらったときに隠した紙入れが見つかったという話があるよと妻に話す。

妻は、

「でも、小沼さんは酔っていたけど、こちらは酔ってもいないのにこんなことして」

という。その通り。

竹の子ご飯。

妻は大阪の晴子ちゃん（兄英二の長女）が送ってくれた竹の子で、穴子入りの竹の子ご飯を作り、お身体の調子のよくない清水さんに届ける。清水さん、よろこばれる。

脂身。

夕方、妻はムラサキシキブの枝にくくりつけたかごの脂身が空っぽになっているのに気が附く。はじめは猫だといったが、妻の話では、昼前に大きなカラスが庭からとび立つところを見たという。それなら猫じゃなくてカラスかということになる。

脂身のなくなったかごへ四十雀が一羽来る。しばらくぶりに現れたというのに、かごはからっぽで残念。

猫かといったのは、前に脂身のかごのあるムラサキシキブの枝から黒猫が悠々と下りて来たことがあり、そのとき、脂身のかごがからっぽになっていたからだ。

ハーモニカ。

「鯉のぼり」吹く。「カプリ島」のあと、妻はやどかりになって、指先で机を打って突進してみせる。

単行本あとがき

夫婦の晩年を書いてみたいと思うようになったのは、いつごろからだろう。そろそろ結婚五十年を迎えようという頃ではなかったか。その第一回が、「新潮45」に連載した『貝がらと海の音』(一九九六年・新潮社)であった。

この本の「あとがき」に、私は次のように書いている。

——子供が大きくなり、結婚して、家に夫婦が二人きり残されて年月たつ。孫の数もふえて来た。もうすぐ結婚五十年の年を迎えようとしている夫婦がどんな日常生活を送っているかを書いてみたいという気持が私にあり、それが「新潮45」の亀井龍夫さんに分って、「貝がらと海の音」を書くことになった。

そのあと、「群像」の渡辺勝夫さんから声をかけられて、続篇を「群像」に書くことになった。これが『ピアノの音』(一九九七年・講談社)である。

『ピアノの音』のあと、今度は「文學界」にまたまた続篇を書くことになった。幸運に恵まれて、というほかない。一年間の連載の間、担当の白石一文さんにお世話になった。作中に食べ物の話がよく出て来る。これは主人公の夫婦が食べるのが好きであることに注目した編集長の庄野音比古さんのヒントによる。

第八回に、庭の白木蓮の根もとを掘って妻が苦労して埋めたばかりの寒肥の油かすと骨粉を白と黒の猫が食べるのを見た主人公が、一つこらしめてやりましょうと、玄関から靴すべりを手に出て近づき、あと一歩のところで猫に逃げられ、書斎から全部見ていた妻が「ああ、面白かった」というところが出て来る。「猫も、まさかこの家の七十五歳になるじいさんが靴すべりを手にうしろから迫って来るとは思わなかっただろう」と書いてある。

校正刷を読んでいて、そこが愉快であった。これが作中での殆ど唯一つの出来事らしい出来事である。それでも読み通してくれる読者がいてくれたら、有難い。

最後に『さくらんぼジャム』(一九九四年・文藝春秋)に続いて、この本を手がけてくれた出版部の村上和宏さんのお骨折に対してお礼を申し上げたい。

一九九八年一月

庄野潤三

（お断り）


本書は2005年に文藝春秋より発刊された文庫を底本としております。あきらかに間違いと思われるものについては訂正いたしましたが、基本的には底本にしたがっております。また、一部の固有名詞や難読漢字には編集部で振り仮名を振っています。

本文中には合の子、使用人、片腕、看護婦、女中、捨子、孤児院、女マネージャー、男マネージャーなどの言葉や人種・身分・職業・身体等に関する表現で、現在からみれば、不当、不適切と思われる箇所がありますが、著者に差別的意図のないこと、時代背景と作品価値とを鑑み、著者が故人でもあるため、原文のままにしております。

差別や侮蔑の助長、温存を意図するものでないことをご理解ください。

庄野潤三（しょうの じゅんぞう）
1921年（大正10年）2月9日―2009年（平成21年）9月21日、享年88。大阪府出身。1955年『プールサイド小景』で第32回芥川賞を受賞。「第三の新人」作家の一人。代表作に『静物』『夕べの雲』など。

P+D BOOKS とは

P+D BOOKS（ピー プラス ディー ブックス）とは
P+Dとはペーパーバックとデジタルの略称です。
後世に受け継がれるべき名作でありながら、現在入手困難となっている作品を、
B6判ペーパーバック書籍と電子書籍を、同時かつ同価格で発売・発信する、
小学館のまったく新しいスタイルのブックレーベルです。

せきれい

2022年1月18日　初版第1刷発行

著者　庄野潤三
発行人　飯田昌宏
発行所　株式会社　小学館
〒101-8001
東京都千代田区一ツ橋2-3-1
電話　編集　03-3230-9355
販売　03-5281-3555
印刷所　大日本印刷株式会社
製本所　大日本印刷株式会社
装丁　おおうちおさむ（ナノナノグラフィックス）

ISBN978-4-09-352431-5

P+D BOOKS